美しき人生

What is Life

蓮見圭一

Keiichi Hasumi

河出書房新社

美しき人生

稲垣伸寿、林 操、シンシア・リン、『エンジン』編集長の村上政に

羽田行最終便

羽田行きの最終便は満席だった。

阿久津《あくつ》哲也はチケットを見ながら座席を探した。通路に面した「38C」だった。隣の「38B」で老婦人がミカンを食べていた。

「おひとつ、いかが?」

席に着くと老婦人がミカンを差し出した。礼を言って受け取ると、今度は『ラッキーチェリー豆』というのをくれた。地元長崎の豆菓子だという。

「この飛行機、混んでいますね」

老婦人が周囲を見回して言った。なぜか嬉しそうだった。

「金曜の夜ですからね」阿久津は豆をかじりながら言った。「東京観光ですか」

「熱海へ行きます。四十年前に新婚旅行で行って以来です」

「へえ、四十年ぶりですか。いいですね」

老婦人は隣に座っている老人を指さして「主人です」と言った。白髪頭の亭主は小窓から外を見ていた。奥さんと違って口の重そうな人だった。

「お茶、どうぞ」

飛行機が飛び立ち、シートベルト着用のサインが消えると、老婦人が紙コップに注いだお茶を差し出した。

「ありがとうございます。しかし、これから熱海だと時間的にきついかもしれませんね」

阿久津はお茶を飲みながら言った。羽田に着くのは夜の十時過ぎである。きついどころではない。

「今日は大森の娘の部屋に泊まります。この旅行も娘の招待です」

「そうですか。思い出の場所にご両親を招待するなんて、いいお嬢さんですね」

「はい。私が言うのも何ですが、本当にいい娘《こ》です。今日はもう嬉しくて」

老婦人は長崎の高校で古文を教えていたと言った。亭主も元教員で化学を教えていたらしい。

なるほどな、と阿久津は思った。窓際の席にいる老人はレンズの厚い銀縁眼鏡をかけていた。理数系の、いかにも怜悧な男という印象だった。

「あなたはどんなご用で長崎に?」

老婦人がミカンの皮をむきながら言った。

「私はトップ屋でして」と阿久津は言った。

「トップ屋?」

「雑誌のトップ記事になりそうなネタを探して、あちこち飛び回っているわけです。昔はそういうのをトップ屋といったでしょう」

老婦人はミカンをむく手を止めた。トップ屋について考えているようだった。考えがまとまったのか、五秒ほどして膝をぽんと叩いた。

「つまり記者さんってことね。でも、東京から記者さんが来るようなこと、長崎にありましたっけ」

「あると聞いて来たのですが、完全なガセでした」

「ガセ?」

「ガセは人騒がせのガセです。人騒がせなだけのネタをガセネタといいます」

「ガセネタ」と元古文教師は繰り返した。「難しいわね」

「高校の古文よりは簡単です。要するに一杯食わされたわけです」

「そういうことって、ある。気にしないで、この次またがんばればいいのよ。もう一杯いかが」

老婦人はお茶を注ぎ、「あなた、お子さんは?」と言った。ちょっぴり迷ったが、阿久津は本当のことを言った。

「息子が一人います。哲《さとし》といいますが、一年くらい会っていません。離婚したんです」

「あら、まあ。ごめんなさい、よけいなことを聞いて」

阿久津は首を振った。なぜか哲のことを話したくなり、離婚した時、息子は少年野球チームでピッチャーをしていたと言った。まだ五年生だったけれど、めっぽう球が速く、チームのエースだった、と。野球に詳しいとは思えなかったが、老婦人は頷きながら聞いていた。

阿久津は続けた。

「勉強もよくできました。親に似ず文武両道です。息子は女房だった女の実家で暮らしています。静岡の田舎なので、なかなか会いに行けません」

「会いたいでしょう」

「会いたいです」

「そう思う気持ちが大事よ。あなたは記者さんなのだから手紙を書けばいい。その気持ちはきっと伝わる。お茶、もう少し飲む？」

「ありがとうございます」

しょんぼりした気分でお茶を飲んでいたらアナウンスが流れた。

「ご搭乗のみなさま、こんばんは。機長の藤村です。本日は羽田行き最終の606便にご搭乗いただき、誠にありがとうございます。当機、この先、気流の影響により多少揺れることが予想されますが、運航には支障ございませんのでご安心ください」

飛行機の高度や羽田の天候、到着時間などを伝えたあと、機長はひとつ咳払いして「身内のことで誠に恐縮ですが」と言った。

「実はこのフライトが最後になる乗務員がおります。前田あかりと申しまして、客室乗務員として十二年勤務いたしました。名前の通り、この十二年間、私たちの日常をいつも明るくしてくれました。ちなみに、寿退社であります。みなさまのお近くに前田がお邪魔をした際には、お声をかけていただければ嬉しく思います」

「おお」という低いどよめきが起こった。通路の中央にいた乗務員が同僚に促されて頭を下げた。三十過ぎのふっくらとした女だった。同僚が花束を渡すと拍手が湧き、前田あかりは両手で顔を覆った。拍手は一段と大きくなった。

「あかりさん、お幸せに」

乗客に声をかけられ、彼女はわっと泣き出した。花束を渡した同僚も泣いていた。前方にいた客が立ち上がって手を叩いた。呼応する形で数人が立ち上がると、「座って。写真を撮るから」という声がし、どっと笑いが起きた。それでまた拍手が起きた。拍手と歓声はもうやかましいほどだった。

「こういうのは初めてだ」と阿久津は言った。「粋なはからいですね」

返事はなかった。老婦人は九十度に身をかがめ、ハンカチを目に押し当てていた。元化学教師は半立ちになって首を上げ、眼鏡の奥の目を瞬かせていた。ひょっとしたらと思い、阿久津は「前田さん？」と呼びかけた。老婦人はハンカチを目に当てたまま、「はい」と言った。

阿久津はカメラを持って花束を抱いた娘のところへ行った。被写体から離れないこと、シャッターを切る時は両肘をしっかりと脇に押し当てること——カメラマンから聞いた「撮影の基本」を思い出し、通路の中央にしゃがんで何度もシャッターを切った。

前田あかりは人目を引く女ではなかった。まずは十人並だった。それでも乗客の注文に応えて懸命に笑顔を作ろうとする彼女は、成熟した女の優しさにあふれ、ほとんど美しいといってよかった。

「おめでとうございます」席に戻ると阿久津は言った。「いいお嬢さんですね」

「ありがとう」老婦人は切れぎれの声で言った。「あなたも、息子さんを大事にね。手紙を書くのよ」

「そうします」

阿久津は大きく手を振って機内販売のスパークリングワインを注文した。「お祝いの品だからリボンをつけて」。シャンパンがよかったが、売っていないのだから仕方がない。

「もしよければ」阿久津は身をかがめて言った。「私がお嬢さんの部屋までお送りします。空港に車を停めてあるんですよ」

「そんな、もう遅いし」

「ついでなので気にしないでください。古い車ですが、荷物もけっこう積めます」

阿久津は日産のラシーンに乗っていた。幼稚園に通っていた息子が「かっこいい」と言い、阿久津も形が気に入り、四万キロ近く走った中古車を衝動買いしたのだ。すでに十万キロを超し、車検のたびに「買い換えた方がいい」と言われていたが、不具合を直して乗り続けていた。息子を乗せてあちこちへ行った、思い出がいっぱいに詰まった車なのだ。そうだ、あの車で哲に会いに行こう、明日にでも出かけよう――突然湧いた思いに阿久津は夢中になった。

「ご搭乗のみなさま、シートベルト着用のサインが点灯いたしました」

再びアナウンスが流れた。

「ただいま気流の関係でやや揺れております。運航には支障ございませんが、どうかお座席に着き、シートベルトをしっかりとご着用ください。当機はこの先、徐々に高度を下げて参ります。みなさまの羽田空港ご到着は定刻通り二十二時十分を予定しております。短い時間ではありましたが、本日のご搭乗、誠にありがとうございました。乗務員一同、重ねて心より厚く御礼申し上げます」

アナウンスが終わり、その夜、何度目かの拍手が起きた。老婦人はうつむいて洟《はな》をかんでいた。もう話はできそうにない。元化学教師は腕組みをして前の席を睨みつけるようにしていた。

飛行機が高度を下げ、機体を傾けると窓の外に街明かりが見えてきた。やがて前方のスクリーンに滑走路が映り、両脇に白色のライトの連なりが見えた。夜の羽田空港は美しかった。

阿久津は幼かった頃の哲を思い出した。あのカエデのような小さな手の握りしめや、お母さんと離れて暮らすと告げた時、くしゃくしゃにして泣いていた顔を。その息子に会ってこの夜のことを伝えたかった。そして、こう言ってやりたかった。世の中って、新聞やニュース番組のアナウンサーが伝えるほど悪くないものなのだよ、と。

阿久津は羽田空港から別れた妻にメールを送った。前田親子を送って部屋に戻ると返信が届いていた。

〈何をしに来るの？　こっちは書き入れ時なんだけれど〉

中伊豆の旅館の長女である仁美《ひとみ》は、いまはそこの女将《おかみ》である。暮れから正月にかけてはやはり忙しいらしい。招かれざる客であることは承知していたが、それにしても何をしに来るのかとはご挨拶じゃないか。むかついてぶつくさ呟《つぶや》いていると第二信が届いた。

〈さっきはごめん。いまは本当に忙しい。哲も受験勉強中。あなたにいい報告をしようとがんばっている。

来るなら哲の卒業式にして。3月13日。桜が咲く頃だから、やっぱり忙しいかも。その時は送迎の運転手をお願いします（笑）〉

そんなわけで予定は決まる。阿久津はメモ用紙に「3／13、卒業式」と書いて壁に留めた。走り書きの文字を見て時の流れの速さを実感した。七年前、小五の秋に別れた息子がもう高校を卒業する。自分も来月で四十五歳になる。白髪が目立つわけである。

哲も受験か。わかってはいたが、自らの蛍雪時代を思い出し、阿久津はしみじみとした気分になった。二年続けて落ちてしまい、第一志望の国立大学は諦めたが、あれはあれで充実した日々だった。三角比の拡張とか、電磁誘導の法則とか、クレイステネスの改革がどうしたとか、生きていくのに何の役にも立たないことばかりなのに、あれは男の人生になくてはならない時間だと思った。

そうか、哲も受験か、がんばれよ。……阿久津は自分でも奇妙に感じるほど興奮していた。こうなると飲まずにいられない。まずはビール、それからジャック・ダニエル。最近はソーダ割りである。

しみじみとした気分でソーダ割りを飲んでいたら哲からメールが届いた。

〈卒業式は3／13、10時スタート。女将さん曰《いわ》く、床屋へ行き、スーツ着用、上履き持参のこと、だって。

PS．1枚の紙きれで人生が決まるなんて、おかしくない？〉

阿久津は喉を鳴らして笑った。高校時代、阿久津も同じことを父親に言った。同じことが、まったく同じように際限もなく繰り返される。ニーチェのいう永劫回帰である。この分だと哲も浪人かな。そう思いながら返信のメールを打った。

〈じゃあ、何枚ならいいんだ？ 10枚か。１００枚か。

心配するな、そんなもので人生は決まらない。決まるわけがない。ともあれ、3月13日に会おう〉

青い鳥

三月十三日、沼津市の桜はまだ堅い蕾だった。

なだらかな住宅街の坂を下ると、校門の前に人垣ができていた。卒業記念の写真を撮るために親子が列を作っているのだった。阿久津は車を停め、しばしその華やいだ光景に見入った。

男子生徒は大半が父親よりも背が高くなっていた。父親たちの頭には白いものがちらほらと交じっている。母親たちは精一杯おめかしをしているが、笑顔を作るたびに目尻や口許《くちもと》に小皺が浮かぶ。結婚して二十年もたてば、まあ、そんなものだろう。お疲れさま、と阿久津は心の中で呟く。そして、白髪や小皺の目立つ同世代の男女に友情に近い親近感を抱く。

人波の中に仁美を見つけ、阿久津は運転席から手を振った。和服を着ていたのですぐにわかった。仁美は阿久津のふたつ年下で今年四十三になる。年よりも若く見えるわけではないが、和服姿の仁美には凛とした風情があり、卒業生の母親たちの中では際立っていた、と思う。

「どうしたの、うさぎみたいな目をして」

仁美が口許に薄笑いを浮かべて言った。それを見て、阿久津はまたしても時の流れの速さに呆然とする。ヘミングウェイではないが、最近は何を見ても何かを思い出す。四半世紀前のクリスマスイブ、阿久津は井の頭線の改札の前で仁美を待っていた。二人きりで会うのはその日が初めてだった。白いコートに水色のマフラーをした仁美の唇は緊張で引きつっているように見えた。その同じ唇がいまは薄笑いで引きつっている。人間、変われば変わるものだ。

「三時間しか寝ていない」阿久津も薄笑いを浮かべて言った。「なかなか仕事が終わらなくてさ」

「いつものことでしょ」

「まあ、そうだ。いつも通りだ。最近はラジオの仕事もしている。明け方までラジオの台本書きをしていた」

「そうなの、お疲れさま。学校の駐車場はいっぱいだから、そのクラシックカーは向こうの空き地に停めて」

「向こうの空き地」には五十台くらいの車が停まっていた。中古車の展示場さながらである。ひっきりなしに車が入っていて台数は増える一方だった。

誘導員の指示に従って車を停め、校門の方へ歩いていると仁美が近づいてきた。

「哲は四月からどうするの」と阿久津は言った。

「あなたに迷惑をかけたくないから、こっちでがんばるって」

「迷惑なんてことはない。浪人するなら東京の方が絶対にいい」

「そうかもしれないけれど、あの子、好きな子がいるのよ。その子と同じ予備校に通うみたい」

「へえ、この学校の子？」

「そう。何度かうちへ泊まりにきた」

「泊まりに？」阿久津は素っ頓狂な声を上げた。

「大丈夫、私の部屋に寝かせているから。とにかく哲にはそういう子がいるの。いい子よ、何だか昔の自分を見ているみたい」

「そりゃいい子だ。あいつが惚れるのも無理ない。けど、向こうはどうなの」

「熱愛よ、熱愛。相思相愛」

「なるほど、昔のおれたちみたいなものだ」

「それは、ちょっと違うかも」

二人は軽口を叩き合いながら校門をくぐった。阿久津が何か話すたびに仁美は笑った。陽性でよく笑う女なのだ。阿久津も笑った。元々、嫌い合って別れたわけではなかった。仁美の父親は旅館の四代目を探していた。腰の低い好人物だったが、顔を合わせるたびに「跡を継げ」「婿養子になれ」と言われ、阿久津は次第に伊豆へ行かなくなった。

阿久津には婿入りする気も温泉旅館の親父になるつもりもなかった。高校生の頃から小説家になりたいと思っていたのだ。といって、すぐにそれで暮らせるとも思えず、大学を出て小さな編集プロダクションに就職した。気の弱さから「大人の真似」をしてみたのだ。ちょっとした寄り道のつもりだったが、どういうわけかそこで重用され、おだてられて本を書き、気がつくと賞まで獲っていた。しかし、それも自分のしたいことではなかった。仁美と結婚してからも、小説家になれなければ他の何にもなりたくないと思っていた。とはいえ、田舎の年寄りにそんな言い分が通用するはずがなかった。

人生は出来の悪いびっくり箱みたいなものだと阿久津は思う。ある日、義父が電話をかけてよこし、自分は胃癌でもう長くない、どうかあとを頼むと言った。驚いている間もなく義父は急逝し、仁美は哲を連れて実家へ帰り、悲しいかな、離婚の憂き目にあうことになったのだ。

義父は酒好きの善人だった。悪い思い出はひとつもない。電話をもらった時、なぜ会いに行かなかったのだろう？　酒は無理でも、お茶でも飲みながら色んな話ができたはずなのに——思い返せば後悔することばかりである。

そんな詮ない思いに浸っている間にも次々と校門に人が吸い込まれていた。卒業式が行われる体育館の前にも大勢の人がいた。阿久津は人の多さが気になった。卒業生の父兄がこんなにいるとは思えなかった。

「晴れてよかったわね」

「本当。急に春が来たって感じよね」

知り合いの奥さんたちを見つけ、仁美が立ち話の輪に加わった。昔から人付き合いが好きなのだ。阿久津の方は一人の知り合いもいない。この学校に来たのも今日が初めてだった。

「席を取っておいて」と仁美が言った。「父兄席のできるだけ前の方をお願い」

阿久津は仁美から渡された紙袋を持って体育館に入った。ステージに「第105回　卒業証書授与式」と書かれた横断幕がかかり、ブラスバンドが音合わせをしていた。地方の高校とはいえ、百回以上も卒業生を送り出しているのなら伝統校といえる。名門校、そういってもいいかもしれない。阿久津は柄にもなく誇らしい気持ちで横断幕を見上げ、ブラスバンドが奏でる『蛍の光』を聴いた。

何とか席を確保して外に出ると陽射しが強くなっていた。三月とは思えない陽気だった。眩しさに目を細めていたら、小ぶりな車が近づいてきた。車は人波を避けながらゆっくりと半円を描き、体育館の正面に停まった。

それは淡いブルーの4ドアセダンだった。フェンダーミラーなので旧車に違いないが、きれいに塗装され、新車かと見まがうほどだった。銀食器のようなフロントバンパーが春の光に映え、クラシカルなスタイルと相まって実にいい感じだった。車名を示すものはなかったが、フロントグリルに「D」のエンブレムがあった。おそらくダットサンのDだろう。古い日産の車だ。

運転席から礼服を着た男が降り立った。見た感じ、五十代の半ば。年の割にすらりとしていてジョン・レノン風の丸眼鏡をかけていた。男は礼服の襟を正し、折り畳みの櫛を広げて髪をとかした。ワインカラーのアスコットタイに同色のチーフ、どちらにも黒いドットが入っていた。代官山あたりのバーカウンターに座っていそうな男だったが、表情は柔和で生真面目そうな目をしていた。

「いいお車ですね」卒業生の父親らしき人が声をかけた。

「はあ、ありがとうございます」

男は恐縮した様子で頭を下げ、もう一度襟の位置を直した。髪もまだ気になっているようだった。

暇を持て余した父親たちがぞろぞろと車の周りに集まってきた。男たちの会話からふたつのことがわかった。車は一九六四年製の日産ブルーバードで、丸眼鏡の男はこの学校の校長だった。仁美から渡されたパンフレットによれば真壁純《まかべじゅん》、校長になって今日が三度目の卒業式のようだった。

ギャラリーの求めに応じて真壁校長が運転席のドアを開けた。阿久津も男たちの輪に加わって車内を見た。クリーム色のレザーシートにウッドパネル、ウッドハンドル。助手席にも木目のきれいなテーブルが取りつけられていた。内装も見事だったが、何といってもいいのは外観だ。傷ひとつないブルーのボディーはまるで濡れているように見えた。

真壁校長は穏やかな口調で車の説明をした。請われるままにエンジンルームを見せ、根気よく質問に答えていたが、やがて腕時計に目をやって言った。

「ご子息のご卒業、おめでとうございます。式まで時間がありますので、よければ屋上に昇ってみてください。今日は富士山がきれいに見えます」

校長が立ち去ってからも何人もの男が車を見にきた。阿久津は中腰になって、じっくりとブルーバードを見た。神は細部に宿るとはこのことだった。ルームミラーやフロントガラスの周囲にメッキが施され、それが車の美しさを際立たせていた。昔風の円盤状のホイール、格子柄のフロントグリル、丸目二灯のヘッドライト、そのすべてが春の陽にきらきらと輝いていた。

「触っちゃだめだよ、校長ご自慢の車だから」

仲間と連れ立って歩く哲が声をかけた。阿久津は「よう」と言って手を振ったが、哲は薄笑いを浮かべてそっぽを向いた。母親によく似た薄笑いだが、まあいい、そういう年頃なのだ。

校長ご自慢の車か、と阿久津は思った。たしかにあれは自慢ができる。フェラーリだってあまで人目は引かないだろう。とはいえ、車道楽にうつつを抜かす校長というのも妙なものだという気がした。

体育館は人でいっぱいだった。用意されていた椅子はすべて埋まり、ブラスバンドの演奏が熱を帯びていた。仁美は卒業アルバムを開いていた。阿久津は隣に腰かけ、「ここの校長さん、どんな人?」と言った。

「楽しい人よ。PTAなんかでも素敵な話をするの」

「素敵な話を」

「素敵だし、すごく面白いの。ほら、若い人が多いでしょ、みんな卒業生。校長の話を聞きに来たのよ」

要するに話がうまいわけだ。阿久津はパンフレットの冒頭にあった「学校長の言葉」を読んだ。


旅立ちの日を迎えたみなさん、卒業おめでとう。

私も三十六年前に本校を卒業しました。卒業式の日のことは忘れられません。本校で過ごした一千日あまりの日々は、五十四歳になったいまも、私の心に深く深く刻まれています。……


文章の方はどうってことはない。ふつうだ。校長になる前は英語を教えていたらしく、文末にヘンリー・ミラーの文章を引用していた。暇つぶしに訳していたらティンパニーが連打された。式が始まったのだ。

いまどきの卒業式はJポップを流すらしい。レミオロメンの『3月9日』のメロディーが流れる中、二百五十名あまりの卒業生が入場し、開式の言葉に続いて国歌と校歌が斉唱された。体育館は満席で座れずに立っている人が両側にぎっしりと連なっていた。千秋楽の国技館さながらで、いまにも「満員御礼」の垂れ幕が降りてきそうだった。

真壁校長は卒業生の名前を読み上げ、一人ひとりに卒業証書を手渡した。その際に「合格おめでとう」とか、「柔道、よくがんばった」とか、「犬の散歩がてらに遊びにこい」などと言った。先は長そうだ。やれやれと思っていたら、十番目くらいに卒業証書を受け取った男子生徒がくるりとこちらに向き、壇上で直立不動の姿勢を取った。坊主頭で眉が太く、何だか右翼の見習いみたいだった。坊主頭は数秒そのままの姿勢でいた。どうしたのかと思っていると、両肩を大きく上下させ、体育館中に響き渡る声で叫んだ。

「おれは、この学校を、愛している。三年間、本当にありがとう」

一瞬の静寂のあと、大きな拍手が湧き起こった。拍手は生徒が壇を降り、席に着くまで鳴りやまなかった。

面白かったのはそのあとだ。自分も何か言わなければと思ったのだろう、次に証書を受け取った卒業生も同じようにこちらを向いて声を張り上げた。

「野川先生、先生のおかげで合格できました。センター試験の数学、満点でした」

拍手。大拍手。

「私大は、全滅しました。国立は、なおさら無理だと思いますが、励ましの拍手、お願いします」

爆笑。大拍手。

「甲子園予選、応援してもらったのにコールド負けでした。一浪して神宮でがんばります」

卒業生が何か言うたびに拍手が起き、歓声が上がった。阿久津はげらげら笑った。眠気はどこかへ吹き飛んでいた。しゃべるのは男ばかりで、女子生徒はほとんどが無言で証書を受け取ったが、「私は」と言ったきり言葉に詰まり、壇上でわっと泣き出した子がいた。体育館は静まり返り、やがて「がんばれ」、「私はどうした？」という声がかかった。

「私は、私なりに……三年間がんばりました。ありがとう」

女子生徒が震えたような涙声で言うと、「どういたしまして」と卒業生が叫び、体育館がどっと沸いた。阿久津は膝を叩いて笑った。こんな面白い卒業式は初めてだった。

1組が終わったところで壇上に卒業生用のスタンドマイクが据えられた。臨機応変の対応に拍手と笑いが起きたが、阿久津は逆に緊張した。哲は3組だった。へそ曲がりの息子が何を話すのか、楽しみでもあり心配にもなってきた。どきどきしながら見ていると、黒縁眼鏡をかけた小柄な男子生徒が、壇上でふうっと息を吐いた。大きな吐息がマイク越しに響き渡り、館内は再び静まり返った。黒縁眼鏡は胸のあたりで大事そうに卒業証書を抱え、もう一度息を吐き、甲高い、裏返った声で言った。

「おかあさん、いままで本当にありがとう」

阿久津は天井を向いて笑った。かわいそうに、何も言うことを思いつかなかったのだろう。それにしても十八にもなっておかあさんか、こいつはいい。精一杯笑っていると、仁美にスーツの袖を引っ張られた。「あの子の家は母子家庭なの」

何も言わずに壇を降りる卒業生もいた。むしろ、その方が多かった。最後なのだし、ここはひとつ、何か叫んでほしい——証書を受け取った卒業生がこちらを向くたびにそんな期待でしんとなったが、無言で降壇する生徒が続き、いよいよ哲の番になった。阿久津は緊張で喉が干上がり、自分の心臓の音が聞こえるようだった。何か言ってくれ、いや、何も言わないでくれ。祈るような気持ちで胸いっぱいに溜めた息をゆっくりと吐いた。

哲はいつもながらの表情、というか無表情で登壇し、校長に一礼して卒業証書を受け取った。

「こっちでがんばることにしたんだよね。家はちょっと遠いけれど、たまに顔を見せに来てくれよ」

哲は校長の言葉に「はい」と短く答え、こちらに向き、頷くように一礼して言った。

「今日は、小五の秋に別れた父親が来てくれました。忙しいのに、遠くから来てくれてありがとう」

一斉に拍手が起きた。仁美は嗚咽《おえつ》を漏らし、両手を目に押し当てた。阿久津は何とか堪《こら》えたが、何でもないような顔で席に戻る哲の姿が滲んで見えた。知らぬ間に息子は大人になっていたのだ。

授与式のあと、祝電が紹介され、来賓や同窓会会長の挨拶が続いた。こういうのは実にくだらない。阿久津はまた眠たくなり、うつらうつらし始めたが、大きな拍手で我に返った。

真壁校長が演壇の両端に手をつき、よく通る声で「卒業、おめでとう」と言った。フラッシュが焚かれ、丸眼鏡のレンズがきらりと光った。

「遠い昔、私もある人から卒業おめでとうと言われ、感激したことを思い出します。正確には大学を卒業した時だったのですが、出るのに苦労した分だけ嬉しさもひとしおでした。言ってくれたのはレコードショップで働いていた女性で、いまの私の妻です。すでにCDというものが存在していましたが、多くの人はレコードで音楽を聴いていました。その頃はレコードを買うとポスターがついてきました。音楽好きの人はみんな部屋にポスターを貼っていました。私もたくさん貼っていました。私は教員になってほどなく結婚したので、どうしてあの女《ひと》と結婚したのかと先輩の教員からよく聞かれました。そのたびに私は答えました。レコードを買ったらついてきました、と」

体育館がどっと沸いた。卒業生は上体を前後させて笑っていた。阿久津も笑った。おかしくて仕方がなかった。

真壁校長は間合いというものを心得ていた。演壇に置かれていた水を飲み、胸ポケットのチーフで眼鏡のレンズを吹き、笑いが収まるのを待って再び話し始めた。

その日、彼がしたのはこういう話だった。

＊

私は今朝、一九六四年製の日産ブルーバードで来ました。体育館の前に停めたので、ご覧になられたかと思います。私と同世代の古い車ですが、きちんと整備されているのでちゃんと動きます。あの車は去年の秋に北海道からフェリーで届きました。なぜ北海道から車が届いたのか、最後にその話をしたいと思います。

いまから三十六年前、私もこの高校を卒業しました。当時の公立高校はどこもそうでしたが、本校も「四年制高校」と言われていて大半の生徒が一浪して大学に入りました。郷に入りては郷に従えといいます。私も母校の慣習に従い、一浪して大学に入りました。

私には大学生になったらしたいことがありました。北海道にある祖母の墓参りです。私は東京の生まれですが、事情があって北海道の父方の実家で育ちました。そこにいた祖母が私の母親代わりでした。

正直、このばあさんには参りました。戦争で夫を亡くし、女手ひとつで六人の子を育てたという人で、気が強いし、やたらと怒鳴りまくる。おまけにヘビースモーカーで、授業参観に来ても廊下でキセルを吹かしていたりする。いまでは考えられません。当時でも規格外の、男まさりのばあさんでした。

そのばあさんも年を取って身体が弱くなり、私が高学年になると寝込むようになりました。結局、祖母は老人ホームに入り、私は、ここ沼津の母方の実家に引き取られることになりました。中学二年の冬休みのことです。

祖母に別れを告げた日のことは忘れられません。古ぼけたバスに乗って、海岸沿いの道を十キロほど走って老人ホームへ行きました。日本海から吹きつける風に雪が舞う、凍えるような日でした。祖母の長男、私の伯父にあたる人は「ばあさんは惚《ぼ》けた。おれの顔も憶えていない」と言っていましたが、祖母は私の顔を見て、ぽろぽろと涙をこぼしました。私も泣きました。しばらく口がきけないほど号泣しました。それくらい、私にとって大事な人だったのです。

祖母は、私が高校を卒業した年に亡くなりました。九十歳でした。浪人中だったので葬儀に行けず、そのことが気にかかっていた私は、大学に入った年の夏、五年ぶりに北海道へ行きました。祖母は岩内《いわない》という町の出身でした。小樽の南西、積丹《しやこたん》半島の付け根にある海辺の町です。私が少年時代を過ごした町ですが、二十歳の大学生にとっては退屈なところでした。同級生の大半はすでに町を離れていたのです。祖母の墓参りを済ませ、すっかり暇を持て余していたら伯父が食事に誘ってくれました。行ったのは海沿いのドライブインです。ドライブインといっても皆さんはご存じないでしょう。いまのファミレスみたいなもの、といったらファミレスに失礼になるようなレストランが街道の所どころにあったのです。

昼どきなのに、だだっ広いドライブインには一人の客もいませんでした。うんざりしたような顔のおばさんが厨房にいるだけで、注文したラーメンは麺がほぐれていませんでした。一緒に頼んだ餃子は黒焦げでした。なぜ閉店にならないのか不思議でしたが、伯父の話を聞いて合点がいきました。

「ここは、おれが建議して町おこしのために作ったんだ」

伯父は四期ばかり町会議員をしていました。初当選したのは私が保育園に通っていた頃で、333票で当選したことを憶えています。何だかパチンコみたいですよね。要するに、そこは町立のドライブインだったのです。麺のほぐれていないラーメンを出そうが、黒光りのする餃子を出そうが、そう簡単につぶれないわけです。

ドライブインの窓からきらきら光る海が見えました。北海道にいることを忘れそうになる光景でした。伯父はまずそうな蕎麦をすすり、眩し気に目を細めて言いました。

「ここができた時は新聞に載った。町長と一緒にテープカットしたよ。あの時は五十人くらい集まった。いや、もうちょっといたな。とにかく、あの頃は仕事、仕事、また仕事だった」

余談になりますが、社会に出たら年寄りの数だけ自慢話があると思ってください。他に誰も言ってくれないから本人が話すわけで、大半はしょうもない話です。どうでもいいような話です。でも、それが彼の人生なのです。この人生で自分はこれこれこういうことをした、それを知ってほしくて話すのです。ただ生まれてきて、何となく生きて、何もせずに死んでいくなんて思いたくない。だから話すのです。退屈に思うかもしれませんが、みなさんは真剣にその話に耳を傾けてあげてください。頷いたり、質問をしたりして関心を持っていることを示してあげてください。相手が有力者なら、きっといいことがあります。何の力もない人でもラーメンくらいはおごってくれます。餃子もつくかもしれません。

話を戻します。

伯父のカローラは家を出た時からキーキーと嫌な音を立てていました。私はそれが気になっていたのですが、伯父も気になったらしく、ドライブインからの帰りに町外れの修理工場に寄りました。

平日の午後なのに工場は閉まっていました。伯父は裏手にあった経営者の家に行き、「客だぞ」と声を張り上げました。出てきたのは十歳くらいの男の子でした。聞くと母親が入院していて、前の晩から一人で留守番をしているというのです。

「それは大変だな。昼飯は食ったか」

男の子が首を振ると伯父は出前を頼みました。「お前も食うか」と聞かれ、私は頷きました。ドライブインのラーメンをほとんど残していたので腹ペコだったのです。

三人で出前の寿司を食べ、高校野球の中継を観ていたら四十歳くらいの父親が帰ってきました。父親は空の寿司桶を見て恐縮し、車はきちんと整備して届けるが、数日待ってもらえないかと言いました。話しながら、しきりに瞬きをしていました。泣いていたのです。伯父が事情をたずねると、父親は息子を二階に行かせ、妻が腎臓の病気でもう長くないと言いました。車の修理どころではなかったわけです。

父親は親戚の家に電話をかけ、アルバムを探し始めました。これからまた札幌の病院へ戻り、思い出の写真を見ながら奥さんと話したいというのです。

「天気もいいし、腹ごなしに歩いて帰るか」

家まで五キロくらいありそうでしたが、伯父は私にそう言いました。物事には優先順位というものがあります。そこはみなさんも間違えないでください。奥さんを亡くすかもしれない人の前で、十年落ちのカローラのキーキー音を何とかしろとは伯父もさすがに言えなかったのです。

父親はブルーバードで私たちを送ってくれました。そう、あのブルーバードです。伯父は助手席から奥さんの容態をたずねました。父親は、輸血が必要だが一致する血液がなくてどうにもならないと言いました。私は奥さんの血液型をたずねました。案の定、私と同じAB型のRhマイナスでした。

「このまま病院へ行ってください」

私は後部座席から献血手帳を示して言いました。Rhマイナスの血液はどの型のものも不足しています。中でもAB型は二千人に一人というレアな型で、私は赤十字の血液センターに登録していました。それで献血手帳などというものを持っていたわけです。

記憶とは不思議なものです。ほとんどのことが消え去り、抜け落ちて、何でもないような断片だけが残るのです。その日、私は札幌の病院で長い時間を過ごしたのですが、いま思い出せるのは献血を済ませて岩内へ戻る車中の会話だけです。

「この車、かっこいいですね」

私の言葉に父親は初めて笑顔を見せました。

「これは結婚した年に買いました。妻もこの車が好きで、ずっとこれに乗りたいというので、あちこち直して、もう二十年以上乗っています」

父親は懐かしそうに、この車で妻とあそこへ行った、あそこへも行ったと話し始めました。私は感動しました。一人の女を愛し、一台の車に乗り続ける、素敵な話じゃないですか。

それから三十五年間、私はこの一家と年賀状のやり取りを続けました。年賀状には決まって近況を伝える文章が添えられていました。今日、持ってきたので読みます。

〈息子が中学生になりました〉、〈思いきって工場を札幌に移しました〉、〈息子が仕事を手伝ってくれることになりました〉、〈初孫が無事に生まれました〉……

時間の関係ではしょりますが、三十五枚の年賀状を読み返すと、人生なんて本当にあっという間だと実感します。

私も毎年、近況を伝えました。

〈大学を卒業し、高校の教員になりました〉、〈四月に結婚します〉、〈無事に娘が生まれました〉、

〈南伊豆の高校へ転任になりました。夏の岩内を思い出します〉……

大人の時間はみなさんの時間よりも早く過ぎます。川にたとえれば急流です。富士川みたいなものです。暑いなあと思っていたら秋風が吹いて、気がついたら『紅白歌合戦』を観ていたりします。人も亡くなります。私が献血した奥さんは七十五歳になるいまもお元気ですが、ご主人の方は昨年の春に亡くなりました。そのため、今年は年賀状が届きませんでした。代わりに工場を継いだ息子さんから届いたのがあのブルーバードです。あの車を見た時の驚きは免許のないみなさんにもわかってもらえると思います。絶品《マッコイ》とはあのことです。

「人間は何のために生きているのですか」

科学者のアインシュタインは、ある時、唐突にそんな質問を受けました。畑違いの質問に戸惑いつつもアインシュタインは答えました。人の役に立つためです、と。この言葉は正しいのではないでしょうか。

私は献血をしただけです。札幌の病院で血を抜かれただけです。アインシュタインと違って知能は一切使いませんでしたが、それでもブルーバードにエンジンをかけるたびに幸せな気持ちでいっぱいになります。

みなさん、何のために生きているのか迷わないでください。あなたたちは人の役に立つために生きているのです。どうすれば人の役に立てるのか、それについて考えるだけでいいのです。そのための努力を惜しまないでください。努力しても車が届くことはないと思いますが、見返りは求めないでください。みなさんがこれから払う努力こそが、みなさんの青い鳥なのです。

ご静聴、でもありませんでしたが、ともかくも聞いてくれてありがとう。長くなってすみません。最後にもう一度、卒業、おめでとう。

＊

その日、阿久津は初めて謝恩会というものに出た。自分には縁のない会だと思っていたが、真壁校長のスピーチが気に入り、話をしてみたいと思った。哲の担任にも会ってみたかった。卒業式で見たら美人だったし、何より名前がいい。山川小雪。年の頃は三十五、色白で笑顔の素敵な女性だった。小雪先生の顔見たさもあり、阿久津は仁美のあとについてホテルの宴会場を歩き回った。

小雪先生は礼服の胸に赤いバラを挿《さ》していた。面長で、眉が細く、いっときも笑顔を絶やさない。生きていることが楽しくて仕方がない、そんな笑顔だった。仁美は小雪先生と仲がいいらしく、ビールのコップを片手に話し込み、ついでにといった感じで阿久津を紹介した。

「哲くんのお父さまですね」と小雪先生が言った。「存じ上げています。以前に雑誌でお写真を拝見しましたから」

「いつ頃ですか」何のことかわからず、阿久津は目を瞬かせた。

「おととしの夏、真珠湾攻撃のことをお書きになっていらしたでしょう。十ページくらいの長い記事を」

「ああ、あれを読まれたのですか」

「面白くて一気に読みました。書き出しが素晴らしいと思いました。一九四一年十二月八日、ハワイは平和な日曜の朝を迎えようとしていた――いきなり戦闘の場面でしょう、スピード感があってぞくぞくしました」

読者に会うと書き手は嬉しくなる。細かな点を指摘されるとなおさらだ。阿久津はたちまちこの女教師が好きになった。

小雪先生は面長の顔いっぱいに笑みを浮かべて続けた。

「知らないことがいくつも書かれていました。真珠湾に近づいた艦載機の無線が、グレン・ミラーの『サンライズ・セレナーデ』を傍受していたなんて初めて知りました。まさかと思って、そこは何度も読み返しました。お書きになられていたように、あの日、ハワイはいつもと変わらない平和な朝を迎えようとしていたのですね。諸説ありますが、ハワイの米軍はやはりFBIから何も知らされていなかったわけですよね」

阿久津は戸惑いながら頷いた。仁美から日本史の教師だと聞いていたが、三十代半ばの美女が笑顔でする話とは思えなかった。

「お飲みになりませんか」小雪先生が両手でビール瓶を抱えて言った。「私でよければお注ぎします」

「嬉しいですね。先生は日本史を教えられているそうで」

「はい。大学で昭和史を専攻したので、大東亜戦争がらみの記事にはほとんど目を通しています」

阿久津は笑った。「大東亜戦争ですか」

小雪先生はきゅっと唇を結んだ。すぐにまた口許をほころばせたが、目は笑っていなかった。

「あれは大東亜共栄圏を築くという大義から始まった戦争です。太平洋戦争というのは戦後に作られた言葉で、そんな戦争をした日本人はいないはずです。こういう話をするから右の女教師だと言われてしまうのですが、右も左も関係ありません。史実です」

「そうですね、史実です。失礼しました。よければもう一杯いかがですか。今度は私がお注ぎします」

「では、ありがたく」

阿久津はコップに注いだビールで小雪先生と乾杯した。ひやっとした幸福が五臓六腑に染み渡った。山川小雪、実に実に魅力的な女性だった。もっと話していたかったが、押し出しのいい、ちょび髭の男が横から割って入ってきた。

「われらが憧れの小雪先生、お元気でしたか」

ちょび髭が甲高い声で言った。ずいぶん飲んでいるらしく顔が真っ赤だった。

「おかげさまで。いまの言葉でますます元気になりました。花田先生は？」

「ふつうです」とちょび髭が言うと、小雪先生は上を向いて笑った。

「哲が一年生の時の担任」と仁美に耳打ちされ、阿久津は哲の父親だと自己紹介した。

「息子さんの言葉には感動しました」ちょび髭の花田が言った。「彼はああいうことを言うタイプではありません。それだけにぐっときました。人は落差に打たれるといいますが、私も人間の内だとわかって嬉しかった。ところで、お父さまは雑誌などにご執筆されているそうで」

「ええ、まあ。トップ屋の端くれでして」

「トップ屋さんですか。懐かしい言葉ですね。それならぜひうちの高校に取材にきていただきたい」

花田は別の高校へ転任になり、いまはそこで日本語を教えていると言った。

「ここだけの話、地を這うほどにレベルの低い高校でして。昔は勉強がだめなら不良になって目立とうとしたものですが、いまの子たちは不良になる元気もない。ただただ無気力なのですよ。さて、こいつらをどうしようか。何しろゼロからの出発です。考えた末、新聞のコピーを配って授業の半分はそれの音読です。私は本来数学を教える立場なのですが、読み書きもできない生徒に高校の数学を理解させるのは無理がある。英語、古文漢文、物理化学、全部無理です。それなのに校長は授業の進み具合ばかり気にしてぶつくさと文句を言う。何でもいいからさっさと終わらせろと言うのです。粗悪品を量産している、どこかの国の工場長みたいな男で生徒の将来など考えていないのです。健康のためとか言って昼休みに校庭を後ろ歩きしたりして、あの親父、一体何をしに学校に来ているんだか。生徒の精神の健康を考えるのが自分の仕事だということがわかっていないのです。あんなの教育者と言えますかね。お父さん、こうした教育現場の実態を取材して、ぜひ雑誌に書いてください。大々的にお願いします」

早口でよくしゃべる男だった。次から次に言葉が出てくる。阿久津は花田の話術に感心したが、考えてみれば教師はしゃべるのが仕事だ。二十年間、来る日も来る日も生徒相手にしゃべり続けていたら、これくらい話せて当然だという気もした。

「花田先生、今日は教え子の顔をご覧になりに?」と仁美が言った。

「ふたつの目的で来ました。ひとつはもちろんそれです。もうひとつは校長の話です。あの人は打ち出の小槌《こづち》みたいな人だ。いい話が尽きない。今年の話もよかった」

「ええ、とても素敵なお話でした。もっと聞いていたかったくらい」

「本当に」小雪先生も言った。「去年の話もおととしの話も素敵でした。校長の話にはいつも感動してしまいます」

阿久津も同調して頷いたが、真壁校長の話には引っかかる部分があった。事情があって親戚の家で過ごしていた——さらりと言っていたが、どんな事情があったのか。東京で生まれ、北海道で祖母に育てられ、沼津の高校を卒業したのはなぜなのか。仁美に聞いてみたが、首をかしげて「どうしてかしらね」と言う。

阿久津は考えてもわからないことは考えない。職業柄、身についた習性から本人に直接たずねることにした。

真壁校長は大勢の人に囲まれていた。この時は聞き役に回っていたが、話を振られて口を開くと周囲の人が一斉に笑った。何の話をしているのだろう? 聞き耳を立てていたら、校長が「失礼」と言って話の輪から抜け出てきた。

「阿久津さんですね」真壁校長が言った。「今日は遠方からお越しいただき感謝しております。

奥さまにはいつもお世話になっているのですよ」

奥さまではないのだが――阿久津は戸惑いながら頷いた。

「お飲みになりませんか」校長が水割りのグラスを差し出した。「お書きになられたヘイトスピーチの記事を拝読しました。興味深い内容で、あれこれと考えさせられました。それにしてもよく調べられましたね」

それは阿久津が月刊誌に書いた記事のことだった。在日韓国・朝鮮人へのヘイトスピーチを繰り返していた団体のリーダーが、実は在日朝鮮人だったという話である。特に調べたわけではない。朝鮮学校に通っていたという人物が、入学時の写真を持って編集部に現われたのだ。

「雑誌に告発がありましてね」と阿久津は言った。「本人に確認したら、ああいうことになったのです」

阿久津は雑誌に掲載された経緯について話した。後味の悪さの残る取材で、いっそボツにしてほしいくらいだったが、編集部に押し切られて掲載になったのだ、と。話す必要のないことだったが、暴露じみた記事ばかり書いていると思われたくなかった。

真壁校長は阿久津が書いた他の記事についても話した。阿久津は自分の書いたものが広く読まれていると思うほど己惚《うぬぼ》れてはいない。仁美が雑誌を渡したのだと思った。

「卒業式のお話はとてもよかった」と阿久津は言った。「しかし、校長は東京のお生まれなのに、なぜ北海道の親戚の家で過ごし、沼津の高校を卒業されたのですか」

真壁校長は「ああ」と言った。またその話かといった声音《こわね》だった。「私は三年前に校長になったのですが、最初の卒業生にその話をしました。簡単なことです。両親がいなかったのですよ」

阿久津は忙しなく瞬きをした。両親のいない人間などいるはずがない。といって嘘をついているようにも見えなかった。突っ込んでたずねようとした時、「失礼」と真壁校長が言った。

「ネット社会は仮面舞踏会だといった人がいますが本当ですね」校長がスマートフォンを見ながら言った。「私が尊敬していた人物まで仮面をかぶってつまらないことを書いています。フロリダでヤンキースのオープン戦を観て、何とかいうホテルでロブスターを食べたそうです」

意味がわからずに黙っていると、真壁校長が液晶の画面を見せた。サングラスをかけた白髪の日本人が同年配のブロンドの男女と肩を寄せ合うようにしていた。

「フェイスブックですか」と阿久津は言った。

「ええ、この人に招待されて始めました。七十の手習いだと言っていましたが、七十なら生きてもあと三十年でしょう。この人、残りの人生でこんなことがしたかったのですかね」

阿久津は思わず丸眼鏡の奥を覗き込んだ。そのへんの人間ならともかく、学校長の言葉とは思えなかった。

真壁校長はスマートフォンをしまい、アスコットタイの位置を直した。

「阿久津さん、沼津に来られたらぜひ寄ってください。校長というのは暇なのですよ。することがないので、毎日、花壇の手入れをしています。私が丹精したガーベラがもうじき花をつけます。花はともかく、本当にぜひ寄ってください」

そう言うと真壁校長は水割りのグラスを掲げ、また別の輪の中に入っていった。

阿久津は月曜日ごとに渋谷の『恵』に行く。渋谷にいることを忘れそうになる、しみじみとした風情の居酒屋である。駆け出しの頃は六本木や西麻布の店に通っていたが、次第に居心地の悪さを感じ、三十代で歌舞伎町、さらにゴールデン街へと流れ、それにも疲れを感じ、最近はもっぱらここである。酒場は女に似ている、と阿久津は思う。見てくれも大事かもしれないが、結局は居心地のよさが一番なのだ。あちこちへ寄り道し、それなりに楽しみ、時には辛酸も嘗《な》めてこの店に落ち着いたわけだが、そう感じるのはけして年のせいだけではないと思う。では、一体何のためだろう？

給料日前で店は空いていた。生ビールを頼み、壁の品書きを眺めていたら尾崎がやってきた。尾崎は年男の三十六歳、独身、ラジオ局のプロデューサーである。北陸育ちの、業界に毒されていない好人物だが、小柄でぷっくりとした体形のせいか、どことなく鳩を思わせる。この種の男にありがちなことだが、尾崎は着ているものがいただけない。全身ユニクロといったスタイルなのだ。

「何だよ、そのパジャマみたいなシャツは。もう少し何とかならないのか」

阿久津はいつものように軽口を叩く。尾崎もいつも通りの苦笑いを浮かべる。兄貴分と弟分、二人ともそうした役回りをこなすのが好きなのだ。

尾崎は土曜の夜の番組を担当している。著名人へのインタビューを構成し、アナウンサーが本人の談話として読み上げる番組である。登場するのは実業界の大立者や高齢の芸能人であることが多い。日経新聞の『私の履歴書』のラジオ版みたいなものである。

阿久津は二年近く、この番組の構成をしていた。仕事には何の難しさもなかった。尾崎が指定した場所へ行き、功成り名遂げた人の回顧譚を拝聴し、番組向けに再構成するだけである。人間の話し言葉にはボリュームがある。二時間のインタビューで三回分くらいできてしまうので、何も毎週のように尾崎と会う必要はない。阿久津にとっては週始めの気楽な飲み会だった。尾崎にとってもそうだったはずだが、この夜はふだんと違って妙にそわそわしていた。

「あれ、聴きました」生ビールで乾杯すると尾崎が身を乗り出して言った。「すごく面白い。局の何人かにメールで送りました」

「あれ」というのは真壁校長の話である。あのあと、仁美が三年分の卒業式の音源を送ってきたのだ。

「おれも気に入っている。けど、地方の校長先生の話だからな」

阿久津は苦々しい思いで言った。すでに二つの雑誌に持ちこんで断られていた。編集者たちはまるで興味を示さず、苦労してCDに焼いた音源を聴こうともしなかった。編集者というのは年を取ると評論家じみてくる。この二人もそうで、阿久津の話を聞き流し、評論家めいた口をきいた。

「沼津ですか、それはまたローカルですね」

「勘弁してください。校長なんか学校の数だけいますよ」

売れていること、有名であること――サラリーマン編集者の判断基準はその程度のものでしかない。結果、愚にもつかない有名人のおしゃべりに何ページも割《さ》いて、「雑誌が売れない」とぼやくのだ。それにしても、部長だの編集長だのといった小山に登るのにあくせくしているくせに「校長なんか学校の数だけいる」とはよく言ってくれたものだ。

むかむかした気分で飲んでいたら尾崎の携帯が鳴った。電話に出た尾崎は立ち上がり、「そうでしょう」「いいでしょう」と言って、そのまま阿久津に携帯をよこした。かけてきたのは生田《いくた》というラジオ局のアナウンサーだった。

「真壁校長の話、いいですね。あれ、ぜひ私にやらせてください」

生田は挨拶抜きで言った。この道三十五年というベテランのアナウンサーは、耳に響く低音であれこれと褒め、自分がしたかったのはこういう仕事だと言った。

「面白いし、聴き終えて心があったかくなりました。泣いたり笑ったり、こんなことは滅多にない」

「本当ですか」

「もちろんです。社長にもメールでそう伝えました。ただ、所どころ聴き取りにくい箇所がある。再構成が必要だと思います。まあ、それをしてもらわないと私の出番がない。阿久津さん、お願いします」

阿久津はジョッキに残っていたビールを飲み干し、小学生のように勢いよく手を挙げてハイボールを頼んだ。いい年をしてこんなに飲んでいるのだから早死にするに決まっている。そう思いながら、気の早い阿久津はもう構成を考え始めていた。何をどういう順番でどう書くか、それを考えるのが阿久津は実際に書くよりもずっと好きだった。その割に書き上げるのに時間がかかったが、けして怠惰のためではないと思っていた。であれば、やはり何のためだろう？

「阿久津さん、これ、一緒にやりましょう」

「こちらこそ、よろしくお願いします」

生田の言葉に頷きながらハイボールのグラスを四十五度に傾けた時、いつもながらの妄想が頭の中で渦巻き出した。これがラジオで放送されたら、真壁校長はもちろん、仁美や哲、小雪先生も聴くだろう、小雪先生はきっと感動するだろう、仁美も哲もおれを見直すだろう、尊敬するだろう。そんなことを思ってますます興奮し、忙しく手を振ってハイボールをお代わりした。

「飲《や》ってますね、また渋谷ですか」と生田が言った。

「ええ、駅前の居酒屋でちびちびと。そちらも賑やかですね」

「こっちは銀座四丁目です。ここのママも真壁校長の話が気に入ったようです。知的なママさんなんですよ」

阿久津は声を押し殺して笑った。何が知的なママさんだ、どうせ愛人か何かだろう。生田は江戸川沿いのワンルームマンションに住んでいた。二度も離婚して財産に大穴を開けたのだ。けどまあ、どこに住み、誰に惚れようと生田の勝手だし、銀座四丁目のママが気に入ってくれたのなら、それはそれで嬉しい。

「銀座四丁目ですか。いいないいな、羨《うらや》ましいな」

阿久津ははしゃいだ声で言い、生田と声を揃えて笑った。

自分の書いたものが音声として流れるのは活字とはまた違った喜びがあった。阿久津は生田の声が好きだった。あの話で、読み手が生田なら絶対にいいものになる、いや、最高のものにしてみせる。そう心に誓った。

四月十日、夕刻から降り出した雨で桜が散り、都心の歩道はピンク色に染まった。こうなるとラジオ局は忙しい。神宮球場で予定されていたヤクルト―巨人戦が中止になり、差し替えの番組を作るため、局員が足早に廊下を行き来していた。

阿久津は四時過ぎにラジオ局へ行き、自販機に囲まれた円テーブルで原稿の手直しをした。全体の分量を調整し、冒頭からもう一度読み返した。前段が長い気がしたが、削るのも惜しいと思い、結局、そのままメールで尾崎に送った。ともあれ、真壁校長が送り出した最初の卒業生たちへのスピーチ原稿は完成した。ひと息つき、局のビュッフェでサンドイッチをかじっていたら尾崎がプリントアウトした原稿を持ってきた。

「雨なのに生田さんが散歩に出かけました。原稿を読んで興奮したみたいです」

「本当に？」

「本当です。上の人間も気に入ったみたいで、真壁校長の話をもっと聞きたいと言っています。それでなんですが、この人にどれほど材料があるのか、沼津へ行って探ってもらえませんか」

阿久津は気分の振れ幅が大きい男である。褒められると嬉しくて叫び出したくなる。そこら中、走り回りたくなる。そんな時、頼みごとをされると断れない。

「わかった。同じ学校の先生に校長のスケジュールを聞いておく」

「できれば僕も同席したい。この人にとても興味があります」

阿久津は頷き、小雪先生の名刺に書かれていたアドレスにメールを送った。

〈阿久津です。先日はありがとうございました。哲も心機一転、がんばっています。ところで、ラジオ局の人が真壁校長に話を聞きたいと言っています。私が取材してまとめようと思っていますが、校長への取材は可能でしょうか〉

すぐに返事が届いた。

〈メール、拝受しました。とても素敵な申し出です。何だか自分のことのように嬉しい。きっとよい番組になると思います。

さっそく校長に予定を聞いてみますね〉

万事快調。阿久津は上機嫌でコーヒーを飲み、尾崎と連れ立ってスタジオに入った。防音ガラスに囲まれたラジオブース、通称「金魚鉢」にネクタイをした年配の男がいた。尾崎のいう「上の人間」だろう。どこを散歩していたのか、生田はマイクの前で準備完了といった様子だった。

「この校長さんの話、いいですね」

口数の少ない長髪のディレクターが原稿に目をやりながら言った。学生時代、ロックバンドでギターを弾いていたというピアス男である。夏でも長袖のシャツを着ているが、噂では二の腕にあるジミ・ヘンドリックスの刺青《いれずみ》を隠すためということだった。そんな男の琴線にも触れたのだと知り、阿久津はまた叫び出したい気持ちになった。

「生田さん、ではそろそろ」ディレクターが前髪をかき上げて言った。

生田は原稿に目をやったまま、「おう」と応じた。

＊

卒業、おめでとう。

みなさんが生まれた十八年前、私は南伊豆の高校で英語を教えていました。漁港のそばにマッチ箱のような家を借りて、妻と小学生の娘の三人で暮らしていました。目の前は海で窓を閉めていても潮の香りが漂ってきました。

本校の校長になって初めて送り出す卒業生であるみなさんに、最後にその時の話をしたいと思います。実際には南伊豆のことではなく私自身の話ということになりますが、私はいまでもあの静かな港町と、そこに住んでいる人たちを愛しているので、そこから話を始めさせてください。

土地柄、そこは漁師が多く、よく魚をもらいました。食卓に魚が並ばない日はなかった気がします。もらいっ放しではよくないと思い、お返しにお酒などを届けましたが、そのたびに漁師たちは困った顔をしました。私にはそれが不思議でした。

ある時、年配の漁師が言いました。

「私らは余った魚をわけて差し上げているだけです。お堅いご商売をされていることは承知していますが、こういうことをされると普通にお付き合いできない。これで最後にしてもらえませんか」

私はお堅い商売をしているつもりはありませんでした。生徒と向き合うのが教師の仕事です。お堅い人間に向き合われたら皆さんだって困るでしょう。そのへんは注意してきたつもりでしたが注意不足でした。

それから私は意識して真面目な人間に見られないように努めました。小難しい話は一切しないと誓いました。徹夜で試験の採点をしても、「朝まで飲んでいまして」と言うようにしました。わざわざ教則本を読んで麻雀を覚え、漁師たちと雀卓を囲みました。その結果、食べきれないほど魚をもらうようになりました。アジ、サバ、イワシはもちろん、イナダ、クロダイ、アオリイカ、ソウダガツオ……魚屋が開けそうなほどでした。ありがたいことです。

そうはいっても、魚をもらう一方ではやはり気持ちが落ち着きません。私は漁師たちの話に耳を傾け、自分にできそうなことは率先して行いました。そのひとつに、親元から離れた漁師の子供たちの「様子見」がありました。文字通り、漁師の子供たちの様子を見に行くわけです。もちろん、大半はふつうにしていましたが、一人だけ東京へ行ったきり何をしているのかわからない子がいました。そこで、教え子の結婚式に招かれて上京した折に様子を見に行きました。

東京に山手線というJRの環状線があります。私はいまでも山手線の駅から十分ほど歩いた古い木造アパートを思い出します。漁師の息子はそこに住んでいたのですが、昼間なのに部屋は真っ暗で、ブザーを鳴らしても反応はありませんでした。アパートの隣人によれば「物音がする」というからいることはいるようでした。しつこくドアを叩いて父親の名前を連呼していたら、やがて細目にドアが開きました。狭い隙間からこちらを窺う、怯えたような目が忘れられません。

漁師の息子は私を部屋に入れ、卓袱台《ちゃぶだい》のロウソクに火をつけました。人間、長く生きていると色んな経験をします。私も人並に経験を積んできたつもりですが、クリスマスを別にすれば、ロウソクの灯りを挟んで人と向き合ったのは初めてでした。

「取り立てにきた人かと思いました」

居留守を使った理由を聞くと漁師の息子はそう言いました。借金があったわけです。この子は水商売に関係していました。そこは暴力団の息のかかった店で、気がつくと借金を抱え、それが雪だるま式に増え、もう二百万円以上になっているというのです。それで大家や東京電力よりも怖いお兄さんへの支払いを優先させていたようでした。

漁師の息子は店との雇用契約書に何枚も判を押していました。契約書を見て唖然としました。私を不幸にしてください、借金漬けにしてください、お願いします——そう言わんばかりの内容でした。正直、私は訪ねてきたことを後悔していました。結婚式のスピーチを考えなければならないのに、新宿の何とか組がどうの、昇り龍の刺青をした親分がどうしたのと聞かされ、すっかり嫌になりました。とはいえ、父親は日頃からお世話になっている漁師です。東京にいる息子のことをただただ心配している無力な中年男です。考えてみれば私もさんざん馬鹿なことをしてきたわけで、他人のことをとやかくは言えないと思い直しました。

結果から言うと、この件は拍子抜けするほどあっさりと解決しました。東京に虎ノ門というオフィス街があります。裁判所に近いので法律事務所がたくさんあります。そこで働いている弁護士に電話すると、契約書をファックスで送るようにと言われました。コンビニからファックスを送り、その足で事務所を訪ねると、まだ若い弁護士が出てきて、この店には一円も払う必要はありません、向こうが何か言ってきたら連絡してください、返金訴訟を起こすことも可能ですが、どうしますか――そう言うのです。

弁護士は、私が三十年前に教育実習で本校へ来た時の教え子でした。つまり、みなさんの大先輩です。教育実習ですから厳密には教え子とは言えないかもしれませんが、彼はそれから毎年、私に年賀状をくれました。大学を卒業してからも送ってくれました。私は年賀状を読むのが楽しみでもあり、半ば苦痛でもありました。彼は弁護士を目指して司法試験に挑み、高い壁に何度も跳ね返されていたのです。遂に試験を突破したと聞いた時は嬉しさのあまり電話をかけました。電話で話している間中、赤ん坊の泣き声が聞こえました。彼は妻子を抱え、進学塾で英語を教えながら六度目の試験でようやく合格したのです。

借金の件が片づくと焼鳥屋に場所を変えて再会を祝いました。弁護士は、私が授業をそっちのけでした話を憶えていました。驚いたことに、その話に登場した医者の名前まで憶えていました。

「私もあの先生のような医者になりたいと思いました。ですが、理数系の科目はさっぱりで。それでも人の役に立つ仕事に就きたいと思って弁護士を目指しました」

この言葉を聞いた時、私は心底から教師になってよかったと思いました。教え子が成長し、人様の役に立つ。それが私たち教員の最大の喜びなのです。

私が教育実習で本校を訪れた三十年前、弁護士は1年2組の生徒でした。同じクラスに小柄な女子生徒がいました。その子に「こんにちは」と言われてぎくっとしました。叔母が働いていた日本料理店の娘でした。子供の頃からよく話す子で、学校から戻ると「今日ね」と言って、その日にあったあれこれを誰彼かまわずに話すのです。下手な授業をしたら何を言われるかわからないと思い、ただでさえ緊張しがちだった私はがちがちに緊張しました。

その日は英文法の授業をすることになっていました。英語には「てにをは」がありません。英米人は語順からオートマチックにそれを判断しているわけですが、助詞に馴染んでいる我われ日本人にはわかりにくい。そこで先人が編み出したのが五文型です。とりわけ第五文型の二重構造は重要で、これを理解しないと希望する大学には入れません。浪人が決まった人はいつでも私のところへ来てください。そう言えるのは校長になって暇ができたからで、三十年前、二十三歳だった私は担当教官のお眼鏡にかなうようにと必死でした。そこへ日本料理店の娘が現われたわけです。

「きみたち、知り合いだったのか」と教官は言いました。

彼女は頷き、叔母さんとは毎日会っている、おばあちゃんのことも憶えていると言いました。

「叔母さんから高校の先生になると聞きました。叔母さん、すごく嬉しそうでした。いい先生になれるように八幡さんに願掛けに行ったと言っていました」

彼女は快活な口調で言いました。活発すぎるほど快活な子だったのです。

「へえ、叔母さんがね。それじゃあ、ご両親はさぞ喜んでいるだろうね」

教官は特別なことを言ったわけではありません。こうした場合によくある受け答えでしたが、彼女は口を閉ざし、「ごめんなさい」と言いました。

教官は怪訝《けげん》な面持ちでした。それからまた授業の進め方について話したのですが、私が上の空でいるのに気づくと、指先でこつこつと教壇を叩き、検査でもしているような注意深い目で言いました。

「ご両親のことだけど、聞いちゃいけないことだったのかな」

私は首を振り、自分には両親がいないので聞かれても答えられないと言いました。どういうことかと聞かれ、簡単に事情を話しました。教官は「それで?」「それから?」と質問を重ねました。その間、料理店の娘は窓際の席から不安そうな目で私を見ていました。子供の頃の私は親切な人からよくそんな目で見られたものでした。

「今日はその話をしたらどうだろう」やがて教官が言いました。「英文法も大事だけれど、世の中にはもっと大事なことがある。きみの話を聞いて、そんな当たり前のことを思った」

始業から五分ほどがたち、教室は騒がしくなっていました。やめておくか、と教官は言いましたが、私は話すことにしました。私の話などが授業より大事なはずはありませんが、下手な講義をして生徒に迷惑をかけるよりはましだと思ったのです。弁護士が憶えていると言ったのは、この時に私がした話です。

今日、もう一度、みなさんにこの話をしようと思います。ただ、当時とは事情が違います。時間がたつと色いろなことが変わってしまいます。たとえば、大事な人が亡くなります。そうしたことも含めて三十年ぶりにこの話をしたいと思います。


やはり南伊豆にいた頃のことです。借家で期末試験の採点をしていたら沼津の叔母が電話をかけてきました。夜の十一時頃でした。そんな時間に叔母が電話してくることはなかったので何かあったのだと思いました。

「村松先生が亡くなったよ」と叔母は言いました。「いま弔問から戻ってきた。くも膜下出血だって。おととい、スーパーで会ったばかりなのでびっくりした」

村松先生というのは近所に住んでいた内科医です。十代の私は風邪をひくと扁桃腺《へんとうせん》を腫《は》らすことがよくあり、そのたびに村松医院へ通っていました。先代からの古い造りの病院で、広い庭があり、診察室の窓からまだ若い白樺の木が見えました。

「白樺は静岡が南限だと聞いた。どれほど育つか、ためしに植えてみた」

村松先生が患者にそう話していたのを憶えています。先生は奥さんを早くに亡くし、子供もいなかったので庭木の手入れが唯一の趣味なのだと叔母は言っていました。

「また扁桃腺か。喉を見せろ」

私が診察室に入ると、村松先生はデスクに向いたままでそう言うのが常でした。それから回転式の椅子をくるっと回し、私の額に手を当て、ペンライトと額帯鏡を使って喉の奥を覗くのです。

「熱があるな。学校は休め。薬を飲めば三日で治る」

そう話すと先生はまたくるっと向こうを向き、カルテに何か書き込むのです。言われた通りにすると喉の腫れは引き、それきり私は村松先生のことを忘れるのでした。

「告別式には来られるかい？」電話の向こうで叔母が言いました。

私は反射的に「行きます」と答えていました。行かないわけにいきませんでした。誰にでも恩人はいます。私もこれまで多くの人のお世話になってきましたが、私の人生を変えたという意味での恩人は村松先生を措《お》いて他にはいません。

この話をする前に、私自身のことを簡単に話しておきます。私は一九六七年五月一日に東京の大田区で生まれました。多摩川に近い鵜の木三丁目というところで、本籍はいまもそこに置いています。これは自分が生まれた場所を忘れたくないという、主に感傷的な理由からです。

父は都内の会社で働いていました。母も同じ会社に勤めていて、父と職場結婚をして最初の子である私を身ごもったわけです。

五月一日の未明に母が産気づき、父は買ったばかりの車に母を乗せて病院へ向かいました。ゴールデンウイークの最中で、明け方だったこともあり、幹線道路である環状八号線はがらがらに空いていました。これは想像で言うのではなく新聞記事で読みました。もう何度も読んだので暗記してしまいました。記事にはこうありました。

五月一日午前四時頃、大田区千鳥三丁目の交差点で、右折しようとして信号待ちをしていた乗用車に大型トラックが正面衝突した。乗用車を運転していた会社員の夫は即死。後部座席にいた身重の妻は病院に搬送されたが、意識不明の重体。同交差点は環状八号線上にあり、連休中の未明で交通量は少なかった。警視庁池上署はトラック運転手の居眠り運転が原因と見て、運転手を逮捕して調べている。

新聞には逮捕されたトラック運転手の顔写真が載っていました。鹿児島から来ていた人で、記事では呼び捨てにされていました。いま読むと驚きますが、当時の逮捕者は呼び捨てと決まっていました。新聞は社会の制裁装置だったのです。

救急車が到着した時、母はまだ息をしていたようですが、救急隊員の呼びかけにまったく反応しなかったそうです。

「お気の毒ですが、息子さんは亡くなりました。お嫁さんも重体ですが、お腹の子は助けることができるかもしれません」

搬送先の病院から連絡を受けた父方の祖母は、「お願いします」「赤ん坊はうちで育てます」と電話口で繰り返したそうです。その結果、帝王切開で産まれたのが私です。

そんなわけで、私は生後間もなく北海道の父方の実家に引き取られました。小樽市の南西、積丹半島の付け根にある岩内という町です。

北海道の田舎には何もありません。探せばあるかもしれませんが、まず何もないと思って間違いありません。岩内も何もない町でした。淋しい町で、淋しい人がたくさんいました。それだけに忘れられない人がいて、忘れ難い思い出があります。それについて話す時間がないのが残念ですが、岩内はいまでも私の心のふるさとです。北の果《は》てにも人生があり、南の果てにも歴史がある——北海道にいた頃に聴いた曲にそんなフレーズがありました。ごく当たり前のことなのですが、その当たり前のことを肌身で実感できたのが北海道時代の最大の収穫です。

北海道にいたのは中二の二学期までで、三学期からは母方の実家で暮らしました。それが、ここ沼津です。私としては住み慣れた北海道にいたかったのですが、母親代わりだった祖母が老人ホームに入ったり、伯父の長男が結婚して同居することになったりもし、精神的にも物理的にも居場所がなくなってしまったのです。

北海道には友人もおりましたし、実は好きな子もいました。その子は早朝の電車で発《た》つ私を岩内駅まで見送りに来てくれました。あの日のことは忘れられません。日本海から冷たい風が吹きつける、冬の北海道にしても寒い朝でした。彼女は別れ際に「東京の大学で会おう」と言いました。電車が動き出すと、真っ白な息を吐きながら私の名を叫び、ホームからちぎれるほど手を振ってくれました。私も必死に手を振り、きっとそうすると心に決めました。

一年後、私は何とか試験に通り、本校の生徒になることができました。当時は校門をくぐった先に合格者の氏名が掲示されていました。そこに自分の名前を見た時の喜びはうまく言葉にできません。わが人生で初の達成でした。嬉しくてならず、その日は自転車で当てもなく街の中を走り回りました。空も海も川もすべてが輝いていました。

その春、もうひとつ忘れられないことがありました。入学して間もない雨の朝のことです。私は自転車で通学していたのですが、降りが激しかったので、その日はバスで行くことにしました。土砂降りの中をバス停に向かっていると灰色のフォルクスワーゲンが停まり、中から「乗れ」と叫ぶ声がしました。村松先生でした。

「合格したのか」濡れた制服を見て村松先生が言いました。「おれもあの高校に通っていた。大昔の話だけどな。サッカー部にいた。こう見えてフォワードだった。いまと違って、あの頃は細くて足も速かった」

私は意外に思って聞いていました。村松先生がサッカーをしていたことも意外でしたが、先生が楽しそうに話すことが何よりも意外でした。診察室では笑顔を見せることのない人だったのです。ワイパーが忙《せわ》しなく音をたてる車内で先生はこんなことを言いました。

「高三の春、死んだ女房がマネージャーとしてサッカー部に入ってきた。おれは他人《ひと》の病気ばかり診《み》ていて女房の病気に気づくのに遅れた。何のために医者をしていたんだか。アホだ」

バス停に着くと「ちゃんと勉強しろよ」と村松先生は言いました。「高校の三年なんかあっという間だぞ」と。叩きつけるような雨音とともに、その言葉にぼんやりとした不安を覚えたことが忘れられません。

沼津市に千本港町《せんぼんみなとちょう》というところがあります。町名通り沼津港のそばで、新鮮な魚を使った料理店が軒を連ね、どの店にも芸能人の色紙が飾られています。叔母はそのうちの一軒で働いていました。祖母は波止場に屋台を出してトンビを売っていました。イカの口を串刺しにして焼いたものので、コリコリとして美味しく私は大好きでした。

高二の冬に祖母が亡くなり、私は独身の叔母と二人になりました。その頃から漠然と抱いていた不安が現実味を帯びてきました。祖母の四十九日法要を済ませたあと、叔母があらたまった口調で私に言ったのです。

「高校を出たら消防署に入りなさい。署長さんがよくお店に来るから頼んでおく」

要するに大学に行かせるお金はないということです。そのことは何となく察してはいましたが、進学校に通っていたので大学へ進みたいという気持ちはやはりありました。高三になると進路別にクラスが振り分けられ、その思いはいっそう強くなりました。

私は国立大学の文系を志望するクラスにいました。私立大学よりも授業料が安かったからですが、あの弁護士と同じく理数系の科目はさっぱりで名のある国立大学はどこもE判定でした。ところが、夏の模擬試験で東京の私大を志望したところ、B判定で合格率六十五パーセントと出たのです。

それからはしゃにむに勉強しました。受験料くらいは自分で払おうと思い、早起きして新聞配達をしました。奨学金のことも調べました。結果としてわかったのは、当時の奨学金は大学生活を支えるものであって、入学金や授業料まで賄《まかな》ってくれるものではないということでした。寮生活をするのにもお金はかかります。教科書代や定期代もいります。どうがんばっても大学へは行けないのだとわかり、私は新聞配達の稼ぎで運転免許を取ることにしました。叔母から「早く免許を取りなさい」と急《せ》かされていたのです。

教習所へ資料を取りに行った時の気持ちはうまく言い表せません。私は恥ずかしい気持ちでいっぱいでした。進学するのを当たり前だと思っている同級生たちに対する恥ずかしさ、受験指導に熱心だった担任に「就職する」と切り出す恥ずかしさ、高二の夏から付き合っていた同級生の女の子に対する恥ずかしさ——卒業後に地元で働いている私を見て彼らはどう思うだろうか、仲間内でどんなことを言い合うだろうか、「一緒に東京へ行こう」と言っていたあの子は私が就職しても付き合ってくれるだろうか。……うつろな気持ちで参考書を眺めながら、毎日毎晩、そんなことを考えていました。哲学者のキルケゴールは絶望を「死に至る病」だといいました。いまにして思えば、あれが正しくその病だった気がします。本当に、いっそ死んでしまいたいと思う毎日でした。

忘れもしません、あれは暮れも押し詰まった寒い朝でした。小雨の降る中、気もそぞろで新聞を配っていたら、「おい」と呼び止められました。村松先生でした。先生は郵便受けから新聞を抜き取り、怒ったような口調で言いました。

「年が明けたら受験だろう。こんなものを配っていていいのか」

何か言おうとしたのですが言葉にならず、私はその場でわっと泣き出しました。後からあとから、どうしようもなく涙が出てきて止まりませんでした。先生は自転車の籠に残っていた新聞を見て、「それを配ったら診察室に来い」と言いました。

早朝の病院にはコーヒーの匂いがしていました。村松先生はがらんとした診察室でコーヒーを飲み、ラジカセでクラシック音楽を聴いていました。

『クラリネット協奏曲』だ」先生は新聞に目をやりながら言いました。「死とは何かと聞かれてアインシュタインは言ったそうだ、モーツァルトを聴けなくなること、と。同感だな」

村松先生は私にもコーヒーを勧め、モーツァルトの話をしました。モーツァルトは貧乏で健康状態もよくなかったのに死ぬ間際にこんなにきれいな曲を作ったのだとか、あの男はどん底にあっても精神の貴族だったのだとか、そんな話でした。モーツァルトや曲の説明だけでなく、演奏している楽団のことも話していましたが、私にはちんぷんかんぷんでした。唯一わかったのは村松先生がモーツァルトをお好きだということだけです。

「さっき、なぜ泣いた?」

モーツァルトの話が済むと先生が言いました。泣き腫らした目を見られるのが嫌で、私はずっと下を向いていました。先生は新聞を広げ、組んだ脚をぶらぶらさせながら言いました。

「大学に行きたいんだろう。だったら勉強しろ。金のことは心配するな。卒業するまでおれが何とかする」

私はびっくりして顔を上げました。何か言おうとしたのですが、やはり声が出てきませんでした。先生は音を立てて新聞をめくり、全部で四百万くらいか、もう少しか、と独り言のように呟きました。

「先生、そのお金をお借りしても、僕には返せる自信がありません」私は思わず言っていました。

「いつ返せと言った?」

村松先生は組みかえた脚を揺らし、不機嫌そうな声で言いました。

「おれは金貸しじゃない。きみの金なんか一円も受け取る気はない。その代わり、ひとつ条件がある。きみだけじゃない、世の中には助けを求めている人が大勢いる。大学を出たら、今度はきみがその人たちを助けてやれ。それが条件だ」

そう言うと先生はラジカセのボリュームを上げ、回転式の椅子をくるっと回し、帰れと言わんばかりに背を向けました。

私は先生の背に一礼して家に帰り、朝食もとらずに勉強しました。何だかもう必死でした。追い詰められたような気持ちでした。担任が勧めてくれた参考書の内容を全部覚えようと決意しました。どのページも思い出ができるまで読み込むと決めました。浪人が決まった人は同じ決意をしてください。まず書店へ行くことです。すべてはそこから始まります。これは受験勉強に限りません。経験から断言しますが、ろくでもない本を百冊読むより、これだと思った一冊を百回読むことです。その本はみなさんに千ものことを教えてくれます。生涯にわたって多くの気づきをもたらしてくれます。生きる勇気さえも与えてくれます。そうして血肉にしたものは死ぬまでみなさんの糧になります。他のことはともかく、そのことだけはここに保証します。

私は必死でした。毎日毎晩、死ぬ気で勉強しました。大晦日《おおみそか》も三が日も忘れて、ひたすら机に向かいました。それで現役で合格していれば話として収まりがよいのですが、現実はなかなかそうはいきません。私は一浪して東京の大学へ進み、その後にまた忘れ難い、深甚な経験をし、あれこれと悩んだ末に教員の道を選びました。そのことに悔いはありません。

教員になって三十年がたちました。長いながい時間ですが、どんなに長い時間も過ぎ去ってしまえばあっという間です。この三十年間、村松先生の要求にどの程度応えられたのか、自信はまったくありませんが、それでも時折、教え子や父兄から感謝の言葉をいただくことがあります。そんな時、私は心の中で自分に言い聞かせます。自分はいま、村松先生に借りを返しているのだ、と。

夢の人

ラシーンは東名高速を西へ向かっていた。山の緑が眩しかった。

「いいなあ。新緑の峰走りというやつですね」助手席の尾崎が首を回しながら言った。

阿久津は頷いた。新緑の峰走り――初めて聞く言葉だったが、トップ屋とはいえ物書きの端くれである。新緑が峰を走っているのだと文字通りに理解した。

大井松田インターの手前で、足柄の山なみの上に大きな富士が見えた。晴れた日の東名高速ならではの光景である。

「雄大だなあ。やっぱり日本一の山ですね」

そう言って、尾崎は『ふじの山』の出だしを口ずさんだ。三十六にもなってと思うが、阿久津は尾崎のこういうところが好きだった。根がまっすぐなのだ。こうした人間にありがちなことだが、尾崎にはどこか抜けたところがある。東京外大のドイツ語科の出身だが、ドイツ語は、話せない。英語も怪しい。何しろ卒論のテーマが『日本の方言』なのだ。それでよく卒業できたものだと思う。

「本当に雄大ですね」

尾崎はまだ言っていたが、阿久津には気になることがあった。十日ほど前、真壁校長が断りの電話を入れてきたのだ。「色いろと調整が難しい」ということだった。阿久津は慌てた。ここで断られたら収録した分が無駄になる。仁美や哲への見せ場もなくなる。教育委員会との調整だと思い、それであれば自分が県の担当者と話すと言った。

「いえ、そういうことではなく」

意外な申し出だったらしく、真壁校長は数秒黙り、もう一度調整してみますと言って電話を切った。その後、小雪先生経由で承諾のメールがあり、「調整」をした相手が奥さんであったことを知った。

「あの校長さん、恐妻家なのかな」と阿久津は言った。

「どうなんですかね」尾崎も心配そうだった。「話を聞いている限り、そんな感じはしませんが、奥さんに気を遣いながら話されても困りますよね」

そう、困る。女が出てこない話は面白くない。中高一貫の男子校に通っていた阿久津には女子不在の虚しさが身に染みていた。あれは、砂漠だ。暑苦しいだけの砂漠だ。

ゴールデンウイーク明けの東名はがらがらに空いていた。尾崎の話に頷いたり、一緒になって心配したりしているうちに目指す沼津インターに着いた。高速を降りていくらも走らないうちに古ぼけた校舎が見えてきた。あらためて見ると緑が多い。昼どきで、生徒たちがベランダの手すりにもたれて話していた。芝生に寝転んでいる者もいれば、パンをかじっている生徒もいた。

車から降りると、ギターをかき鳴らす音がし、女性の歌声が聞こえた。マイクを使っているらしく、かなりのボリュームだった。何だろうと尾崎と話していたら、「こんにちは」という声がした。昇降口から山川小雪が手を振っていた。

「お世話になります」と阿久津は言った。「お忙しい中、勝手を言ってすみません」

「とんでもありません。遠路はるばる、ようこそ」

「遠路はるばる、ひょっとしたら山川先生に会えるかもと思ってやってきました」

「どうしてひょっとしたらなんて思うのですか。お見えになったら校長室へ押しかけるつもりでいました」

まだ歌声がしていた。『夢の人』という邦題がつけられたビートルズの曲で、歌もギターもかなりのものだった。

「上手でしょう。あの子、歌手志望で、ああして毎週金曜日に中庭で歌うんです」

小雪先生が笑みを浮かべて言った。年相応の小皺が浮かんだが、その皺さえもが愛らしく、釣り込まれて阿久津も笑顔になった。知らぬ間に三十代の女を愛らしいと思うようになっていた。年を取ったせいだろうか。いや、そうではない、美しいものを美しいと思えるようになったのだ。

進歩だ、そう思うことにした。

「校長室へご案内します」小雪先生が言った。「ご案内するほどの距離でもないですけれど、案内が趣味なのでさせてください」

「趣味なのですか」

「学生時代、アルバイトで国会議事堂のガイドをしていたんです。テレビに議事堂が映ると、いまでも話したくてうずうずします。議事堂の歴史とか、天皇の御休憩所とか、ステンドグラスの由来とか、もう私にしゃべらせてと言いたくなります」

真壁校長は電話中だった。携帯電話を耳に当てたまま立ち上がり、座れというように手を差し延べた。しきりに相手の話に相槌を打ち、時々、声を上げて笑った。仕事の電話ではなさそうだった。

「校長ご推奨の静岡茶です」

小雪先生にお茶を勧められ、尾崎は名刺を差し出し、深々と頭を下げた。その様子を見て、礼儀正しいのも善し悪《よ　あ》しだと阿久津は思った。女はかしこまった人間を他人と判断する。この行儀のいい、しゃっちょこばった態度が尾崎を女たちから遠ざけている、そんな気がしてならなかった。

「小雪先生は日本史の先生なんだ」阿久津は敢《あ》えて下の名前で言った。

「日本史ですか」尾崎は感心したように大きく頷いた。「この時期ですと十七条憲法あたりでしょうか」

「いえ、そこは終わって奈良時代です」

「もう八世紀ですか。平城京への遷都は七一〇年ですよね。中学の頃、なんと素敵な平城京と覚えました」

阿久津は口にしたお茶を噴きそうになった。真面目くさった顔で「あをによし」などと言っている尾崎を見て、この男はやっぱり素敵だと思った。素敵すぎて、ずっと独身のままだろう。

始業のチャイムが鳴り、小雪先生が校長室を出て行った。マイクを通して「ありがとう」と叫ぶ声がし、拍手と歓声が湧いた。昼休みのショーが終わったようだ。

「自由な雰囲気の学校ですね。僕もこんな高校に通いたかった」

尾崎がしみじみと言った。通っていた福井の高校はうるさいことを言う教師が多かったらしい。うるさくはなかったが、面白くもなかった高校時代を思い出し、そうだな、と阿久津は言った。

「失礼」真壁校長が電話を切って立ち上がった。「北海道の人と話していました。当時のことを聞こうと思ってかけたら思わず長話になってしまいました」

「中学の同級生ですか」と阿久津は言った。

「いえ、むかし、岩内にあった何でも屋の息子です」

「何でも屋?」

「田舎なので何でも売るわけです。コーラ、アイスクリーム、駄菓子、新聞、雑誌、ブロマイド、自転車や金魚も売っていました。他に行く店がないので、みんなそこへ行くわけです。私もしょっちゅう行っていました。店番をしていたお母さんや、自転車の修理をしていたおじいさんの顔もはっきりと憶えています。いま聞いたら、戦後におじいさんが始めた自転車屋が始まりだったそうです」

真壁校長はソファーに腰かけ、懐かしそうに何でも屋の話をした。その店で初めて自分の自転車を買ったとか、ランチュウを見た時は醜さにびっくりしたとか、そんな話だった。大した話とは思えず阿久津は黙っていたが、尾崎は前のめりになって鳩のように首を動かしていた。

「このたびは貴重なお時間を割いていただき、誠にありがとうございます」

尾崎は名刺を差し出し、録音する許可を求め、北海道の地図を広げてノートとメモ帳を開いた。質問事項がびっしりと書かれたメモの冒頭に〈時系列を正す〉とあるのを見て阿久津は頷いた。大事なことだ。

「岩内町のことを調べました」さっそく尾崎が切り出した。「いまはずいぶん人が減っているようですが、校長がいらした頃の人口は二万五千です。これは町としては多い。総面積はむしろ小さく、岩内町より小さな町は北海道に五つしかありません」

阿久津はのっけから「よせ」と言いたくなった。人口なんかどうでもいい。町の総面積などなおさらどうでもよかったが、真壁校長は真顔で頷き、「あの頃はそんなに人がいましたか」と言った。

「はい。我われが想像するよりも賑やかな町だったのではないでしょうか」

真壁校長はにっこりとした。尾崎のことが気に入ったらしい。

「そうだったかもしれません。私がいた頃は岩内線という電車が走っていました。言われてみれば人もそこそこいた気がします。少なくとも誰もが顔見知りというわけではありませんでした。そうはいっても、やはり淋しいところではありましたが」

尾崎は忙しく頷きながら、〈淋しい町〉とノートに書いた。

「わかります」と尾崎が言った。「僕も福井の田舎で育ちましたから」

「福井のどちらですか」

「三国町です。平成の大合併でなくなりましたが、投身自殺で有名な東尋坊のあった町です。あそこも淋しいところでした。いのちの電話という、自殺防止用の公衆電話があるのですよ」

阿久津はまた笑いたくなった。話を寄せたいのはわかるが、ちと強引すぎないか。

「東尋坊は観光名所でしょう」と真壁校長は言った。「岩内にはわざわざ訪ねてくるような人はいません。人が出ていくだけの町でした。毎年、誰かしら同級生が転校していきました。転校していく子と最後に行くのがその何でも屋でした」

そう話すと真壁校長は肩を上下させて笑った。意味不明の笑いだったが、釣り込まれて阿久津も笑った。

「失礼。さっき、何でも屋の息子と話していたことを思い出しました。唐突ですが、尾崎さんは義経が北海道にいたという話はご存じですか」

「いいえ、知りません。本当ですか」

「嘘だと思いますが、確証はありません。まあ、お茶でも飲んで聞き流してください。岩内がいかに淋しい町かという話です」

真壁校長はテーブルに置かれた地図を見て、岩内の海岸線を指でなぞった。

「岩内は町名通りに岩浜の多いところで、海沿いに岩浜が続いています。町から十キロばかり南西に下った、このへんに『弁慶の刀掛け』と呼ばれる岩があって、地元の小学生はみんな遠足で見に行きます。私も行きました。切り立った岸壁の端にあるので遠くから見ただけですが、バスガイドさんの説明に驚きました。奥州平泉で死んだはずの義経が命からがら北海道へ逃げ延びて、弁慶とともに岩内に逗留し、その後、大陸へ渡ってジンギスカンになったというのです。北海道にジンギスカン料理の店が多いのはそのためだというのです。

雷電の説明もありました。このあたりの海岸は雷電海岸と呼ばれています。海沿いの国道は雷電国道です。雷電山、雷電峠、雷電温泉、雷電トンネル、何でも雷電なのです。子供心に不思議に思っていたのですが、これは岩内の女性と恋仲になった義経が、来年戻る、と言ったのが濁って雷電になったという説明でした。

私は小五で、この手の話を信じる、ぎりぎりの年でした。遠足のあと、さっそく義経の本を読みました。鵯越《ひよどりごえ》の逆落とし、頼朝との対面、静御前との別れ、『勧進帳』で知られる安宅関の逸話、どれも面白かったのですが、読んでいるうちにだんだん心配になってきました。残りのページで義経が岩内に来たり、ジンギスカンになったりするのは難しい気がしたのです。結局、岩内のことは一行も書かれていませんでした。義経は妻子を手にかけて自害し、弁慶は無数の矢を受けて死んだとありました。まともな本だったわけです。しかし、小五の私にそんなことはわかりません。義経が平泉で死んだのなら、あのジンギスカン料理店の話や、雷電の説明は何だったのか、なぜ弁慶の刀掛けなどという岩があるのか、疑問でいっぱいでした。

私は四つ上の従兄《いとこ》にこの話をしました。従兄は、そういうことは堂本に聞けばいいと言いました。さっき電話で話していた何でも屋の息子のことです。大変な物知りだけど、ものすごい面倒くさがり屋だと聞いて、私は箇条書きにした質問を従兄に託し、毎日のように何でも屋に行きました。もちろん答えを聞くためですが、堂本さんは私を見ても表情ひとつ変えませんでした。まったくの無視です。おれの目にお前は映っていない、そんな感じなのです。

堂本さんは当時中三でした。小学生など相手にするはずはなかったのですが、私は不満で、ちゃんと質問の紙を渡したのかと従兄に言いました。もう一度話しておくと従兄は言いました。実際に話してくれたらしく何日かして封書が届きました。差出人名はありませんでしたが、〈岩内町万代《まんだい》32〉とあったので堂本さんからだとわかりました。私は興奮で息が詰まり、胸がどきついて、なかなか開封できませんでした。中に大きな秘密が封印されている気がしたのです。結局、従兄に読んでもらうことにしたのですが、手紙を見た従兄は、自分で読めと言いました。あれはおそらく、日本語で書かれた一番短い手紙だったと思います。封書にはノートをちぎった紙が入っていて、マジックペンで『アホ』とだけ書かれていました」

阿久津はまたお茶を噴きそうになった。「わざわざ手紙で。中三にしてはジョークのきつい人ですね」

「そうなんです。変わり者だと評判で、岩内のような田舎では浮いていた気がします」

「それがきっかけで親しくなったのですか」

「いえ、小学生の頃は口をきいたことがありません。年も離れていましたし、軽々に話しかけられる雰囲気の人ではなかったのです」

「わかります」阿久津は頷いた。「賢い人は大抵無口ですし、上級生だと何だか怖い感じがしますものね」

「おっしゃる通り、私も当時は怖いような気がしていました。高校の教員になって、そう感じた理由がわかった気がしました。成績はいいのに周囲と交わろうとしない生徒が進学校には決まって何人かいます。毎年のことなのでやがて気がつきました。そうした生徒は変わり者でも人間嫌いなのでもなく、周囲が見えすぎてしまっているのです。六年生が三年生のクラスに入れられたら馬鹿馬鹿しいと思うでしょう。堂本さんもそうした種族の一員だったのです」

「なかなか興味深い人物ですね」阿久津は言った。

「実に興味深い人です。堂本さんは子供の頃から勉強がよくできましてね。従兄の話だと道内の学力テストで二番になったことがあるそうです。口の悪い祖母は、カエルが犬や猫を産むわけがない、あの童《わらし》は産科で他の子と取り違えられたのだと言っていました。私はそれをまた信じましてね、何でも屋へ行くたびに堂本さんをお父さんやお母さんと見比べたものでした。いまから思うと、まったく失礼な話です。ともかく堂本商店にはしょっちゅう行っていました。学校やプールからの帰りに寄ったり、転校していく同級生とコーラで乾杯をしたり、思い出すことがたくさんあります」

尾崎はノートに〈堂本商店〉と書き、「思い出の詰まったお店なのですね」と言った。

「ええ。北海道の田舎町の、切なさがいっぱいに詰まった店でした」

「向こうでは伯父さんの家で暮らしておられたわけですが」尾崎がメモを見ながら言った。「ご自身が伯父さんの実子ではないということはいつお知りになったのですか」

「祖母から聞かされたのは小三の夏ですが、その前からおかしいなとは思っていました」

「どうしてそう思われたのですか」

「伯父は敬《たかし》といいました。長男は敬一、次男は敬二というのですが、私は純という名で、伯母は私のことだけ『ジュンくん』と呼んでいました。子供心にもおかしいと思うわけです」

「おばあさまがどんな言い方をされたか、憶えておられますか」

真壁校長はこっくりと頷いた。

「お盆の頃、札幌に行きたいか、と祖母に聞かれました。岩内の子にとって札幌は特別な場所です。行きたい、と私は言いました。だったら仏さんを拝めというので仏壇に手を合わせていたら、祖母が遺影を指さして、あれがお前の父親だと言ったのです。何かを思う間もなく、交通事故で死んだ、数えで三十だったと言いました。かわいそうに、馬鹿でかいトラックに体当たりされてぺしゃんこになっていたとか、もげた腕が道路に転がっていたとか、まるでその場に居合わせたかのように話していました。遺体を見ても誰なのかわからず、息子さんですね、と聞かれて、違うと答え、畜生と叫んで、それから気が狂うほど泣いたとか、すべてのことが目に見えるようでした。祖母はトラックの運転手から届いたという手紙を見せ、向こうが謝りに来たいと言っているが、いまさら来られてもしょうがないよなと言いました。そのあと、伯父の車で札幌へ行って初めて時計台を見ました。ぽかんとした気持ちで見たせいか、ちっぽけな代物だと思ったことを憶えています」

阿久津は頷いた。札幌の時計台は何だか妙に小さい。出張のついでに見に行ったが、それと気づかずに通り過ぎてしまったほどである。どんな気持ちで見ても、あれはちっぽけだ。

「運転手を憎む気持ちはありませんでしたか」と尾崎が言った。

「知らない人を憎むことはできません。あの年の夏は色いろなことにただ驚いていました」

「色いろなこととおっしゃいますと?」

「秘密を知ると、子供は誰かに話したくなるものです。親しくしていた子に話したら、知っていたと言うのです。一緒にいた子も横で頷いていました。要するにみんなが知っていて、私も薄々感じていたことが公になったわけです。何より驚いたのは従兄たちの態度でした。ある日突然、赤ん坊が家に来たのですから、従兄たちは私が実の弟でないことを知っていたはずです。それなのに二人とも本当の弟のように私に接してくれていました。私が岩内を離れる日までそうでしたし、実はいまもそうなのです。あの二人には感謝の気持ちしかありません」

「北海道を離れたのは中二の冬でしたよね」尾崎が言った。「その時も、お友だちと堂本商店へ行かれたのですか」

「行きました。その日に堂本さんのおじいさんが撮ってくれた写真があります」

真壁校長が紺色のアルバムを持ってきた。ゆうべも見ていたというから、わざわざ家から持ってきたのだろう。

写っていたのは五人の中学生で、一人だけ女の子が交じっていた。学校帰りに寄ったらしく、全員が学生服の上にコートを着て真壁少年を囲むようにしていた。すぐ横で小首をかしげるようにしている少女を見て、阿久津は思わず「ほう」と声に出した。どんな学校にもかわいい子が何人かいるものだが、この子は数校か、数十校に一人のレベルだと思った。男子生徒たちと変わらないほど身長があり、束ねたロングヘアをコートの前に落とした少女は田舎の子とは思えないほど垢抜けていた。

「地元の子ですか」同じことを思ったらしく、尾崎が写真の少女を指さした。

「いえ、小六の春に東京から転校してきた子です。泉岳寺《せんがくじ》に住んでいたというから都会派です」

「かわいい子ですね」尾崎が写真を覗き込んで言った。「こんな子が転校してきてびっくりされたでしょう」

「びっくりしましたし、ひと目で好きになりました。無条件降伏とはあのことです」

阿久津は声を上げて笑った。真壁校長も笑い、少し遅れて尾崎も笑った。

「おたずねしますが」笑いが収まったところで真壁校長が言った。「阿久津さんは女性に無条件降伏した経験はありますか」

阿久津は首をかしげ、「どうですかね」と言った。「中学生くらいまでは無条件で降伏していましたが、そのあとは全部条件つきだった気がします」

「そうだと思います」真壁校長は頷いた。「女性に無条件降伏できるのは中学生くらいまでで、そのあとはどうしても相手のレベルを考えてしまう。顔かたちはもちろん、身長、体重、偏差値、評判、あらゆることが気になります。我われ男には妙なプライドがあって、それが女性に対するアクセルになったりブレーキになったりしていた気がします。私は古い世代の人間のせいか、女には負けたくないという気持ちが強くありました。とりわけ好きな子には負けたくありませんでした。私は田舎育ちの、まったく冴えたところのない少年でしたが、彼女が転校してきたことで変わった気がします。彼女は勉強がよくできたので、負けたくないと思い、勉強するようになったのです。沼津の中学で落ちこぼれずに済み、この高校に合格できたのも彼女の存在があったからだという気がしているのですよ」

「きれいな子ですものね」尾崎は顔を近づけて写真の少女を見ていた。「こんな子はなかなかいませんへ」

「ええ、よく夢に見たものです。岩内を離れる前にそう話したら、私も、と言っていました」

阿久津は手を叩いて笑った。真壁校長も笑い、少し遅れて尾崎も笑った。校長室での笑いは大体この順番だった。

「お付き合いされていたのですか」と尾崎が言った。

真壁校長は頷き、写真の隅の〈12・20〉というクレジットを指さして、二学期の終業式の日です、と言った。

「付き合っていたのは、この四日後から岩内を離れるまでの十日間です。もっと早くそうなれていればよかったのですが、私は女心というものをさっぱり解さない中学生でして」

「とおっしゃいますと?」と尾崎が言った。

「私は無条件で彼女に降伏していましたが、向こうがどう思っているのかはわかりませんでした。下手なことをしたら恥をかく、それが怖くて行動に移せない、もてない男の典型です。中二の二学期が終わり、今日が最後だからコーラを飲もうと五人で堂本商店へ行ったわけですが、ひょんなことから彼女の気持ちがわかったのです」

「告白されたのですか」

「告白されていたら、さすがに私にもわかります。そうではなく、ほんのちょっとしたことからです」

真壁校長は写真に写っていた長身の少年を指さして、親しくしていた畳屋の息子です、と言った。

「写真を撮ったあと、いつかこの店で、このメンバーでまた会わないか、と彼が言ったのです。全員が賛成したのですが、そのあと何だかしらけた雰囲気になりました。口ではそう言っても集まらないだろうという気がしたからだと思います。中二くらいになると、もうかなり現実的なわけです。今日が最後だ、もう会うことはないと思い、しょんぼりした気分でいたら、じゃあ、会うのは成人式の日にしようと彼女が言ったのです。こんなふうにペンを回しながら」

真壁校長は細身のペンを取り出して指先でくるくると回した。ペンは回転しながら人差し指から薬指まで移動し、また人差し指に戻ってぴたりと止まった。器用なものだった。

「これが彼女の特技でした。授業中にもするので教師によく注意されていました。この時もペンを回し、単語カードに数字を書いて一枚ずつ私たちに渡しました。堂本商店の電話番号だということでした。決めたよ、と言われ、全員が頷きました。いつもそうでしたが、彼女が話すと都会の雰囲気のようなものに気圧《けお》されて田舎者の私たちは何も言えなくなってしまうのです。

『別に電話なんかする必要はないいんだけどさ』と彼女は言いました。『何となく書いちゃった。せっかく書いたんだから大事にしてよ』

この語尾につく『さ』が何とも言えずに都会を感じさせせました。『ちゃった』というのもそうでした。弾けるような口調でそう言われると、とたんに何かを言う気が失せてしまうのです。

彼女が電話をかけてきたのは写真を撮った三日後です。伯母から受話器を渡されたのですが、『もしもし』と言っただけで切られました。何だろうと思っていたら、またかけてきました。声で私だとわかったらしく、いきなり『馬鹿』と言うのです。何日待たせる気なの、わざわざ電話番号を教えたのに何で私がかけなきゃなんないのよ、とまあ、ものすごい剣幕なわけです。

それを聞いて、おぼろげにですが理解しました。彼女がよこしたカードには自宅の電話番号が書かれていたのではないか、それは要するに家に電話しろということだったのではないか、と。本人がそう言っているのだから間違いないわけですが、私はまだ理解が不足していました。彼女はいらいらした口調で、明日は何の日か知ってるよね、と言いました。クリスマスイブ、と私が答えると、わかってたら何でかけてこないのよ、とまた怒り出したのです。

そこまで言われて、ようやく彼女が電話してきた理由がわかりました。と同時に、ひどく怖気づきました。田舎の中学生だった私にはクリスマスイブに女の子と会うという発想自体がありませんでした。一緒に出かけるにしてもお金もなく、行き先も思いつきませんでした。とっさに頭に浮かんだのは、情けない話ですが堂本商店でした。とはいえ、何でも屋で会おうとは言えませんでした。向こうは東京港区の生まれです。赤穂の四十七士の墓が並ぶ、泉岳寺の境内で遊んでいたという都会派です。渋谷、原宿、六本木——田舎の中学生だった私がテレビでしか知らない街を肌身で知っている子です。『義経＝ジンギスカン説』みたいな無茶な伝説を捏造しなくても、歴史も文化もあり余っている花の都から来た子なわけです。何でも屋で会おうとは口が裂けても言えず、どこか適当な行き先を思いつく必要がありました。体裁のいい場所としては札幌があり小樽がありましたが、私は札幌も小樽もほとんど知りませんでしたし、どちらへ行くにしても先立つものがありませんでした。

彼女は、どうするの、と言って黙りました。電話での沈黙は長く感じるものです。早く決めろと急かされている気になり、私は岩内駅のバス停で会おうと言いました。バスでどこに行くの、と聞かれ、『泊《とまり》』と答えていました。北海道電力の泊原発のある村ですが、原発はまだ誘致されておらず、その頃は民家がぽつぽつとあるだけの村でした。泊で何をするのかと聞かれ、老人ホームにいる祖母に会うと言いました。半分断ってほしいような気持ちで言ったのですが、彼女は、わかった、と言ってバスの時間を聞いただけでした。

私は嬉しいような、困ったような気持ちで電話を切りました。相手は夢にまで見た美少女です。嬉しい気持ちはわかっていただけると思いますが、現実問題として泊へ行くバス代がありませんでした。いまから思うと、私は不思議なほどお金を必要としていませんでした。授業料や昼食のパン代など、必要なお金をその都度伯母からもらうだけで、そもそも財布というものを持っていなかったのです。もちろん、頼めば伯母はバス代くらいくれたはずですが、女の子と電話で話したあとにお金がいると言うのは気が引けました。そういう気の弱い中学生だったのです。

私は、大学受験の勉強中だった従兄に千円貸してくれと頼みました。従兄が渋い顔をしたので、一生に一度の頼みだといって土下座までしました。スキャンダルで当落線上にいる自民党の候補さながらです。そこまでプライドをかなぐり捨てた候補に投票してはいけないと思いますが、バス停で会おうと言っておきながら当日になってバス代がないなんて言えないじゃないですか。十四歳だった私にとって、それは世界の終わりを意味していました。千円札なんて、いまは羽が生えたみたいにどこかへ飛んでいってしまいますが、あの晩はどれほどそれが欲しかったことか。

……しかし阿久津さん、こんな話は退屈ではありませんか」

不意を衝かれて阿久津は言葉に詰まった。退屈している、というのとは違ったが、困った気分ではあった。阿久津は子供のことを書いたことがなかった。好き合った中学生同士の話を聞かされても、どう書けばそれを面白くできるのか見当がつかなかった。

「阿久津さんは考えているんです」と尾崎が言った。「書き手として、どう書くべきかを常に考えているんです。それでみんなに尊敬されているんです」

阿久津は首を回して尾崎を見た。どこまで本気で言っているのかと疑ったが、尾崎は真顔でノートをめくり、「続けてください」と言った。「クリスマスにしゃれたレストランへ行ったとか、都心の高級ホテルに泊まったとか、そんなありきたりな話よりもよほど聞きたくなります」

たしかに、と阿久津は思った。クリスマスにまつわる話は山ほど聞いたが、クリスマスイブに老人ホームへ行ったという話は聞いたことがない。しかも、そこは原発が誘致された村である。おそらく街灯もなく、数えるばかりの民家が点在していただけだろう。阿久津は見たこともない村の情景を想像し、木立に囲まれた老人ホームを思い描いた。日本海から吹きつける風の音、三十メートルくらいありそうな針葉樹林、人っ子ひとりいない銀色の一本道、足場を探しながらそこを行く中学二年の男女――クリスマスイブと老人ホームの組み合わせは、シュールレアリスムのお題目である、あのミシンとコウモリ傘の出会いよりもシュールに思えた。

「泊村までは十キロほどですね」尾崎が指で距離を測りながら言った。「バスで三十分といったところでしょうか」

「そのくらいだと思いますが、田舎のバスなので時間は当てになりません。午後一時に待ち合わせて、泊に着いたのは二時過ぎでした。道路が凍結しているとかで、バスはこれでもかというほどのろのろと走りました。大陸から渡ってきた風に雪が舞って、絶えずぴゅーぴゅーと音がしていたのを憶えています。対向車もなく、歩いている人も見かけませんでした。動いているのは海上のカモメくらいで、空はいつも通りの鉛色です。泊に近づくにつれて黒っぽい雲が広がってきて、何だかもう、地の果て行きのバスに乗っているような気分でした。

外を見ているとどうしても気分が暗くなるのですが、彼女があれこれと話すので退屈はしませんでした。私と違って話題の豊富な子だったのです。

話題のひとつに方言がありました。北海道では物を捨てることを『投げる』といいます。彼女はこれがわからずに恥ずかしい思いをしたと言いました。転校してきたばかりの頃、与えられたロッカーにしわくちゃのビニール袋が入っていて、どうしたらいいのかと教師に聞いたら、そんなものは投げろと言われたそうなのです。なぜ投げるのか、どこへ投げればいいのか、どうしていいかわからないままビニール袋を手にしていたら、早く投げろと言われ、仕方なく小さく丸めて放り投げたというのです。

『投げろと言うから投げたのに、何をするんだと怒鳴られるし、みんなはげらげら笑うし、もうわやよ、わや。あの時はなまら恥ずかしかった』

　わやとなまらは北海道弁の最頻出語で、英語のベリーとマッチみたいなものです。みんなに笑われて大変で、とても恥ずかしかった——とまあ、そういう意味のことを言ったわけです。

　彼女に聞かれて私は祖母の話をしました。祖母には十四人の孫がいて、大晦日には全員が伯父の家に集まっていました。ふだんは口うるさい祖母もこの日だけは上機嫌で、伯父たちに酒を注いで回り、『紅白歌合戦』を観て歌手の品評をしていました。年寄りなのでアイドル歌手が出てくると面白くないらしく、この鼻たれ小僧とか、音痴とか、歌っていないで学校へ行けとか、精一杯文句を言うわけです。それがおかしくて従兄たちとげらげら笑いました。やがて『ゆく年くる年』が始まり、除夜の鐘が鳴るのを合図に一人ずつ祖母に挨拶をし、よいお年を、と言い合って車に乗り込む——それが真壁家の大晦日でした。

　私は大晦日に従兄たちと会うのを楽しみにしていたのですが、祖母が寝込むと親戚たちは挨拶をしに立ち寄るだけになり、老人ホームに入ってからは挨拶にさえ来なくなりました。子供心にもひとつの時代が終わった気がしたものです。

『おばあちゃんがいたから集まっていたわけだよね』と彼女は言いました。『でも、そんなに孫がいるなら子供だってたくさんいるわけでしょ。おばあちゃん、どうして老人ホームに入らなきゃならなかったの』

それは私にもわかりませんでした。

祖母には六人の子がいて、私の父を除く四男一女が岩内と札幌に住んでいました。小六の夏、その五人が集まって親族会議のようなものがあったのを憶えています。親戚たちが帰ったあと、伯父に呼ばれ、ばあさんを老人ホームに入れることにしたと聞かされました。いきなりのことで驚きましたが、もっと驚いたのは横にいた伯母の言葉でした。

『ジュンくんがどう思っているかわからないけれど、しょうがないんだからね、仕方のないことなんだからね』

岩内の伯母は優しい人でした。私には伯母に叱られた記憶がありません。それだけに怒っているような必死の形相が恐ろしく、黙って頷くしかありませんでした。

『仕方がないんだって』と私は言いました。『そうするしかないと言われた』

『何が仕方がないの。自分たちを生んで育ててくれた人でしょ、その人を老人ホームに入れてどうして平気でいられるの。かわいそうだと思わないの』

彼女は窓の外を指さして、だって、こんなところだよ、と言いました。

たしかに、こんなところとしか言いようのない光景が続いていました。田舎というのは大体そうですが、どこまで行っても目にするのは同じ光景ばかりなのです。雪をかぶった木々が行き過ぎるだけで、何の代わり映えもなく、どのあたりを走っているのかもわかりませんでした。こんなところに二年半も置き去りにされて祖母はどんな気持ちでいるのだろう、何十年も子供や孫のために尽くしてきたのに、老人ホームに入れられ、そこで死ぬのだとしたら祖母の一生とは何だったのだろう——そうした思いが一どきに迫ってきて、この時ほど祖母を不憫《ふびん》に思ったことはありません。

もちろん、そんな話ばかりしていたわけではありません。いまでも憶えているのは彼女がしたシュークリームの食べ方に関する話です。転校してきたばかりの頃、堂本商店でシュークリームにかじりついている子を見て、とんでもない田舎に来てしまったと思ったそうなのです。それまで通っていた泉岳寺の小学校の先生によれば、シュークリームはあの皮の部分をちぎって、それをクリームにつけて食べるのが正しいというのです。あの皮はそのためにあるというのです。それが正しい食べ方なのかどうか、いまもってわかりませんが、都会というものに過剰なコンプレックスを抱いていたせいか、この話は私の記憶の深いところに刻まれた気がします。

泊村がある積丹半島は全体に山がちで、海沿いに集落がぽつぽつとあるだけでした。私たちが降りたのも海のそばで、冷たい風が吹きつけていました。海上にはやたらとカモメが舞っていましたが、見渡す限り人っ子ひとりいませんでした。海は濃い群青色で、強風に雪が舞い、岸壁を叩く波が恐ろしいような音を立てていました。

彼女は足踏みをしながらガードレール越しに海を見ていました。寒々とした光景なのになぜか嬉しそうでした。私は不思議な思いで彼女の横顔を見ていました。ベージュのダッフルコートを着て髪をなびかせていた彼女は、グラビアで見たどんな少女よりもきれいでした。そんな子と一緒にいることが信じられず、半ば当惑した思いでいたら、彼女が周囲を見回して、来てよかった、と言いました。

『本当に誰もいない。ここにいるの、私たちだけよ。ジュン、私たちの世界よ』

私は黙ったままでいました。そうだね、とでも言えていればよかったのですが、言葉が出てきませんでした。気軽に合いの手を入れられない中学生だったのです。

老人ホームに続く道には手つかずの雪が残っていました。細い道に入って五分も歩くと民家はなくなり、山の上に黒い雲が広がってきました。本降りになりそうな雲行きで、私はもう帰りのバスの心配をしていました。彼女も買ったばかりだというブーツが濡れるのを気にして、一歩ずつ、慎重に歩いていました。雪道を歩くのはけっこう骨が折れます。三十分くらいも足元を見て歩いたので、老人ホームが見えた時はほっとしました。

老人ホームは古い造りの建物でした。診療所が併設されていて敷地自体は広かったのですが、駐車場はがらがらでした。面会を申し込むと受付にいたおじさんが書類に記入するようにと言いました。入所者との続柄を書く欄があって、私は『孫』、彼女は『孫の友人』と書いたのですが、受付のおじさんは探るような目でじっと書類を見ていました。孫の友人じゃだめなのかな、と彼女が小声で言いました。私も心配になってきましたが、やがておじさんが『きみは大人みたいな字を書くね』と言いました。何のことはない、彼女が書いた文字に感心していたのです。

実際、彼女はとてもきれいな文字を書きました。沼津へ行ってからも手紙のやり取りをしていたのですが、封書を見た叔母から『北海道の先生？』と聞かれたほどです。照れもあって曖昧に頷いたせいで、それからは手紙が届くたびに『また先生から』と手渡されました。

最初に受け取った手紙に老人ホームへ行った時のことが書かれていました。彼女は老人ホームで会った人たちに強い印象を受けたらしく、一人ひとりについて細かく書いていました。ゆうべ、久しぶりに読んでおかしなことを思い出しました。まったくの余談になりますが、これが実に北海道っぽい話なので聞いてやってください。

私たちが書類に記入を済ませると、受付のおじさんは奥の事務室へ行き、アノラックを羽織って出てきました。慌てた様子で受付台に〈巡回中〉と書かれた札を置き、『案内の人が来るから』と言って外へ出ていったのです。

十分ほどしても案内の人は来ませんでした。待ちくたびれて、どうしたのだろうと話していたら四十歳くらいの看護師さんが通りかかって『面会に来たのね』と言いました。呼ばれてきた様子ではありませんでしたが、ともかくもその人の案内で祖母の部屋へ向かいました。

『受付のおじさん、どこまで行ったのかな』

『広いから巡回に時間がかかるんだろう』

歩きながらそんな話をしていたら、看護師さんがくすくすと笑いました。何がおかしいのか、そのうち立ち止まって肩を上下させました。

『あのおじさんは床屋へ行ったのよ』やがて看護師さんが言いました。

『勤務中なのに？』彼女がびっくりして言うと、看護師さんは声を上げて笑いました。

『あの人は床屋さんなの。きっと、お客さんが来たんだと思う』

要するに、おじさんは副業で受付台に座っていたわけです。お店に連絡先を書いた紙を貼っていて、それを見たお客さんが電話してきたらお店に行くの——看護師さんはそう説明しました。北海道ならではの話で私はすんなりと納得しましたが、彼女は首をかしげて、それだとここへ来た人が困りませんか、と言いました。

『本当はそうよね。でも、あまり困ったことはないの。おじさんは大抵あそこにいるし、ここへもそんなに人は来ないし』

これもよくわかりました。どこへも大して人など来ないのです。老人ホームもしんとしていて、唸るような風の音が聞こえるだけでした。私にとっては耳に馴染んだ、いまとなっては懐かしくさえ感じる音です。淋しい場所で聞く、あの風の音が私にとっての北海道でした。

祖母は眠っていました。夏に来た時は白髪の老女が隣にいたのですが、その人のベッドはきれいに片づけられ、祖母のラジカセが置かれていました。それで落語を聴くのが祖母の唯一の趣味だったのです。

『気持ちよさそうに眠ってらっしゃる』と看護師さんは言いました。『もうすぐ回診の先生が来るから、それまで待とう』

私たちは廊下の長椅子に腰かけて看護師さんと話しました。長い廊下の左右に部屋があり、時々、ドアの上のライトがぽっと光りました。入所者が枕元のボタンを押すと光る仕組みになっていたのです。ライトがつくたびに看護師さんは立ち上がり、しばらく部屋にこもりました。それを見て、楽な仕事じゃないよね、と彼女が言いました。

『でも、仕事って楽じゃない方がいいんだって。うちのお父さんがそう言っていた』

『どういうこと？』

『楽をしていると思われるのは大人には辛いんだって。そう思われないように、みんな必死なんだって。何か、わかる気がした』

そこから大変な仕事って何だろうという話になったのですが、中学生が知っている大人は教師くらいです。あの先生は忙しそうに見える、うちの担任は忙しがる気もなさそう――そんな話をしていたら看護師さんが戻ってきて、先生が来るから部屋で待とうと言いました。

祖母はまだ眠っていました。大きな枕に頭を沈め、半分こちらに顔を向けていました。祖母の寝顔を見ただけで込み上げてくるものがあり、私は慌てて部屋を出ました。彼女がいたので絶対に泣くまいと決めていたのですが、廊下に出るとどうしようもなく涙が出てきました。やがて彼女が看護師さんと一緒に廊下に出てきました。

『ジュンはもうすぐ沼津に行くんです。沼津へ行ったら、もうおばあちゃんに会えないから、今日、会いに来たんです』

彼女がそう話しているのが聞こえました。看護師さんは合点がいかない様子で、だったら、おうちの人はなぜ来ないの、と言いました。

『どうして彼は一人で沼津へ行くの』

『おばあちゃんはそのことを知っているの』

看護師さんは彼女の頭を覗き込むようにして聞いていました。両手で顔を覆っている彼女を見て、私は生まれて初めて、心の底から一人の人間を好きだと思いました。顔がかわいいからとかスタイルがいいからとか、そんなことではなく、もっと別の、言葉にできない感情に圧倒されて、五メートル先で泣いている十四歳の女の子をたまらなく好きだと思いました。

それから二人はどこかへ行きました。十分ほどして戻ってきた時は白衣を着た大柄な医者と一緒でした。医者は私の前に立ち、『ジュンだな』と言いました。身体だけでなく、声も大きな人でした。

『内地の学校に行くんだってな。どこだっけ？　いま聞いたのに、もう忘れた』

『内地』というのは年配者がよく使っていた言葉で『道外』という意味です。看護師さんが笑いながら『沼津です』と言うと、そうだった、と言って医者も笑いました。

『年を取るとこれだ。ゆうべ何を食ったのかも憶えていない。沼津か。そいつはあったかそうでいいな。ちょっとばあさんの様子を見るから待っていろ』

医者は祖母の部屋に入り、大きな声で何か話し、やがて私を呼び入れました。

『ばあちゃん、ジュンが会いに来てくれたよ。ほら、ジュンだ、わかるだろう』

医者は祖母の耳に口を近づけ、入り口にいた私を指さして言いました。祖母はかすかに頭を動かし、唇をへの字にして、わかる、というように口を動かしました。医者は部屋中に響く声で続けました。

『年が明けたらジュンは沼津に行くんだってよ。それで、最後にばあちゃんに会いにきた。これからは沼津でがんばるんだってよ。そうだよな、ジュン』

私が頷くと、祖母は何か言おうとして口を開けました。落ちくぼんだ目が見る間に光るのを見て、私は喉を震わせて泣きました。泣かずにいられませんでした。

『ジュン、ここに来てばあちゃんと話せ。そのために来たんだろう』

医者に手招きされて、私は祖母の横に立ちました。しゃくりあげている私を見て、祖母は目を光らせ、歯を食いしばるようにしていました。祖母が泣くのを見たのは初めてでした。瞬きをした目から涙があふれ出たのですが、深い皺のせいで流れ落ちず、ぼろぼろになった皺の間に吸い込まれていきました。私は何か言いたかったのですが、色んなことを祖母に伝えたかったのですが、喉が震えて言葉が出てきませんでした。

『しょうがない、おれが代わりに話す』そう言うと医者は身をかがめて声を張り上げました。

『ばあちゃん、ジュンはお礼を言いに来たんだ。これまで、ありがとうって。ばあちゃんにしてもらったことは死ぬまで忘れないって。ジュンは今日、それを言いに来たんだよ』

祖母は小さく口を開きました。何か言おうとしたようでしたが、言葉にならず、乾いた唇をかすかに震わせただけでした。医者はわかったというように頷きかけ、ジュン、ばあちゃんの手を握れ、と言いました。私は『えっ』と声に出していました。そんなことはしたことも、しようと思ったこともありませんでした。困ってじっとしていると医者が私の腕を取りました。

『ばあちゃんはお前の母親と一緒だろう。そう思ったからお前はここに来たんだろう。違うか』

私は宙に手を浮かせたままで頷きました。実際にそうだったのですが、言われてみて初めてそうだったと気づきました。私を育ててくれたのは他の誰でもなく、この人だったのです。

医者は握っていた手に力を込めて、早く握れ、と言いました。

『おれは死んだ母親に最後までありがとうと言えなかった。それが一生の悔いだ。お前もいまにわかる。してしまったことは諦めがつくが、せずに終わったことは一生の悔いになる。おれと同じ後悔はするな』

私は医者に手を引かれて祖母の手を握りました。祖母の手は小さく、硬く、ひからびて冷たくなっていました。祖母は瞬きをし、何か言おうとして口を開きました。聞き取ろうと耳を近づけたのですが、祖母は口を開けたままで目を閉じ、やがて小さな寝息を立てました。

『岩内からバスで来たんだってな』と医者は言いました。『寒いのによく来た。ばあさんも喜んでいた』

『そうでしょうか』

『見てわからないのか。しょうがないやつだな。お前は、ばあさんに立ち上がって手を叩けとでもいうのか』

看護師さんがくすくすと笑いました。医者も笑って、こういう鈍感なやつっているよな、と言いました。『こいつは女の子から好きだと言われて、初めてそうかと気がつくタイプだ。お嬢さん、そうでしょう』

彼女がどう反応したのかはわかりません。私は恥ずかしさに耐えてじっとしていました。すると医者が思いがけないことを言いました。

『男ってのは、ほんの一秒か二秒、長く見つめられただけで気がつかなきゃだめだ。それで証拠は十分だろう。女の子にそれ以上のことはさせるな』

外はもう暗くなりかけていて窓に雪が降りかかっていました。帰りのバスの時間が心配でしたが、岩内まで車で送ると医者が言ったので、夕方まで祖母と一緒にいることができました。何か話したいと思い、一時間ほどベッドの前にいたのですが、祖母はもう目を覚ましませんでした。

帰り際に忘れられないことがありました。三十歳くらいの女性職員がケーキを持ってきたのです。看護師さんとの会話から、毎年、クリスマスに自作のケーキを振る舞っているのだとわかりました。そこはある仏教団体が経営する施設だったのですが、そうしたことはあまり関係がないのですね。

『そういえばクリスマスだったな』

背広に着替えた医者が現われると、女性職員がケーキを切りわけ、小さなロウソクを立てました。電気が消され、部屋が真っ暗になるとエアコンの風にロウソクの火がかすかに揺れました。女性職員が『メリークリスマス』と言ってケーキの火を吹き消しました。看護師さんも同じようにし、医者も照れくさそうな笑みを浮かべて吹き消しました。

『あなたたちの番よ』

看護師さんに言われ、私たちも順番にロウソクの火を吹き消しました。部屋が暗くなった瞬間、私は彼女が膝に置いていた手を握りました。そうしようと思っていたわけではなく、とっさの行動でした。想像していたよりも肉づきがよく、太腿に当たった指が沈み込む感覚がありました。

指に力を込めると彼女も握り返してきました。すぐに電気がつけられ、ほんの数秒で終わってしまいましたが、彼女がふうっと長い息を吐くのがわかりました。あの震えたような吐息は忘れようにも忘れられません。それが、私の十四歳のクリスマスイブでした」

岩内町32番地

「差し支えなければ」と尾崎が言った。「彼女の名前を教えていただけませんか」

「差し支えなんてものはありません。水島明子といいました。ウォーター、アイランドに明るい子です」

尾崎は〈水島明子〉とノートに書き、「北海道の冬休みはこちらよりも長いのですよね」と言った。

「一月二十日までだったと思いますが、私は沼津の中学の始業式に合わせて一月五日に岩内を離れることになっていました」

「彼女と会う時間は、そんなになかったわけですね」

「時間がない上に、最後だということで親戚の家を回ったり、伯父夫婦と温泉に行ったりしたので年内は彼女に会えませんでした」

「それは残念ですね」

「そうなのですが、あの時は見知らぬ土地へ行く不安の方が大きかった気がします。暮れに沼津の叔母から手紙が届きましてね、同封されていた航空券を見て、いよいよだと思いました。羽田空港で待っている、何も心配しなくていいからと書かれていましたが、私は不安でいっぱいでした。実は写真でしか叔母の顔を知らなかったのです。沼津のこととなると、もうまったくわかりませんでした。引っ越しも、転校も、飛行機に乗るのも初めてで、すべてが不安で、何もかもが憂鬱に感じられました。意気地のない、心配性の中学生だったのです」

「そのあと、水島さんとは?」

続きを聞きたいらしく、尾崎が言った。阿久津も聞きたかった。おそらく奥さんの旧姓は水島で、これは校長と奥さんの話なのだと思った。

「午前零時に電話で話していました」

「午前零時にですか」

「その時間には伯父夫婦が寝ていたので、NHKの時報が零時を打ったのと同時に電話をかけ合っていました。電話を受ける時は、あらかじめ電話機のフックを指で押さえておいて、かかってきた瞬間に外していました。どちらが言い出したことなのか、なかなかいいアイデアだと思っていたのですが、波の音のせいで電話ではうまく話すことができませんでした」

「波の音といいますと?」

「伯父の家で思い出すのは波の音です。道路を一本隔てた先は海で、防波堤に当たる波の音が絶えずしていました。冬は日本海が荒れるので『紅白歌合戦』などはものすごいボリュームで聴くわけです。そのせいですかね、あの当時、紅白で歌っていた歌手には圧倒されました。子供心にもプロの歌手というのはすごいと思いました。『紅白』はクラス中の子が観ていたので見逃すわけにいきませんでした。いまも何となく観ていますが、昔を知っているせいか、私には同じ国の同じ番組だとはとても思えないのですよ。

……失礼、ともかく波の音がすごかったのです。あの冬はとりわけ海が荒れていた気がします。電話で話していても何を言っているのかわからないし、大きな声を出すわけにもいきませんでした。それで最後にもう一度会おうということになったのですが、やはり行くべき場所を思いつかず、結局、何でも屋でコーラを飲むことにしました。沼津へ行く前の日でしたから一月四日だったと思います」

「それはつまり」尾崎が忙しくメモしながら言った。「彼女との最後のデートということになりますね」

「デートといえばデートですが、日が悪すぎました。おそろしく吹雪《ふぶ》いていましてね、強風が吹きつけていてまっすぐに歩けないほどでした。クリスマスイブに老人ホームへ誘ったり、猛吹雪の日に何でも屋へ行ったり、彼女とはまともなデートをしたことがありません」

「そうかもしれませんが、まともでなかった分だけ忘れ難いものがあるのではないでしょうか」

阿久津は尾崎の言葉に頷いた。そう、まともじゃない方がいい。まともな話は、いらない。

「その日は吹雪いていたのですね」と尾崎が言った。

「ええ、ものすごく。強風に雪が舞って地響きのような音がしていました。向かい風を受けて目を開けていられないほどでした。それで私が先頭になって車の轍《わだち》の上を歩いたのですが、五メートル進むのに十秒はかかったはずです。昼過ぎなのに夕方のように暗く、どの車もヘッドライトをつけていました。それでも私たちに気がつかないかもしれないと思い、車が近づいてくるたびに民家の塀にもたれて通り過ぎるのを待ちました。指の感覚はなくなるし、マフラーをしていても耳が痛いほどでしたが、引き返そうにも引き返せない——冬の八甲田山で遭難した旧陸軍の雪中行軍さながらの彷徨です。こちらはまあ、単に何でも屋を目指していただけなのですが、中学生にとっては辛い道行きでした。寒いし、暗いし、冷たいし、たとえようもなく不安で、哀しい気持ちでした。それでも彼女の手だけはしっかり握っていたので、あれはやはりデートだったはずですが、私たちはいまの若い人のように堂々とはしていませんでした。猛吹雪で誰も見ているはずがないのに、ヘッドライトが近づいてくるたびに手を放し、後ろ手で探してまた握るということを繰り返していました。そういう世代だったのです。

何度目だったか、また車が近づいてきたので道端へ寄りました。もう首を回すのも億劫で、じっとして車が通り過ぎるのを待っていました。その時、彼女の泣き声を聞いたのです。振り向くと、ぐるぐる巻きにしたマフラーから覗く目が真っ赤でした。なぜ泣いているのか、寒いからか、離ればなれになるのが辛いからなのか、切実にそれを知りたかったのですが、やはり言葉が出てきませんでした。どうしていいのかわからず、きつく歯を食い縛っていたのですが、結局は私も泣きました。昼間なのに明かりがついた民家の前で、寒さにかちかちと歯を鳴らしながら泣きました。なぜ泣いたのか、理由が多すぎてわかりませんでした。彼女に会えなくなる哀しさもありました。見知らぬ土地へ行く不安もありました。伯父の家では家族同然の扱いを受けていましたが、結局はよそ者なのだという現実を突きつけられた淋しさもありました。他にも言葉にならない色んな感情が込み上げてきて、彼女と額を突き合わせ、喉を震わせて泣きました。湿っぽい話で恐縮ですが、まだ中二でしたので、このへんのことは大目に見てやってください。

老人ホームから戻ったあと、私はあることをずっと考えていました。あれほどひとつのことを考え続けたことはなかった気がします。考えていたのは、あの大柄な医者が言っていたことです。してしまったことは諦めがつくが、せずに終わったことは一生の悔いになる——それが正しいのかどうか判断はつきませんでしたが、死んでいく母親に『ありがとう』を言えなかったという言葉には実感がこもっていました。

私はまるで度胸のない中学生でしたが、何もせずに後悔するのは嫌だと思いました。明日のいま頃はここにはいない、これで終わりだ、何もかも今日で最後だ。そんな思いに促され、私は彼女を抱き寄せ、マフラーを下げて頬にキスしました。向こうがどう思ったかはわかりません。ひょっとしたら私のしたことに気づいていなかったかもしれません。というのは、その瞬間、ものすごい風が吹いて、とっさに首をすくめたからです。しばらくの間、切り裂くような風の音しか聞こえませんでした。背中を押されるような強風で、何かを考えられる状況ではありませんでした。そのせいで私の決死の行動も何だか曖昧なものになりかかっていたのですが、どうにか風が収まり、彼女が顔を上げると、私は追い詰められたような、急かされているような気になりました。さっきのは違うだろう、あれはだめだろう——そう言われた気がしたのです。言っているのは凪であり、自然であって、その意に背いたばかりに強風に背中を押されたのだと思ったのです。まあ、中二の小僧がそんなことを思うわけはないのですが、明かりのついた民家の前でそれらしきことを思ったのはたしかです。しかし、思ったのは一瞬で、次の瞬間には彼女の背中に腕を回していました。私は彼女を抱き寄せ、弾みで上を向いた唇を塞ぎました。彼女は目を閉じたまま、頬に張りついた髪を手で払いました。いまもその仕草が目に焼きついているので私はしっかり目を開けていたのだと思います。やがて背中に彼女の腕が回されていることに気づき、きつく彼女を抱きしめました。十秒か二十秒か、あるいは一分か二分か、そうしていたと思います。時間の感覚はありませんでした。凪も寒さも感じず、抱えていた様々な心配事も忘れ、次の車が近づいてくるまで無我夢中で彼女を抱き締めていました。あれが私の人生のクライマックスだった気がします。ふつう、そういうのはあとの方にくるものですが、他に大したクライマックスがないせいか、そんな気がしてなりません。

それからどこをどう歩いたのか、やっとのことで堂本商店に着いたのですが、店にはシャッターが降りていました。冬の北海道ではよくあることです。こんな日に客は来ないだろうと休業にしてしまうわけです。一瞬、駅に行こうかと思いました。駅なら少なくとも凪と雪はしのげます。暖房もコーラの自販機もあるはずですが、駅には行きたくありませんでした。中学生というのはおかしなことを考えるものです。彼女は翌朝に発つ私をホームから見送ると言っていました。つまり、駅は私たちの別れの場になるところなわけです。それなのに前の日にも同じ場所にいたなんて何だか間が抜けているではないですか。骨の髄まで冷えきって、下顎をがたがたと震わせていたのに、中二の私はそんなことを思っていたのです。

で、どうしたかというと、店のシャッターを叩いたのです。風の音がやかましかったので力の限りにバンバンと叩きました。これも冬の北海道ではよくある光景です。せっかく来たのだから開けさせようと頑張るわけです。力まかせにシャッターを叩いて、ごめんください、と叫んでいたら、横の扉が開いて堂本さんが顔を出しました。さっき私が電話で話していた何でも屋の息子です。四つ上の従兄の同級生で、小五の私にわざわざ『アホ』と書いた手紙をよこした人です。

堂本さんは札幌の進学校に通っていました。札幌までは百キロあり、車で一時間半はかかります。電車だと乗り継ぎがあるので、その倍はかかります。高校生に通える距離ではなく、堂本さんは札幌に下宿していました。従兄の話だと、たまに帰ってきていたようですが、私は三年近く顔を見ていませんでした。

堂本さんは『コーラを』と言った私を怪訝そうな目で見ていました。凍えるような日でしたから当たり前ですが、久しぶりに私を見て誰なのかわからなかったのです。それでも手招きして私たちを中に入れ、コーラよりも何かあったかいものの方がよくないか、と言いました。

堂本さんはドテラを着て、耳に鉛筆を挟んでいました。高三でしたから受験勉強をしていたのだと思います。気難しい人だという評判でしたが、特に迷惑そうな素振りは見せず、炬燵《こたつ》のある部屋に私たちを招き入れました。家族は外出しているらしく、家の中はひっそりとしていて、黒と白のまだらの猫が石油ストーブの前で丸くなっていました。

『まあ、これでも飲め』

堂本さんが缶入りのスープを差し出して言いました。代金を払おうとすると、いらないというように手をひらひらさせ、お前は敬二の弟だろう、と言いました。

『さっきから誰だろうと考えていた。敬二はどうしている？』

私は、大学受験が近いので勉強をしている、いつも遅くまで部屋に電気がついている、と言いました。堂本さんは肩を揺らしてくっくと笑い、どうせマンガでも読んでいるんだろうと言いました。

『あんなのが無駄に電気を使うから原発が建つんだよ。まあ、泊なんか田舎だから国はなくなったっていいと思っているんだろう』

私は思わずスープを飲む手を止めました。堂本さんと口をきいたのは初めてでした。周囲に配る眼差しから辛辣《しんらつ》そうな人だとは思っていましたが、ここまでとは思っていませんでした。彼女も驚いたように目を瞬かせていましたが、堂本さんは気にする様子もなく続けました。

『敬二は勉強に向いていない。頭が悪いのは仕方がないけれど、勘が悪いのはどうしようもない。帰ったら、あいつに電話をよこせと言え。大学は諦めて自分に向いた仕事を探せと言ってやる』

頷くわけにもいかず私は黙っていましたが、彼女はこういう物言いには黙っていられない性格《たち》でした。まだ赤くなっていた手を炬燵の上に置いて、いまの言い方はちょっとひどくないですかと言いました。

『そうだな』堂本さんはあっさりと認めました。『おれはいつも言い過ぎてしまう。黙っていればいいのに、ついよけいなことを言ってしまう。そういう性格なんだ。でも、腹の中でそうした方がいいと思っていても、やっぱり黙っていた方がいいのかな。それが本当の親切なのかな。実際は面倒ごとをタブーにしているだけじゃないのかな。面倒を避けるのもひとつの生き方だ。その方が楽だし、誰も傷つかないから大半の人はそうしている。ひょっとしたら、それが正しい生き方なのかもしれない。だって、世の中って面倒くさいじゃないか。おれも面倒なことは嫌いだ。誰がどんな間違いをしようと知ったことじゃない。こっちには関係ないもんな。でも敬二にはやっぱり言ってやろうと思う。敬二はいいやつだし、あいつとは保育園の頃からの仲だ。おれの数少ない仲間の一人だ。そう思うから言うんだよ。ただし、言い方には気をつける。あいつが傷つくような言い方はしない。それでどう?』

彼女は何か言いかけて黙りました。私はもう圧倒されて、はなから口を挟む気になれませんでした。

『きみはこいつの同級生?』堂本さんは私を指さして言いました。『一度も見かけたことがないけれど』

『私もお会いするのは今日が初めてだと思います』

『お会いする、か』堂本さんはまたくっくと笑いました。『このへんにはそんな立派な口をきく中学生はいない。転校してきたんだろう。どこから来たの』

『東京からです』

『それはそれは。東京から、なぜまたこんな田舎に?』

『五年生の夏に母方のおばあちゃんが亡くなって、おじいちゃんが一人きりになったので。それでです』

『それはいい話だ。家族愛を感じる。お父さんは何の仕事をしているの？　ここには仕事なんかないと思うけど』

『札幌のホテルで働いています』

『ああ、なるほど。じゃあ、きっと単身赴任だ。それにしても東京からとはね。田舎なんでびっくりしただろう』

『はい。最初の晩は姉と抱き合って泣きました』

堂本さんは天井を向いて笑いました。『わかる、泣きたくもなるよ。寒いし、人はいないし、行くところはないし。でも、どうしてこんな日に来たの？　猛吹雪だよ』

『そうですけれど、ジュンが明日、沼津に行くので』

『沼津？』

『はい。それで、最後にコーラを一緒に飲もうと思って』

堂本さんは寝起きの人のように目を瞬かせ、なぜ沼津へ行くのかと言いました。私は、母方の実家が沼津で、そこで暮らすことになったと言いました。

『そうか。しかし沼津か。そりゃ遠いな』

堂本さんはテレビをつけ、がしゃがしゃとチャンネルを回しました。話は終わり、そんな感じでした。

テレビには札幌の街路が映っていました。札幌も吹雪いていて、車のヘッドライトがうっすらと見えるだけでした。私は身を乗り出して画面を見つめました。内心で飛行機が欠航になることを願っていたのですが、強風は明け方には収まり、明日は晴れ間が広がるだろうということでした。

『しかしまあ、せっかく来たんだし、そういうことならコーラくらい飲まなきゃな』

堂本さんがコーラを取りに行くと、高校生だよね、と彼女が言いました。札幌の高校に通っている、正月なので戻ってきたんだろうと私は言いました。札幌の高校と聞いて彼女は目を瞬かせました。泊から戻る車の中で、あの医者を相手に札幌の高校に行きたいと話していたのです。

『札幌の高校に通っているんですね』堂本さんが戻ると彼女が言いました。『うちの姉が中三で、札幌の高校へ行きたがっていたんです。そのことでずっと悩んでいたんです』

『お姉さんは何を悩んでいたの』

『札幌には知り合いがいないので、やっぱり不安だったみたいです。母は岩内の高校で十分だと言うし、姉もそうすることにしたんですが、最近、全然元気がないんです』

『当たり前だ。行きたくない学校へ行くと決めて元気が出るわけがない。そんなことで悩む必要はない。おれも札幌に一人の知り合いもいなかったけれど、いまじゃ五百人くらい知っている』

『五百人ですか』

『別に数えたわけじゃない。知りたくて知ったわけでもない。無人島でもない限り、どこへ行ったって誰かと会うんだし、嫌でも誰かと知り合ってしまう。知り合いたくないやつとまで知り合ってしまう。そういうことは誰にもコントロールできない。この猛吹雪みたいなものでどうしようもない。自分にコントロールできないことで悩むのは時間の無駄だ。願書の締め切りはまだ先だろう。知り合いなんか、どこへ行ったってできる。そんなことは気にしないで行きたい学校に行けとお姉さんに言ってあげるといい』

『そう、ですかね』

彼女は炬燵の上に手を置いて、じっとしていました。堂本さんはコーラの栓を抜き、彼女の瓶にこつんと当てて言いました。

『きみは中二で、十四年生きた。けっこう長い時間だけど、過ぎてみればあっという間だったんじゃないか』

『あっという間でした』

『だったら、この先も同じだと思わないか。きみも来年は受験だろう、あっという間にその日が来るよ。無駄に悩むより、それなら英単語のひとつでも覚えた方がましだと思わないか』

『そう、ですね』

『そう思うなら、お姉さんに言ってあげるといい、行きたい学校を目指せ、時間を無駄にするなって。それだけの話だよ』

堂本さんは私の瓶にもコーラを当てて、気をつけて行け、と言いました。私はしゃっちょこばって頷いただけですが、見知らぬ土地へ行く不安が不思議と和らいでいくのがわかりました。彼女も目に見えて元気になり、実は私も札幌の高校へ行きたいと思っているんです、と言いました。

何かもう、その話をしたくて仕方ないといった口調でした。

『私、東京を離れる時、友だちと約束したんです、東京の大学でまた会おうって。そのためにも、やっぱり札幌の高校に行きたい。できれば堂本さんが通っているような高校がいい』

『そうするといい。うちの高校はけっこう自由だし、きみに合うと思うな』

『自由なんですか』

『制服もないし、生徒手帳にも校則がほとんど書かれていない。教師もうるさいことは言わない。放し飼いだよ』

『放し飼い?』彼女は初めて笑顔を見せました。『いいなあ、私も放し飼いされてみたい。でも、難しいんですよね』

『きみなら入れる。話していてわかる。おれには、きみが4プラの階段を昇っているのが見える』

『4プラって何ですか』

『4丁目プラザを知らないのか。札幌のど真ん中にあって、行くと嫌でも誰かに会う。4プラとかエイトとか、みんなそのへんで待ち合わせをしている』

『堂本さんもそこで待ち合わせをしていたんですか』

『たまに買い物に行くだけだ。おれは嫌われ者だから、ふつうのやつは付き合ってくれない。教師からも同級生からも批判され続けた三年間だった』

『それはきっと、堂本さんが優秀だからです。批判は形を変えた賞賛だと本に書いてありました』

『それ、何て本?』

『何といったかな。父の本棚にあって、そのページにだけ折り目がしてありました』

『ひょっとして、お父さんも職場で批判されていたのかな』

『私もそう思って、ちょっと心配になりました』

『もしそうだとしても、批判されるくらい優秀なんだと思えばいい』

『そうですかね』

『そうですかねって、きみが言ったことじゃないか』

『ごめんなさい、そうでした』

二人は顔を見合わせて笑いました。お互いを認め合った者同士に特有の、何の不足もない、腹の底からの笑いでした。

通っているのはどんな高校かと彼女に聞かれ、面白いところだよ、と堂本さんは言いました。

『全校生徒集会というのがあって、これが特に面白い』

『集会がですか』

『面白いんだよ。まず司会役が教師を体育館から追い出す。入り口で立ち聞きしている教師を指さして部外者がいるとか言ってね。一年生の時は衝撃だったな。集会だから一応テーマはあるんだけど、聞いているうちに何がテーマなのかわからなくなる。目立ちたがり屋が次から次に出てきてマイクを使って色んな話をする。これが面白い。実は女を妊娠させて困っていると吹聴したり、おれはお前たちの知らない世界の裏の裏まで知っていると大見得を切ってみせたり、とにかく自分を別の何かに見せようとして必死になって喋るわけだ。ところが、そういうことを言うやつほど点取り虫でね。女を妊娠させて困っていた男も、世界の裏の裏まで知っている男も推薦で春から東京の私大へ行く。どっちも五段階の評定で四・四以上ないと行けない学校だ。四・五だったかな。要するに、あの独演会は定期テスト対策の憂《う》さ晴らしだったわけだよ』

『その人たち、よくできたんですね』

『大したことないよ。まともに受けたら入れっこないんだから。本人たちもそれはわかっているから一年の春から人目を忍んでかりかりとやっていたわけだ。でも、女の子なら推薦は狙い目かもね』

高校時代の思い出を聞かれ、堂本さんは札幌の花火大会の話をしました。札幌の中心部を流れる豊平川沿いに下宿があり、間近に花火が見えるので、その晩は同級生たちが下宿に集まって酒を飲む、女の子たちも浴衣を着てやってくる、浴衣姿の子はふだんの二割増しに見える、そのせいか、花火大会のあとはよくカップルが誕生する――夏の夜の華やぎが伝わってくるような話に彼女は声を上げていましたが、私はむしろ淋しいような思いで聞いていました。

『私、絶対にその高校へ行きたい』彼女は『絶対に』という言葉に力を込めて言いました。

『お勧めするよ。お父さんが札幌にいるんだったら、そこから通えばいい』

『そうですよね、問題ありませんよね』

『問題なんかあるわけがない。うちの高校には稚内《わっかない》から来ているやつだっているよ』

『稚内って、ずっと北の？』

『ずっと北の、この国の最果てだ。二年の夏、そいつの実家に行った。一緒にオートバイの免許を取って往復六百キロ走った。海岸沿いの道を抜いたり抜かれたり、天気もよかったし、もう最高だった。道がまっすぐで視界を遮るものが何もないんだ。まっすぐの道がどこまでも続いているのって、すごく気持ちがいい。稚内から戻った晩、おれは北海道に残ることに決めた。寒いのはかなわないけれど、春になったらまたあの道を走れる。そう思ったら東京へ行くという選択肢は消えた。実はおれも東京の大学を受けようかどうか迷っていたんだよ』

堂本さんは二階からアルバムを持ってきて、その時の写真を見せました。稚内のシンボルである『氷雪の門』を背景に、サングラスをかけた堂本さんと、肩まで届く長髪の男が写っていました。高校生のくせに二人とも煙草をくわえ、地べたにあぐらをかき、肩を寄せ合うようにしていました。

『こいつはマサルっていう』堂本さんは長髪の男を指さして言いました。『こう見えて、こいつは学年で三番以下になったことがない』

『この人が？　ビリから数えてじゃなく？』

『そう見えるところがミソだ。どんなに成績がよくてもガリ勉は軽く見られる。それが嫌で、敢えて手ぶらで登校してくるやつもいる。進学校というのは身の処し方がけっこう難しいんだよ』

私はあらためて写真を見ました。そういう目で見たせいか、長髪の男はイエス・キリストに似ている気がしました。見ようによってはジョージ・ハリスンのようでもありました。もちろん気のせいでしょうが、私の中に新しい感情が芽生えたのはこの時でした。長髪をかき上げて気さくそうに笑っている男を見て、自分もこんな人がいる高校へ行きたいと思ったのです。それはやはり進学校だろうという気がしました。沼津の進学校がどこなのかも知りませんでしたが、ともかくそこへ入り、こんな人と知り合い、友だちになって、一緒にどこかへ行きたいと強く思いました。それは熱烈な、憧れの爆発といっていい感情でした。

『堂本さん』

居ても立ってもいられない気になり、私は自分でもびっくりするような大声で呼びかけていました。堂本さん、僕も堂本さんが通っているような高校に行きたい、そこでこんな人と知り合いたい、そのためにどうすればいいのか、どんな勉強をすればいいのか教えてほしい──そう言っていました。それだけでなく、ずっと内に抱えていた不安を全部ぶちまけていました。沼津には一度も行ったことがない、向こうにはおばあちゃんと叔母さんしかいない、お金はあまりないと思う、たぶん公立の高校にしか行けない、そこに落ちたらどこにも行けないかもしれない、そんなのは嫌だ、絶対に公立に行きたい、だからといって公立ならどこでもいいとは思わない、堂本さんが通っているような高校がいい、沼津にもきっとそんな高校があると思う、がんばってそこに入って、こんな人と知り合いたい、難しいかもしれないけれど絶対に入りたい、絶対に落ちたくない……そんなことを支離滅裂な口調で言っていました。

突然しゃべり出した私に堂本さんは戸惑っていました。炬燵に片肘をついてしばらく黙っていましたが、やがて立ち上がり、ちょっと二階へ来いと言いました。彼女も行こうとしましたが、散らかっているからと止められました。

階段を昇った先は物置になっていて、実際、おそろしく散らかっていました。色んなものを詰め込んだ段ボールがいくつもあり、本や雑誌がこれでもかとばかり積み上げられていました。ラジカセ、プラモデル、扇風機、ボストンバッグ、自転車のタイヤやチューブ、他にも何だかわからない物が放置されていて足の踏み場もないほどでした。

奥の部屋も散らかっていましたが、さして気になりませんでした。気になったのは壁に貼られていたポスターです。等身大のヌードで、まだ少女といっていいような子が赤く光って見える林檎で局部を隠していました。少女はおそろしく豊満でした。緊張しているような表情と、巨大な砂時計を思わせる曲線のコントラストに圧倒されて私は部屋の入口で固まっていました。

『持っていくか』

堂本さんが顎でポスターをさして言いました。私は慌てて首を振りました。

『そうだよな。こんなのを貼ったら沼津のばあさんがびっくりする。貼るのは世界地図くらいにしておけ』

『そうします。第一、向こうに自分の部屋があるのかもわからないし』

私の言葉が耳に入らなかったのか、堂本さんは本棚から教科書を取り出してぱらぱらとめくりました。

『お前のことは敬二から聞いた』堂本さんは教科書を見ながら言いました。『いつだったかな、とにかくガキの頃だ。この世にそんなことがあるのかと思った。でも、敬二にそんな込み入った話が作れるわけがない。だから本当なんだろうと思った』

　私はどきどきして聞いていたのですが、堂本さんは教科書を手にして笑い、『高名の木登りといひしをのこ』とつぶやきました。人をおきてて、高き木に登せて梢《こずえ》を切らせしにと続く『徒然《つれづれ》草《ぐさ》』の一節ですが、何のことかわからず私はぽかんとしていました。

『これがそのまま中学の試験に出た』と堂本さんは言いました。『主語を補えという問題で、おれは冗談だろうと思った。高名の木登りの他に誰がいるんだよ。どうすれば間違えられるんだよ。あの時だ、おれがこの町を出ると決めたのは』

　堂本さんは教科書を閉じて、お前が不安な気持ちでいるのはわかる、と言いました。

『おれもそうだった。中三の夏に担任がうちに来て、札幌の高校を受けろと言った。おれは百キロも離れたところに行きたくないと言った。やっぱり不安だったんだな。そしたら担任が言うんだ、お前はこんな田舎に安住して朱に交わって赤くなる気かって。ここにいたら赤くなるってどういうことだ？　わけのわからないことを言うやつだと思ったけど、いまじゃあいつにちょっぴり感謝している。何だかんだといって、おれは札幌で三年間楽しんだ。だから、お前も沼津で楽しめばいいんだよ』

　よくわからない話でした。堂本さんとは立場が違いましたし、何をどう楽しめばいいのかもわかりませんでしたが、そういうことだと念を押され、わかりました、と答えていました。どこまでも気の弱い中学生だったのです。

『ばあさんが老人ホームに入れられたらしいな』堂本さんは本棚を見ながら言いました。『あのばあさんには誰も逆らえなかった。赤ん坊のお前を連れてきて、今日からうちで育てる、嫌ならお前らが出て行けと言ったらしい。お前らというのは敬二の親父たちのことだろう。要するに、敬二の両親がお前を引き取ることに反対して、それでばあさんが怒ったわけだ。聞いた話だからどこまで本当かはわからない。けど、おれにはばあさんが怒鳴っているのが目に見えるようだった。そのばあさんがいなくなって、とうとうお前もあの家から追い出されることになったわけだ』

聞いていてひどく胸がどきつきました。息をするのも苦しいほどでしたが、同時にいくつものことが腑に落ちた気がしました。そう話す一方で、岩内の伯父は、沼津のおばあちゃんがお前に会いたがっていると言っていました。お前も来年で十五になる、十五年というのは大した時間だとも言っていました。もう十分に面倒を見た、そろそろ出て行ってくれないか――あれはやはり、そういうことだったのだと思いました。

『けどまあ、物は考えようだ』堂本さんは続けました。『逆によかったと思えばいい。沼津がどんなところか知らないけれど、ここよりはよっぽどましだ』

『そうでしょうか』

『当たり前だ。雪は降らないし、人間だって十倍はいる。こっちの方がましなら何で十分の一なんだよ。馬鹿だと思われたくなかったら当たり前のことは言うな』

堂本さんは本棚から参考書を取り出して、持っていけ、と言いました。中学生向けの英語と数学の参考書でした。かなり読み込んだらしく、数学の参考書は背表紙が外れかかっていました。

『どっちも十回ずつ読め。書いてあることを全部頭に叩き込め。そうすれば、お前は沼津の中学で一番になっている』

私はぱらぱらとページをめくりました。夢のような話でしたが、どちらも百五十ページくらいあり、合わせて三千ページも読むのは大変だという気がしました。

『十回ずつですか』

『お前、おれが通っているような高校に行きたいと言ったよな』

『言いました』

『だったら読め。マサルの実家にもその二冊があった』

『あの人もこれを読んだのですね』

『ほとんどのページを空でいえたと言っていた。読むというのはそういうことだ。結局、同じ本を読んだやつが同じ場所に集まってくるんだよ』

この話も私にはよくわかりませんでした。わからないなりに頷いて聞いていたのは、異を唱えるほどの知識も元気もなかったからですが、振り返ってみて、十代の私にこれほど影響のあった言葉はなかった気がします。

余談になりますが、堂本さんがくれた英語の参考書に〈現在形とは実際は過去・現在・未来形のことです〉と書かれていました。そんな話は聞いたことがありませんでしたが、すぐ続けてこうありました。

〈英米人は「(昨日も今日も明日も)私はあなたを愛している」からI love you. と現在形で言う

のです。例文の What do you do? も現在形です。「(昨日も今日も明日も) あなたは何をしているのですか」と聞いているわけですから、「あなたの仕事は何ですか」という意味になるのです〉

目から鱗《うろこ》が落ちるとはこのことでした。しかも、このレベルの説明が最後のページまで続くのです。もし生涯の一冊は何かと聞かれたら、私は迷わずこの中学生向けの英語の参考書を挙げます。そう思うくらい、スリルと発見に満ちた本でした。

数学の参考書も実にいい本でしたが、結果からいうと、私は沼津の中学で一番にはなれませんでした。読み手が他ならぬ私だったからですが、中三の最初の試験で学年の六番になり、廊下に自分の名前が掲示されているのを見た時、堂本さんの言ったことが骨の髄まで染みました。と同時に、本が本の形をしているのはなぜかということがわかった気がしました。

感激のあまり、私は堂本商店宛てに手紙を書きました。六番だとがっかりされる気がして三番だったことにしたのですが、次の試験では実際に三番になっていました。その頃には二冊とも十回以上読み、どのページにも思い出ができるまでになっていました。

返信の葉書が届いたのは二学期に入ってからでした。出来合いの残暑見舞いの欄外に走り書きでこう書かれていました。

字が下手で解読に時間がかかった。三番になったくらいでいちいち報告するな。

残暑見舞いにはポプラ並木のイラストがあり、その下に小さく〈Hokkaido University〉と印字されていました。彼女からの手紙で知ったのですが、堂本さんは北大医学部の学生になっていたのです。

私は葉書を壁にピンで留め、見返すたびに不思議な力をもらいました。素っ気ない物言いとは裏腹に、堂本さんは人に力をくれる人だったのです。

あの日、堂本商店にいたのは一時間かそこらだったと思います。堂本さんと話していたのはもっぱら彼女で、私が直接話したのはせいぜい五分ほどでした。たった一度、ほんの五分話しただけですが、あの五分がなければ私はこの高校へ入ることも、大学へ行くことも、教師になることもなかっただろうという気がします。であれば自分はいま、一体どこで何をしていただろう――いまでも時々、そう思うことがあるのですよ」

親友交歓

ブルーバードは学校を離れ、川沿いを数分走った空き地に停まった。そこから狭い道に入った一角に三角屋根の古ぼけた喫茶店があった。コーヒーでも飲もうということになり、真壁校長の運転でやってきたのだった。

やけに暗い店だった。薄暗いランタンが数本ぶら下がっているだけで、「コーヒーを」という声を聞くまで阿久津は他に客がいることに気がつかなかった。

「高校時代に来ていた店です」と真壁校長が言った。「富士登山の強力《ごうりき》をしていたという人がやっていた店で、当時は『山小屋』といいました」

阿久津は店内を見回した。古ぼけたランタンといい、丸太を組み合わせた長椅子といい、言われてみれば山小屋風だった。壁もテーブルも落書きだらけで、丸太の柱にも色んなことが書かれていた。

「高校生の頃はよく来られていたのですか」と尾崎が言った。

「よくでもありませんが、同級生の子と何度か待ち合わせをしました」

「同級生の子というと、女の子ですか」

暗がりの中で真壁校長の頭がこくりと動いた。その頃には目が慣れて、口許をほころばせているのがわかった。何がおかしいのかわからなかったが、阿久津も釣り込まれて笑った。

「失礼」と真壁校長が言った。「高校の同級会を思い出しました。四十歳になる年にあったのですが、人生のひとつの節目ということで大勢が集まったのですよ」

「そこで何かおかしなことでも」と阿久津は言った。

「ええ、いまから思えば」

「聞きたいですね」

「大したことではありません。受付で名札を渡されましてね、何のためかと思ったのですが、会場に入って理由がわかりました。知らない顔ばかりなのです。見知らぬおじさんたちが、やけに親し気に話しかけてくるのです。適当に相槌を打ちながら名札を見て、同級生たちのあまりの変貌ぶりに愕然としました。かつてAであったものも永遠にAであり続けることはない――ヘラクレイトスのいう万物流転とはこのことかと実感しました。簡単に言うと男はざっと一・五倍に膨らんでいました。女性陣はそこまで変わっていませんでしたが、男より元の体重が少ないので、一・三倍になるともう誰なのかわかりません。あるふくよかな女性から『ひさしぶり』と声をかけられ、もしやと思い、恐るおそる名札を見て衝撃を受けました。遠いとおい昔、正確には三十九年前の四月五日、高校の入学式で見かけて好きになり、念願かなって高二の夏から付き合っていた子でした。高校の頃からよく話す子で、この時もあれこれと来《こ》し方について語っていましたが、私はただ呆然と立ち尽くしていました」

「入学式で見て好きになったのですね」尾崎がノートに〈入学式、好き〉と書いた。「しかし、お付き合いされていたのに誰なのかわからなかったのですか」

「わかりませんでした。有名な企業の御曹司と結婚していたのですが、楽をするのも善し悪しだと思いました」

「御曹司と結婚したのですか」

「そう聞きました。国際線のファーストクラスで声をかけられたそうです。結婚するまで航空会社で働いていたのですよ」

「国際線のファーストクラスですか。きっと、きれいな人だったのですね」

真壁校長は「うーん」と唸ってセブンスターの箱を取り出し、吸ってもかまいませんかと言った。店のマッチで火をつけ、天井に向けて細長い煙を吐くのを見て阿久津はちょっぴりだが驚いた。

「煙草を吸われるのですか」尾崎も意外だったようだ。

「そうなのですが、とうとう吸える場所がなくなりまして。それでまたここへ来るようになりました」

「そのために、わざわざお車で?」

真壁校長はこくりと頷いた。「排ガスの方がよほど害があるはずですが、表で吸っていると知らない人に睨まれたりするのですよ。喫煙者を白眼視する風潮はもう止まらないでしょうね。日本が戦争に向かうのを止められなかった理由がこの二十年くらいでわかった気がします」

阿久津は声を上げて笑い、ショートホープに火をつけた。最近は6ミリグラムのスーパーライトである。何だかんだといって気弱に健康を気にしていたのだ。

「人のことは言えません」阿久津は久しぶりの煙草にくらくらしながら言った。「百年前に生まれていたら私も軍国少年になっていたと思います。ドイツに生まれていたらヒットラー・ユーゲント、戦後の中国にいたら紅衛兵になって活躍していた気がします。若い頃はつるむのが好きで、とにかく流されやすかった。思い出すと恥ずかしくなって、ぎゃっと叫びたくなります」

「同感です」と真壁校長は言った。「私も昔の自分に会って色んなことを言ってやりたい」

「僕もです」尾崎も言った。「もっと積極的だったらなと思います。色んな人に話しかけて、もっとたくさんの人と知り合いたかった。でも、いざ話しかけようとするとブレーキがかかって、黙ってその場から立ち去っていました。あれが自意識というやつだったのですかね」

阿久津は首を回して尾崎を見た。会話のベクトルが微妙にずれた気がした。惜しかったね、そう言ってやりたかったが、みんなそうですよ、と真壁校長が言った。

「高校の教師をしていると毎日のように昔の自分に会います。無意味にはしゃいだり、急にふさぎ込んだり、そうかと思うと考えもなしに暴走してみたり、どれも昔の自分です。最近は大人にもそういう人がいます。三十年も生きていれば自分なんか大したことはないとわかるはずなのに、四十になっても五十を過ぎても、相変わらず自分、自分、自分なのです。きっと、人生のある時点で時計が止まってしまっているのでしょうね」

阿久津は落ち着かない気持ちになった。自分、自分、自分——若い頃からそうで、実はいまもそうだった。とはいえ、人間は自分以外のものにはなれない。自分を中心に考えるのは当然のことだし、第一、自分の他に誰がいるというのだろう?

「同級生だった女性のことですが」と尾崎が言った。「御曹司に見初《みそ》められたくらいですから美人だったのでしょうね」

真壁校長はまた「うーん」と唸った。「どうですかね。顔も身体つきもふっくらとしていて女としての雰囲気はあったと思います」

「水島さんもとても雰囲気があります」

「それはもう。沼津に五年、大学で東京に四年いてたくさんの女性を見ましたが、やはり彼女は特別だった気がします」

「水島さんとも手紙のやり取りをされていたのですよね」

「ええ。よく写真が同封されていたのですが、見るたびにきれいになっていました。ではなぜ他の子と付き合ったのかという質問だと思いますが、やはり北海道は遠いですし、私も女の子と付き合いたい年頃でした。それに、彼女の手紙にはライバルがたくさん登場するので、読んでいると何だか変な気分になってくるのですよ」

「そんなにライバルが？」

「彼女は堂本さんと同じ高校に入りましてね。男女比が四対一くらいの進学校なので目立つ存在だったと思います。上級生や同級生にちょっかいを出されていたらしく、それがまた嬉しかったみたいで男子生徒と写っている写真を送ってよこすのです。これがどれもインテリ風、自由人風の男たちでしてね。高校にインテリや自由人はいないわけですが、当時の私にはそう見えました。文面からも高校生活を楽しんでいることが伝わってきて、こっちとしては何だかむかむかするわけです。よく登場するのが桜小路という変わった名前の男で、パーマをかけた髪にヘアバンドをしていて、それが妙に似合っているのです。歌番組に出てきてもおかしくないような男で、実際に軽音部でギターを弾いているということでした。そんな男とどこかの展望台を背景に撮った写真を送ってよこすのです。悔しかったのでしょうね、私も見栄えのする子と一緒の写真を送ってやりたくなり、それならあの子がいいと思ったのが、のちに御曹司と結婚した子なわけです。何とかして知り合いになろうと思い、休み時間に彼女のクラスへ行って中学時代の同級生と話してチャンスを窺っていたのですが、話しかける度胸はなく、無駄話をしているうちに始業のチャイムが鳴るのが常でした」

「わかります」と尾崎が言った。「僕もそうでした。誰にでもある青春のひとコマだと思います」

「よければ、もうひとコマ聞いてやってもらえませんか。ある男の話をしたいのですよ」

「もちろんです。ぜひ聞かせてください」

「去年の秋、高校の同級生が癌で死にましてね。浪岡《なみおか》くんといって、高校時代は気のいい兄貴分といった感じの男でした。浪人していたので私たちのひとつ年上だったのです」

「中学浪人をしたということですか」

「そうです。当時はクラスに一人か二人、そうした生徒がいました。中学浪人組は結束が固く、私たちとは微妙に距離を置いていたのですが、浪岡くんにはそうしたところはありませんでした。面倒見がよく、誰に対しても親切で、誰からも好かれていました。みんなを楽しませることに一生懸命で、死ぬ間際までそうでした。かといってゆるいだけの人間ではなく、私もかなりのことを言われました。

　浪岡くんとは高二のクラスで親しくなりました。沼津駅に近い旅館の息子で、学校帰りによく寄っていました。旅館の駐車場の奥が彼の部屋で、窓を叩くと『おう』と言って入れてくれるのです。旅館はもうなくなりましたが、あの部屋で過ごした時間は忘れられません。音楽があり、コーヒーと酒があり、刺激的な会話があって、青春そのものといっていい場所でした。行くとたいがい先客がいて、コーヒーを飲んだり、煙草を吸ったりして賑やかに話していたのです。そのうちにまた窓が叩かれて誰かが現われるといった次第で、浪岡くんの部屋に行くたびに知り合いが増えました。

沼津に狩野《かの》川という川があります。天城山を源流とする大きな川で、毎年夏に河川敷で花火大会をします。市街地から打ち上げるのでびっくりするほど迫力があるのですが、全国的にはまったく知られていません。よくある地方の花火大会のひとつですが、それでも浴衣姿の女の子に遭遇したりするので高校生の間では盛り上がるわけです。

花火大会のあとは決まって浪岡くんの部屋に人が集まりました。行くと窓の下にスニーカーやサンダルが山ほどあるわけです。思い出すのは高二の花火大会の夜です。その晩は十人くらいがいて、『シロ』と呼ばれていたサントリーのホワイトを飲んでいました。同級生に酒屋の息子がいて、『アカ』とか『シロ』とか『ダルマ』とか、とにかく色んなのを家から持ってきて、それをみんなで飲んでいたのです。高校生のくせにと思われるかもしれませんが、私たちはそれを当たり前のことだと思っていました。いまよりもモラルの垣根が低かったのです。

男がよくする自慢のひとつに、むかしはワルだったというのがあります。私たちの世代は特にそうで、酒も女も経験しなければ一人前じゃないという雰囲気が濃厚でした。幸か不幸か、私はアルコールと相性がよかったのですが、酒が飲めないことを真剣に悩んでいた同級生がいました。女のこととなると悩んでいない者はいなかったはずですが、それはけしてストレートには口に出せないことでした。

『女を抱いて半人前、学校で抱いて一人前』

そんなことを言っていた同級生がいました。出まかせだと思いますが、話としては面白いわけで、負けちゃいられないとみんながホラを吹くのです。『進学校は身の処し方が難しい』という堂本さんの言葉の意味が高校に入ってしみじみとよくわかりました。基本的にみな真面目なのですが、品行方正とか真面目とかいうのはかっこ悪いことだったのです。仲間に遅れを取るのは恥ずかしいことだったのです。そういう世代の、そうした人間集団ですから、飲めないと思われるのが嫌でみんな競うように飲んでホラを吹いていました。そこにチェ・ゲバラがどうしたとか、アリョーシャ・フョードロウィチ・カラマーゾフがどうのといった話が混じるのでなおさら厄介なわけです。

花火大会の夜もそうで、私が行った時点でウイスキーの瓶が一本空になっていました。話題は男と女のことでした。誰が誰と付き合っているかという話ですが、こういうのは誰が誰に投票したかという話よりもずっと面白いわけです。そのうちに告白合戦のようなことになりましてね、順番に好きな子は誰かと話すことになったのですが、酒が入っていたこともあって『実は』という告白が相次ぎました。

異性の趣味というのは他人にはわからないものです。イギリスのチャールズさんやジョン・レノンの例を引くまでもなく、この世は意外に思える組み合わせに満ちています。だからこそ世の中は回っているのだともいえますが、この時もまさかと思う名前が次々に出てきました。名前が挙がった子に対する論評などもあって面白くて仕方がなかったのですが、聞いているうちにだんだん不思議な気分になってきました。けっこうな人数がいて座っているのさえ窮屈なほどだったのに、私がいいと思っていた子の名前がまったく出てこなかったのです。

『真壁は誰がいいと思う？』

司会役の浪岡くんに聞かれ、私は入学式で見て好きになった子の名前を口にしました。すると、場が急にしんとなったのです。他の子に対しては賑やかな論評があったのに誰も何も言おうとしないのです。聞いていなかったのかもしれないと思い、馬鹿みたいですが、もう一度、彼女の名前を言いました。やはり反応はなく、場がいっそうしらけた気がしました。

浪岡くんは、わかった、と言って隣にいた男に話すよう促しました。スルーとはあのことです。まるで私の発言などなかったかのようでした。私は淋しいような、恥ずかしいような、何だかもう居たたまれない気持ちでした。これは何かの罠ではないかと疑ったほどです。

次の日、教室で顔を合わせると、ゆうべは悪かった、と浪岡くんが言いました。

『実は黒井があの子にふられた。それで、あいつに気を遣ってみんな黙っていたんだ。でも、黒井はもう気にしていないと言っているから、ここはおれに任せてくれ』

黒井というのは私が卒業した中学で首席だった男です。理数科というクラスからストレートで東工大へ行った秀才ですが、私はこの男があまり好きではありませんでした。どろっとした目で人を見る、底意地の悪そうな男だったのです。実際、名前通りの黒い男だったのですが、私がそれを知ったのはもう少しあとです。

何にせよ持つべきものは友です。浪岡くんはすぐに彼女と話をつけて、待ち合わせの場所を知らせてきました。あの子、何か嬉しそうだったぞ、お前に興味を持っていて前から話をしてみたかったそうだ——そう聞かされて、私は黒井のことなどは忘れ、すっかり舞い上がっていました。

彼女とは沼津駅に近い『どんぐり』という喫茶店で待ち合わせました。いまでもありますが、一風変わった店で、行くと話のネタくらいにはなります。楕円形のカウンターの前に小川のように水が流れていて、寿司桶みたいなのがぷかぷかと浮かんでいるのです。その桶に入り口で買った食券を入れると、注文した品がやはり桶に載って回ってくるのです。初対面の気まずさを和らげるために浪岡くんが選んでくれた店ですが、彼女が喜んでいたので結果としていい店だったということになります。

お話ししたように、彼女は幾分ふっくらとしていました。そこが魅力でもあったのですが、甘いものに目のない子で、この時もチョコレートパフェを頼んでいました。パフェを載せた桶が流れてくると、来たきたとはしゃいで桶を指さすのです。そういう無邪気なところも魅力でした。

彼女は実によくしゃべる子でした。人づてに私のことを聞いていたらしく、真壁くんは北海道の出身なんだよね、北海道の何という町だっけ、と言いました。私が『岩内』と答える間もなく、そうそう、有島武郎の小説の舞台になったところだよね、中学の時に読んだけど、あまりぴんとこなかった、真壁くんはどんな小説が好き？　私はやっぱり太宰治だなあ、『人間失格』？　あれは暗いからいや、太宰治は短編がいいのよ、『親友交歓』を読んでみて、最後のひと言がいいの——とまあ、パフェ用の細長いスプーンを使いながら楽しそうに話すのです。

彼女と付き合ったことで私はふたつのことを知りました。ひとつは、太宰治というのは私が思っていたよりもずっと楽しい男だったということです。楽しくなければ読まれることもないわけで、これはまあ、当たり前かもしれません。もうひとつは、女性を相手に理屈を押しつけるのは得策ではないということです。

彼女の口癖に、ちょっと相談に乗って、というのがありました。毎日のように何かしら相談を持ちかけてくるのです。通学の途中で会う子に見つめられて困っているとか、数学の教師が小馬鹿にした口をきくので腹が立つとか、相談というよりも自慢や愚痴が多かったのですが、私が解決策めいたことを口にすると、とたんにしらけた顔をするのです。私にはこれがわかりませんでした。

啓示というのは意外な場所で受けることがあります。当時、『平凡パンチ』という週刊誌がありました。床屋で順番待ちをしていた時にその雑誌を読んでいたら、『女の口説き方3箇条』というのが載っていました。全体にふざけた調子で書かれていたのですが、表にまとめられた3箇条はいまでも一字一句憶えています。耳を傾けること、心からの共感を示すこと、ある程度の時間をかけること——夏の間中、彼女の話に付き合っていた私は、これは正しいのではないかと思いました。

それから私は意識して彼女の聞き役に徹しました。どんな話にも熱心に耳を傾け、関心を持っていることを示すために質問をし、返ってきた答えに大真面目に頷きました。効果は絶大でした。彼女はただ話をしたかったのです。自分が話すことをひたすら聞いていてほしかったのです。相談といいながら解決策は求めていませんでした。では何のために話すのか。それは最後までわかりませんでしたが、私たちは急速に親密になり、日曜日ごとにあちこちへ出かけるようになりました。ここだけの話、二学期の中間試験が終わった頃には会うたびにキスをする仲になっていました。キスは立派な性行為ですから、するには人目を避ける必要があります。私たちは別れ際に駅前の雑居ビルに忍び込み、そこのエレベーターの中でしていました。沼津は雑居ビルだらけなので手頃な物件を探すのに苦労はしませんでした。古ぼけたエレベーターに特有のチンという音がするたびに慌てて身体を離し、晴れてよかったね、などと適当なことを言い合っていましたが、外に出たら雨が降っていて二人で笑い合ったことを憶えています。ずいぶん長くエレベーターを占拠していたわけです。

デート代は沼津の祖母からもらっていました。叔母は倹約家でお小遣いをくれとは言いにくかったのですが、祖母は話のしやすい人で、友だちと出かけると話すと、ああそう、と言って千円札を一枚か二枚くれるのです。私はそのお金で彼女と映画を観て、ボウリングをし、御用邸公園を散策しました。御用邸公園は大正天皇の保養先だったところで、風情があって散歩をする分にはいいところなのですよ。

御用邸公園に行ったのは紅葉がきれいだったので十一月だったと思います。そこで彼女と撮った写真を北海道に送りました。遅ればせながら念願を果たしたわけです。いつもならすぐに返事が届くのですが、この時はなかなか来ませんでした。ひと月ほどたって届いた手紙に桜小路とのツーショットが同封されていました。向こうも負けじと小樽へ行ったようでした。夕暮れの小樽運河を背にした彼女はかわいらしく、桜小路も愛らしいとさえ言える笑みを浮かべていて、正直、負けたと思いました。

こんなふうに勝った負けたと気楽にやれていたのも沼津の祖母のおかげです。祖母は港に屋台を出してトンビを売っていました。イカの口を串刺しにして焼いたのを一本百円で売っていたのです。その上がりをデート代にしていた私はいつも祖母に申し訳ないような気がしていました。といっても高校生のデート代なんて知れたものです。悩んだのは東京行きの旅費でした。二学期の期末試験が終わった日に、大学の下見に行こうと彼女から誘われたのです。

彼女は指定校推薦での進学を目指していました。そのため定期試験対策に余念がなく、試験が近づくと会うことができなくなりました。志望していたのは東京の私大で、私にも同じ大学を受けるようにと言っていました。

私としても受けたいのは山々でしたが、家の事情から受験するのは国立大学と決めていました。進路志望の調査票にも国立大学の校名と学部を書いたのですが、自分で書いておきながら私にはこれが極めて高い壁に思えました。私大と違って、定期試験でいくら高得点を取っても当時の国立大学はどこも入れてくれませんでした。五教科七科目の試験をクリアした上で、大学が作った小難しい試験で合格点を取れというのです。全教科ができないやつは来るなといっていたのです。東京の国立大学となると壁どころかアイガー北壁くらいに思えました。受験勝者である霞が関の高級官僚がいばるわけです。天下りもしたくなるわけです。しかしまあ、登山と違って受験に失敗したところで死ぬこともないので、相変わらず浪岡くんの部屋に出入りして仲間たちと与太話に興じていました。地方の公立高校なんてのんびりしたものです。友情を育《はぐく》むのにまたとない場所です。それが公立のよさでもあると私などは勝手に思っているわけですが、同じ学校に通っていても抱えている事情は様々です。一緒になって笑い合いながらも、進学にかかる費用など気にもかけていない同級生たちを私はいつも羨ましく思っていました。

冬休みが近づくと東京行きの話が具体化しました。できれば五校見たい、新幹線はお金がかかるから東海道線で行こうと彼女は言いました。在来線で出かけ、五校も見て日帰りするのは至難に思えましたが、よく聞くと原宿のレストランでの食事なども計画に組み込まれているようでした。これはつまり、東京への一泊旅行の誘いなのだと解釈し、私は考えておくと答えました。考えるのはもちろん旅費のことです。最低でも二万円は欲しいところでしたが、気安く頼める額ではなく、祖母に言い出しかねているうちに高二の二学期が終わりました。

あれは冬休みに入って間もない頃でした。駅前の喫茶店で彼女と東京行きの話をし、帰りに浪岡くんの部屋に寄ったら黒井がいました。顔を合わせたくない相手でしたので早々に退散したのですが、すぐあとから黒井がやってきて一杯やらないかと言うのです。思いもよらない誘いでした。黒井とは同じ中学の出身で家も近かったのですが、会っても頷き合う程度で、数えるほどしか口をきいたことがなかったのです。

私は金がないからと断りました。東京行きの旅費のことで頭が一杯で、冗談じゃないというのが本音でしたが、黒井はやけに執拗でした。親父のツケがきく店がある、話しやすい店だし、何度も行っているから大丈夫だというのです。

相手は暗い目をした陰気な男です。数学は物理化学の材料でしかないなどとほざいている嫌味な優等生です。一緒にいたい相手ではありませんでしたが、私は黒井から彼女を奪ったという負い目のようなものを感じていました。店はすぐそこだと言うし、金がかからないならちょっとくらい付き合ってやろうかという気になり、一時間だけという約束で五分ほど歩いたビルへ行きました。またしても生来の気の弱さが出てしまったわけです。

行ってみると、これがやけに暗い店でしてね、映画館なみの暗さで案内の人がペンライトで足元を照らしていました。賑やかな話し声がしていましたが、しばらくは周りの客の顔がわからないほどでした。黒井は『ローヤル』という高そうなウイスキーをボトルで頼み、ここなら安心だろうと言いました。飲み屋にいるところを見つかって停学になった同級生がいて、そのことを言っていたのです。停学になったのはタクシー会社の息子で、激怒した父親に殴られ、目の上を何針か縫ったということでした。慌てた父親がタクシーを拾い、病院まで同乗したという、おかしなおまけ付きの話です。

私たちは何となく乾杯し、気の毒な同級生の話をしました。その頃には目が慣れてホステスがつく店だとわかりました。どのテーブルにも女性がいて客と話して賑やかに笑っていたのです。あれは衝撃的な光景でした。どのホステスも四十代半ばの叔母と同世代に見えたのです。もっと年嵩《としかさ》に見えるホステスもいました。そんな女性たちが派手なドレスを着て酒を注ぎ、甲高い嬌声を上げていたのです。十七歳だった私の目には、客はみんな年寄りで、ホステスはひとり残らず年増に見えました。ということは料金も高いということです。

不安な思いでいたら、きらきら光るワンピースを着たホステスが現われました。ずいぶん酔っているらしく、ホステスは『気持ちが悪い』と言ってテーブルに突っ伏しました。そのせいで話をせずに済んだのですが、きつい香水の匂いを漂わせていたので数世代は上だったはずです。会話を楽しめるような相手ではなく、そんなつもりもありませんでしたが、周囲の大人たちは盛大に飲み、怒鳴っているような大声で話し、さらに大きな声で笑い合っていました。この人たちがなぜ楽しそうにしているのか、何が面白くて笑っているのか、まったくの謎でしたが、その謎を解くよりも支払いの方が心配で、もう出よう、と私は言いました。

『来たばかりじゃないか』と黒井は言いました。『誰もおれたちのことなんか気にしていない。お前も気にしないで気楽に飲めばいいんだよ』

私たちの席は隅にあり、真っ暗で、そこだけ番外地といった感じでした。黒井が言うように誰ひとり私たちに注意を払っているように見えませんでしたが、場違いであることは確かで、とても気楽に飲む気にはなれませんでした。横でテーブルを抱えるようにしているホステスのことも気になりました。しきりに肩を上下させ、しゃっくりをし、苦しいとか、もういやとか、ひっきりなしに何か言っていたのです。すぐ横にいた私は、いまにも戻すのではないかと心配でなりませんでした。

『どうする?』

そう言ってホステスを指さすと、無人島の木だと思え、と黒井は言いました。『無人島で木が倒れても誰も気にしない。知らないんだから気にしようがない。自然現象だと思って飲めばいいんだよ』

黒井はこういうことをよく言いました。なかなか思いつかないたとえで、仲間うちでは、あいつはやっぱり賢いということになっていました。私も最初はそう思っていたのですが、彼女から黒井のことを聞いて、この世には『賢い馬鹿』というのもいることを知りました。黒井は一年生の頃から彼女をつけ回し、帰り道で待ち伏せをしたり、暗い目をして自宅のインターフォンを鳴らしたりしていたのです。いまでいうストーカーです。嫌ってくださいと頼んでいるようなものです。物理化学はともかく、女のことなど何ひとつわかっていなかったのです。彼女は黒井という名前を聞くだけで鳥肌が立つ、ほら、と腕を見せ、鳥肌が消えるまでさすって、と私に言いました。女性の肌を撫ぜたのは初めてで、その柔らかさに感動し興奮しましたが、あれもまあ、考えてみれば黒井のおかげみたいなものです。

『真壁、乾杯しよう』

黒井は執拗に酒を勧めてきました。何といっても相手は金主です。機嫌を損ねるわけにいかず、言われるままに乾杯しましたが、支払いのことが心配でならず、本当に金がないんだと私は言いました。

『何度同じことを言わせる気だ。適当に飲んだら親父を呼ぶから、つまらないことは気にするな』

黒井は私の不安を見透かしたように言いました。やけに落ち着いた口調でした。こいつは案外大人なのかもしれないと思いましたが、話を聞いている限り、そんな感じはしませんでした。

中学時代、黒井は『一六《イチロク》』と呼ばれていました。質屋の息子だったのです。黒井はそう呼ばれていたことを根に持っていて、中学の同級生たちの名前を挙げ、あいつらはどうしようもない、英語どころかローマ字も知らない、義務教育の弊害だ、どうせ生涯ブルーカラーだ、とまあ、散々なことを言いました。

黒井の父親はコルベット・スティングレイに乗っていました。ロングノーズの派手なアメ車でエンジン音もすごいのです。なぜそんな話になったのか思い出せませんが、黒井が言うには、父親の車で近くのガソリンスタンドに行ったら店員同士が目配せして薄笑いを浮かべたというのです。質屋の親父がいい年をしてこんな車に乗って――そんな嘲笑に見えたらしく、黒井は口を極めてスタンドの店員たちを罵りました。

『あいつら、人を笑える人間か。一次関数も知らないような連中だぞ。薄汚いツナギを着て、知能指数を一個も使わない仕事をして、それで一体何を笑っているんだよ。笑われているのはお前らなんだよ』

すべてこの調子です。

こうした根深いルサンチマンを抱えた男が恋敵《こいがたき》である私をよく思っているわけがありません。黒井はしきりにウイスキーを勧め、彼女とのことを聞いてきました。お前ら、しょっちゅう会っているみたいだな、当然、することはもうしているんだろう、まあ、いまどき当たり前だよな、実はおれ、お前にちょっぴり感心しているんだ、北海道から来たと聞いて最初はどんなイモ野郎かと思った、ところが成績は悪くない、周りともうまくやる、いつの間にか女を手なずけている、お前はなかなかのやつだ、実際のところ、どんなふうにやった？　後学のために聞いておきたいんだよ……。

この手の質問に愚直に答えるほど危険なことはありません。まして相手は黒井です。猜疑心の塊《かたまり》みたいな男です。適当にはぐらかしていると、諦めてくれたのか、これを飲んだら親父を呼ぶと黒井が言いました。私は心底からほっとし、おれも中学の頃からお前に感心していたと言いました。成績は抜群だし、話は面白いし、しかも言うことがいちいち的を射ている、お前こそ大したやつだ、と。今度はもう少し気楽なところで飲まないか、そこでどんな勉強をしているのか教えてほしいとも言いました。おだてで言ったわけではなく、本気でそう思っていました。何しろ学年で五本の指に入る秀才だったのです。

意外に思ったらしく、黒井はしきりに瞬きをし、手にしていたグラスを掲げて、わかった、じゃあ、もう一度乾杯しようと言いました。その瞬間、私たちの間に不思議と親密な空気が流れました。あらためて乾杯すると、黒井はひと息でウイスキーを飲み干し、親父に電話してくると言って席を立ちました。

あたりは騒然としていました。五メートルほど先に楕円形の大きなテーブルがあり、ひと際騒がしい集団がいました。見るともなくその様子を見てぎょっとしました。ネクタイを緩めた男たちがウイスキーを回し飲みしていたのです。それだけならどうということもないのですが、男たちが手にしていたのはグラスではなくハイヒールでした。黒光りのするハイヒールにウイスキーを注いで、それもあふれそうなほど注いで順番に飲んでいたのです。ホステスだけでなく他のテーブルの客たちも面白そうに手拍子で囃《はや》し立て、一人が飲み干すたびに歓声を上げ、拍手をしていました。何しろウイスキーです。それも一気に飲まなければならないルールらしく、飲み終えた男はソファーに倒れてぐったりとしていました。こんなことをして何が面白いのか、これがこの人たちの趣味なのか、ひょっとしたら金でも賭けているのだろうか、色んなことを思いましたが、やはり、まったくの謎でした。

やがて黒井が戻ってきました。さっきとは様子が違い、むっつりとしていました。どうしたのかと聞くと、こちらに顔を近づけて、順番にここを出ようと言いました。父親と連絡が取れず、金もないというのです。ツケがきくのは父親で自分には無理だというのです。

黒井はジョークのきつい男です。イソップに出てくる羊飼いの少年みたいなやつです。年中ホラを吹いていたので、この時もからかっているのだと思ったのですが、真剣な目で紙ナプキンに何か書いて、お前が先に行けと言いました。渡されたのは店の見取り図でした。

『そこのドアを出て左に行け。トイレの横に非常階段がある。トイレに行くふりをしてそこから出ろ』

そう話すと黒井は私のグラスにウイスキーを注ぎ足しました。ジョークではなさそうでした。ふつうにしていろと言われ、ちびちびと飲みましたが、大げさにいえば人生最大のピンチです。たかだか十七年の人生ですが、酒タバコを別にすれば法に触れたことはなく、愚直に、真っ当に生きてきたという思いがあっただけに気が動転して何も考えられませんでした。

店は相変わらず騒然としていて、ハイヒールを使っての回し飲みも続いていました。それを見ていた黒井に額を近づけて、ここを出てどうする、と聞きました。中学の校庭で会おう、と黒井は言いました。

『いまだ、行け』

何度目かの歓声が上がった時、黒井がそう言い、私は意を決して席を立ちました。ドアを開けた先は明るく、シャンデリアの照明が目に痛いほどでした。非常階段の場所はすぐにわかりましたが、後ろから人が来たのでトイレに入り、しばらく箱の中でじっとしていました。一分か二分か、ともかく物音がしなくなるのを待って恐るおそるトイレを出ました。焦ったのはそのあとです。非常階段に出るドアには、よくあるつまみの内鍵がついていました。それを回して開けようとしたのですが、押しても引いてもびくともしないのです。トイレを曲がった先は入り口で、人の話し声がしていました。いつ誰が来るともしれず、あの時ほど焦ったことはありません。絶望的な気分でもう一度つまみを回し、すでに開錠されていたことに気づいたのですが、十二月なのに外に出た時は背中にぐっしょりと汗をかいていました。

ドアを開けるとカンカンという乾いた音がし、鉄製の外階段を駆け降りる男の背中が見えました。トイレにいた間に黒井が出たのだとわかり、私も階段を駆け降りました。手すりを頼りに一段置きに飛び跳ねるようにして降りました。ぜいぜい言いながら通りに出ると、二十メートルほど先に黒井の姿が見えました。黒井は右に左に歓楽街の人波を縫うように走っていました。山岳部に所属していたので脚力はあるのです。私も走りました。黒井は飲み屋の看板が途切れたあたりで立ち止まり、前かがみになって膝に手を当てました。もう大丈夫だと思ったのでしょう。私もそう思い、『待て』と叫びました。追手だと思ったのか、黒井は背中をぴくっとさせ、また走り出しました。通行人にぶつかりそうになりながら脇目も振らずに走り、ガードレールを飛び越して大通りを斜めに横切りました。一目散に、とはあのことです。向かっていたのは港の方、私たちが通っていた中学がある方でした。黒井は遊具のある公園を駆け抜け、民家の間の狭い路地に入りました。そのへんは地元なのでよく知っているわけです。路地に入ったところで見失いましたが、私たちが卒業した中学はすぐそこでした。

私は足を引きずるようにして校庭に入り、花壇のある芝生に倒れ込みました。走ったのは一キロかそこらですが、後にも先にもあれほど全力で走ったことはありません。精も根も尽き果てて、しばらく芝生の上に仰向けになっていました。校舎は真っ暗でしたが、体育館に据えられていたライトの明かりで、グランドの外れに建つプレハブの建物が見えました。そこに小さな部室がいくつか並んでいたのです。真壁か、という声がしたのはそのあたりからでした。おう、と叫ぶとプレハブの陰から黒井が姿を現わし、一歩ずつ、ゆっくりとこちらに歩いてきました。戦場で深手を負った兵士さながらでしたが、深手を負っていても黒井はやはり黒井でした。荒い息を吐きながら倒れ込むように私の横に寝転ぶと、飲み逃げしやすい店だったな、と言いました。

『客は変態だし、店員もどうしようもない。あそこは飲み逃げの初心者コースだ』

私は声を上げて笑いました。黒井も顔を引きつらせて笑っていました。その顔がおかしくて、私は芝生の上で身をよじって笑いました。とんだ母校再訪です。

『実はお前を置いて一人で逃げようと思った』

笑い疲れて夜空を見上げていたら黒井が言いました。そうだったのか、と私は言いました。この男ならいかにしそうなことで驚きはありませんでした。むしろ驚いたのは黒井が引き返してきた理由です。

『一人で逃げたら、一生涯、お前と話ができなくなる。それは嫌だと思った』

耳慣れない言葉を聞くと人はしばし考え込むものです。一生涯というのは死ぬまでということでしょう。あまりにも先の長い話で、どこまで本気で言っているのかと疑いましたが、真偽を量《はか》っている間もなく、おれはもう、あの女のことは諦めた、と黒井は言いました。

『女なんかどこにでもいる。でも、高校生でいられるのはあと一年と少ししかない。女なんかより、いまは浪岡や、お前みたいなやつとの関係を大事にしたい』

真顔でこうしたことを言えるのはひとつの才能です。あの男なら役者にも詐欺師にもなれたと思いますが、私は黒井の言葉に熱いものを感じ、飲み屋に置き去りにされそうになったことも忘れて、自分もそう思っていると言いました。それだけでなく、実は彼女のことが好きなのかどうかわからないと言って、財布に入れていた水島明子の写真を見せました。その年の夏、札幌の花火大会の夜に撮ったという写真で、私がとりわけ気に入っていた一枚です。水色の浴衣姿があでやかで、金魚が入ったビニール袋を手にした笑顔がかわいらしく、もう何度見返したかわからないほどでした。

黒井は芝生の上にあぐらをかいて写真に見入っていました。一分か二分か、けっこう長くそうしていたと思います。しびれを切らして感想を聞くと、札幌って都会なんだな、と言いました。

『沼津にこんな子はいない。東京にだって、そうはいないと思う』

それこそが私の聞きたかった言葉でした。私は嬉しくなり、元々東京にいた子だ、東京タワーや六本木がある港区の生まれだと言いました。

『東京タワーか。東京のど真ん中だな』

黒井は感じ入ったように言い、この子、こっちの方はどうだと言って自分の頭を指さしました。これも嬉しい質問でした。私は、札幌でも一、二を争う進学校に通っている、北海道を離れる時、東京の大学で再会する約束をした、問題は自分の成績の方だと言いました。

どこまでも皮肉屋の黒井は、他にも問題があるんじゃないのか、と言いました。どんな問題かと聞くと、黒井は小馬鹿にしたように肩を上下させ、ふっと息を吐きました。

『お前、いまさらおれに、おしべとめしべの話をさせる気か。花だって蚊トンボだってメスを探しているんだよ。札幌の男たちがこんな子を放っておくわけがない。とっくに誰かいるよ』

黒井の言うことはもっともでした。その不安は確かにありましたが、一方で私には妙な自信がありました。

私たちは誕生祝いの手紙を出し合っていました。水島明子は九月三日の生まれです。その日に間に合わせようと手紙を書いていたら、深夜テレビで『アメリカン・グラフィティ』という映画が始まりました。冒頭にローラースケートをはいたウエイトレスが出てきたのを見て、小六の夏、彼女がローラースケートに熱中していたことを思い出しました。

水島明子はクラスで一番背が高く、小六で百六十センチくらいありました。ローラースケートをはくと見上げてしまうほどで、とても話しかける気になれませんでした。映画を観て小六の時のことを思い出した、早くローラースケート熱が冷めてほしい、自分も背が高くなりたい、あの時、切実にそう思ったと手紙に書きました。

十七歳の誕生日を祝う手紙ですから、書いたのは高二の夏の終わりです。九月に入ってすぐに返信が届きました。彼女の手紙は大体が長文でしたが、この時は便箋に二枚だけで最後の方にこう書かれていました。


思い出してくれて嬉しい。私のことを考えてくれたのね。

でも、ジュンが私のことを考えている時間よりも、私がジュンのことを考えている時間の方が、たぶん、ずっと長いと思う。


私はこの手紙のことも黒井に話しました。最後の部分は一字一句話したと思います。そのあと、どうしても彼女と再会したい、そのためにも東京の大学へ行きたい、どんな参考書を使って、どんな勉強をしているのか教えてくれと興奮した口調で言っていました。

黒井は珍しく黙っていました。不思議に思って首を回すと、いつになく真面目な顔で、わかった、と言いました。黒井は一筋縄ではいかない男です。好きな言葉は何かと聞かれて『環境破壊』と答えるようなやつです。そんな男にもわかってもらえたのだと、この時はただ嬉しく思っていました。

そのあとどうしたのか、どう黒井と別れたのか、まったく記憶にないのですが、あの晩、中学の校庭で黒井と転げ回って笑ったことは忘れられません。いまでも中学のそばを通ると、あの夜の引きつったような黒井の顔を思い出すのですよ」

東京25時

話の途中で真壁校長は厚紙でできた本を何度か開いた。背表紙に『心のともしび』とあったので、日記だろうと阿久津は思った。写真、手紙、日記——この人は記憶だけに頼らず、できるだけ正確に話そうとしているようだった。それはいいのだが、花火大会の夜の告白や、同級生と飲み逃げしたことにまで正確さを求める理由がよくわからなかった。

「日記をつけておられたのですね」話がひと段落したところで阿久津が言った。

「ええ。ゆうべ、高三の時の日記を読んでいたら眠れなくなりました。入水《じゅすい》、服毒、首吊り、飛び込み……自殺の方法があれこれと書かれてあったのですよ」

「日記はいまでも?」と尾崎が言った。

「いえ、つけていたのは二十歳の頃までです」

「それは残念」

「そう残念でもありません。お話ししたいのはそのあたりまでなので。あとのことは付け足しみたいなものです。高校時代の話も前置き程度に思ってください」

尾崎は当惑した顔で阿久津を見た。いいじゃないか、と阿久津は思った。中年の英語教師の話より、二十歳の男の話の方がずっといい。それに、前置きとはいえ高校時代の話が気に入っていた。

「下世話な興味ですが」と阿久津は言った。「沼津の彼女とは東京へ行ったのですか」

「行きました。祖母からもらった二万円では足りない気がして、五人の仲間から千円ずつ借りて行きました。そんなことをしたからばれてしまったのですが、誰にも知られたくないと彼女が言うので、別々に東海道線に乗って、熱海駅を過ぎてから彼女がいる車両へ行きました。念には念を入れたわけです。人目をはばかるというのは不思議と楽しいものです。彼女ははしゃいでいましたし、私も浮かれた気分でした。出かけたのは一月三日で、人気のない私大のキャンパスを歩いただけですが、都心にこんなに場所を取っているのだから馬鹿高い授業料を取るわけだと納得しました」

「その二万五千円に宿代は含まれていましたか」

「ええ、シングルルームの代金が」

「シングルですか」

「そうなんです。がっかりした気分で、夕食のあと、一人で東急線に乗りました。やけになったわけではありません。せっかく東京に来たのだから両親が住んでいたアパートを見たいと思ったのです」

「ご両親が住んでおられたのは」尾崎がまたメモ帳をめくった。「環状八号線に近い、大田区の鵜の木ですよね。アパートはまだありましたか」

「ありました。『服部ハイツ』という何の変哲もない木造アパートでした。変哲のない分だけ、ここに父と母がいて、二人の暮らしが確かにあったのだと感じられ、長いこと道端からアパートを眺めていました。まったくのセンチメンタルジャーニーです。そのあたりは住宅街で商店は少なかったのですが、アパートの向かいにクリーニング店がありました。店のシャッターに『服部《はっとり》クリーニング』とあるのを見て落ち着かない気持ちになりました。服部というのはありそうで、そうない名前です。ひょっとしたらアパートの大家ではないか、であれば両親のことを知っているのではないか、そう思ったのです。

もう夜の九時を回っていました。いきなり訪ねるのははばかられる時間でしたし、若い頃の尾崎さんと一緒で、私も気安く人に話しかけることのできない少年でした。仲間うちだけの小さな世界で生きていたのです。それでもどうしても聞いてみたいという思いが勝り、店の前にあった公衆電話に小銭を入れてシャッターに書かれていた番号にかけました。場所が近かったせいか、電話に出た女性の『もしもし』という声が大きく、びっくりして受話器を遠ざけたほどでしたが、何とか名を名乗り、服部ハイツの大家さんですかとたずねました。そうですけれど、という返事に興奮して、交通事故で死んだ両親が住んでいたアパートです、いま、クリーニング店の前にいます、どんなことでもいいので憶えていることがあれば聞かせてほしい――息せききってそう言っていました。

『ちょっと待っていてください』

電話の向こうで、おとうさん、と叫ぶ声がし、男女の話し声が聞こえました。いがみ合っているように聞こえ、不思議な緊張が伝わってきました。やがてシャッターが開き、六十歳くらいの女性と目が合いました。あらためて名前を聞かれ、自分と両親の名を告げると、背後にいた白髪頭の男性が『あがってもらいなさい』と言いました。

私はクリーニング店の二階に上がり、炬燵のある部屋で服部夫妻と向き合いました。クリーニング済みの衣類が天井から吊るされていて、腰を下ろしていないと顔が見えないほどでした。『こんなところでごめんね』と奥さんが言いました。『笑っちゃうでしょ、暮れにたくさん衣類が持ち込まれるから三が日が過ぎるまでこうなのよ』

奥さんはよく笑う愛想のいい人でしたが、ご主人の服部さんは真正面からじっと私を見つめていました。

『沼津から何の用で来たの』お茶を入れながら奥さんが言いました。

『来年、受験なので大学の下見に来ました』

『そうなの。じゃあ、春にはもう高三になるのね』

私が頷くと、ご主人の服部さんが大声で『何だって』と言いました。

『ごめんね。うちの人、耳が悪いのよ』奥さんはそう言って声を張り上げました。『沼津から来たんだって。沼津よ、静岡の。来年はもう大学受験なんだって』

『沼津くらい知っている。来年は何だって？』

そんな調子だったので時間はかかりましたが、二人とも両親のことを憶えていて、私が知らなかった、というより知りようのなかったことをいくつも教えてくれました。話していたのはご主人の服部さんで、奥さんが横で頷いて補足する——夫唱婦随とはこのことかと思いながら私は服部さんの言葉に頷いていました。

うちの父親は戦争に行った男で、六十で私に店を譲ってから毎年のようにフィリピンへ行っていた。戦友の遺骨収集のためだ。慰霊祭に出たり、遺族の葬儀に出かけたり、誰に頼まれたわけでもないのにたった一人で戦後処理をしていた。向かいのアパートも戦友の遺族のために建てたもので、どの部屋も戦争未亡人や遺児に貸していた。とにかく死ぬまで戦友の霊に取り憑かれていた男だった。

父親が死んだあと、アパートに空き部屋が出た。そしたら不動産屋が、これからは一般の人に相場で貸すべきだといって、最初に連れてきたのがあなたの両親だった。結婚するので二人で住める部屋を探していると言っていた。

お父さんは背広が似合う、きりっとした人だった。ポマードで髪を光らせていてね、男前で身体つきもスマートだった。奥さんもかわいらしい人で、同じ会社で受付係をしていると言っていた。勤め先も立派な会社だったし、ぜひ借りてほしいと思ったが、死んだ父はどの部屋も相場の半値か、それ以下で貸していた。同じ間取りなのに、あなたの両親からだけ倍の家賃を取るのはどうにも気が引けた。ちっぽけなクリーニング屋だけど、商売をしているとそういうことが気になるんだよ。

お父さんと話していたら下の娘が学校から帰ってきた。いまは結婚して子供もいるけれど、その時は中二で、私らは受験の心配をしていた。ひとつ上の長女が高校受験に失敗して、泣いたりわめいたり、大騒ぎしたばかりだったから、下の子にはあんな思いはさせたくない、私立はお金がかかるから身の丈に合った高校を受けさせると話していたら、自分でよかったら娘さんの勉強をみるとお父さんが言った。学生時代に家庭教師をしていて、高校の教員の免状を持っていると言うんだよ。塾に行かせようかと家内と話していた矢先だったから、じゃあお願いしようかということになった。家庭教師代はいらないとお父さんは言ったが、そんなわけにはいかない。家内と話して家賃は不動産屋が言う相場のままで、そこから家庭教師代をいくらか引くことにした。それでどうにか心の荷が下りた。

お父さんは日曜日ごとに教えにきてくれた。下の子だけでなく、上の子の勉強もみてくれた。そのあと、お母さんも呼んで、みんなで食事をした。二年ばかり、そんなふうに家族ぐるみの付き合いをした。お父さんとお酒を飲んで色んな話をした。政治がどうの、景気がどうの、床屋談義みたいな話だけれど、商売をしていると心配事ばかりで人と付き合えないんだよ。金勘定ばかりの毎日で話をする相手もいなかったから日曜日が来るのが楽しみだった。

お父さんの教え方が上手だったんだろう、下の娘は第一志望の都立高校に合格した。このへんの一番校で、私なんかは受けようとも思わなかった高校だ。近所の人たちから凄いすごいと言われて、自分まで賢くなった気がした。おふくろもまだ生きていて、本当にいい人たちに入ってもらったと喜んでいた。

お父さんが車を買ったのはその頃だ。白い日産サニーで、まだ新車の匂いがした。買ったばかりで運転するのが面白かったんだろう、次女の入学式に私らを高校まで送ってくれたし、お腹の大きかったお母さんを乗せて買い物に出かけていた。ご両親は、あなたが生まれてくるのを心待ちにしていた。何かの用で部屋に行ったらベビーカーがあった。絵本もあった。気の早い人たちだと家内と笑ったけれど、最初の子が生まれてくる夫婦ってそんなものだ。あれもこれもと無性に揃えたくなるんだよ。

この話をしていいのかどうか、実はさっきからずっと考えていた。でも事実は変えられない。もう高校生だから、ある程度のことは聞いていると思うから話す。

事故があったのは、次女の入学式からひと月もたっていない頃だ。朝早くに警察官が来て、環八で死亡事故があった、被害者はアパートの住人のようなので身元の確認をしてほしいって言う。話している間におふくろがラジオ体操から戻ってきたから七時頃だ。まさかと思って池上署に行ったら、警察署の裏にぺしゃんこになったサニーがあった。いまでも忘れられないよ、運転席のドアがなくなっていて、半分になったボンネットから湯気みたいなのがまだ立っていた。

長く生きていると色んなことがある。大抵のことは経験済みで、何があっても大して驚かなくなる。天皇陛下の口癖じゃないけれど、『あ、そう』って思うだけだ。それでも、たまに仰天させられることがある。何が驚いたかって、親戚の人が赤ん坊のあなたを連れてきた時ほど驚いたことはない。最初は親戚の誰かの赤ん坊だと思った。ところが、この子だけは助かりましたって言う。そう言われてもすぐには理解できなかった。警察でぺしゃんこになった車を見ていたからね。あの事故でどうやって助かったのか、奇跡ってあるものだと思った。

娘たちは順番にあなたを抱っこして泣いていた。おふくろも家内も、おいおい泣いていた。ところが、赤ん坊のあなたはおくるみに包まれてにこにこしていた。それを見て娘たちが泣いたり笑ったりしているのを見て私まで泣けてきた。戦友の子を抱きしめて泣いていた父親の気持ちがわかった気がした。この世にたった一人残されて、この子はどうなるんだろう、この先どうやって生きていくんだろう、そんなことを思ってどうしようもなく泣けた。

不思議だよ、実は暮れに里帰りした娘たちと、あなたのことを話していた。大晦日に近所でおめでたがあってね、それがきっかけで、あの時の赤ちゃんはどうしているのかなって話になった。そんなこと、話してたってわかるわけがないのに、本当にどうしているんだろうなと娘たちと話した。ほんの三日か四日前のことだ。そのあなたが電話してきて、ご両親の話を聞かせてくれって言う。最初は嘘だろうと思った。正直に言うと、まだ少し疑っているんだけれどもね。でも、見れば見るほど、あなたはお父さんに似ている。顔の輪郭もそうだし、目のあたりなんかそっくりだ。お父さんはきりっとした人だった。背丈もあなたと同じくらいだ。ポマードをつけて髪をとかせば、たぶん、生き写しだよ。

服部さんは新聞記事の切り抜きを持っていました。ホテルに帰る電車の中で、ずっとその記事を読んでいました。社会面の隅に載る埋め草のような記事ですが、淡々と、迷うことなく書かれていて、読み返しているうちに聖書の言葉のように思えてきました。

その日は駿河台のホテルにチェックインしていました。古いビジネスホテルで部屋はほぼベッドに占領されていました。朝食付きで四千円だったといえば、どんなホテルなのか想像がつくと思います。

部屋に戻った時は零時を少し回っていました。少しして彼女が電話してきて、どこへ行っていたのかと言いました。一緒に出かけるつもりでいたらしく咎めるような口調でした。疲れているから明日話すと言ったのですが、いま話せと言ってきかないのです。仕方なく、両親の知り合いに会っていたと話し、もらってきた新聞記事を読み上げました。彼女は私の両親が死んだことは知っていましたが、詳しく話したのはこの時が初めてです。記事を読み終えると、わかった、と言って電話が切られました。何がわかったのかはわかりませんでしたが、電話口からも彼女の驚きは伝わってきました。

ホテルにはお酒の自販機がありました。私は飲みたいような気分になり、ロビーに降りて缶入りのハイボールを買いました。お酒を買ったのも、一人で飲むのも初めてで、ちょっぴりですが興奮したことを憶えています。そうした小さなことに、いちいち興奮する少年だったのです。部屋があった三階に戻ると、ドアの前にコートを着た彼女がいました。もっと詳しく聞きたいというのです。私はどぎまぎしながら彼女を部屋に入れました。後ろ手にドアを閉めた時はちょっぴりどころの興奮ではありませんでした。

部屋が狭かったので私たちはベッドに腰を下ろしました。聞かれるままに両親のことを話したのですが、何をどう話したのかは記憶にありません。憶えているのは彼女がコートの下にホテルの浴衣を着ていたことです。といっても見たのは一瞬です。彼女は暑がりでした。暖房が効きすぎていて暑いと言って、ドアの前でコートを脱ぎ、すぐに電気を消したのです。部屋は真っ暗になり、ベッドがきしむ音がしました。彼女が横に腰を下ろしたのです。もう少し聞かせてと言われ、また話し始めたのですが、しどろもどろで自分でも何を言っているのかわからず、買ってきたハイボールを飲みました。気を落ち着かせようと、ひと息入れたわけです。

正月の駿河台は静まり返っていました。東京は眠らない街、みたいなことを雑誌で読んでいたので、外の静けさが意外でもあり異様にも思えました。何とか話し終え、緊張してハイボールを飲んでいたら、今度は私の話を聞いて、と彼女が言いました。私は常に彼女の聞き役でしたので、もちろんと答えたのですが、これが何とも奇妙な話だったのです。

彼女の父親は再婚した人でした。そこまでは聞いていたのですが、母親と『うんと年が離れている』というのです。『うんと』と言われても見当がつきません。いくつ離れているのかと聞くと、物心がついた頃には五十歳を超えていて、そのことで何度も嫌な思いをしたと言うのです。

父親が六十六歳だと知って私はしばし興奮を忘れました。十七歳の人間にとって六十六というのは気が遠くなるほどの高齢です。頭の中で引き算をし、皺だらけの老人を想像して、正直、背中のあたりがぞくっとしました。科学的知識が皆無でしたので、父親がそんな年なら彼女にもどこか古びたところがあるのではないかと思ったのです。

『嫌なことって、たとえば?』私は怖いような気持ちでたずねました。

彼女は私の手を握り、思いつめたような表情で、話すけれど私のことを悪く思わないでね、と言いました。どんな話かもわからないのに、もちろん、と私は言っていました。いい加減なやつだったのです。

『小学生って家でお誕生会をするじゃない』と彼女は言いました。『私も一度だけお誕生会をした。二年生の時よ。平日で父はいないはずだったのに、突然現われてみんなにジュースを注いだの。営業マンだったからサービス精神が旺盛なのよ。そしたら仲よしだった子が父にジュースを注いだの、おじいちゃんもどうぞって。父は何でもない顔をしてジュースを飲んでいたけれど、私は哀しくなって泣いてしまった。その思いが伝わったのかな、台所にいた母が泣きそうな目で私を見ていた』

話しながら彼女は涙ぐんでいました。ちょっとした告白といった感じでしたし、涙の理由もわかる気がしましたが、この話が私の両親の死とどう関係しているのか、そこがいまひとつわかりませんでした。わからないなりに一つひとつの言葉に頷き、ハイボールを飲みました。すぐ横に浴衣一枚の女の子がいたわけで飲まずにいられませんでした。彼女も飲みました。同級会で再会した時はぐいぐいと飲んでいましたが、この時は、何よこれ、くらくらする、と言っていました。私も色んな意味でくらくらとし、缶に残っていたハイボールをひと息で飲み、彼女を抱き寄せてキスしました。何度もそうしていたのですが、それまでとは何かが違っていました。この柔らかく、かわいらしい人を手放したくないという必死の思いが迫ってきて、無我夢中で彼女を抱きしめていました。身体を離すと、彼女はふっと息を吐いて私を見つめました。私も真っすぐに彼女を見つめました。マルグリット・デュラスのいう人生の白熱的瞬間です。

私は無条件で沼津の彼女に降伏していたわけではありませんでした。学年に何十人かいた女子生徒の中で一番気に入った子だったというのが正直なところです。他の高校に通っていたら、その学校の誰かを好きになっていたと思います。男女の結びつきというのはそうしたものですが、この時は彼女のこと以外は何も考えられませんでした。あの目、あの涙、あの表情を目の当たりにし、両手にありありと女の実態を感じて心底からこの子が好きだと思いました。女性というのは、生きているということは素晴らしいと思いました。太古から連綿と歴史が続いているのは、神がこんなにも柔らかく、きれいなものを創ったからだとさえ思いました。立場上、その後の細かなことは省略させてもらいますが、十七歳と四ヵ月だった彼女に感じた、あの不思議な感覚は到底消えようがありません」

天城越え

学校へ戻る車中で真壁校長は山の話をした。沼津市の東に小高い山が連なっていて、七キロばかりのルートがあり、高校時代に半日かけて縦走したという話だった。

「沼津アルプスと呼ばれていましてね」と真壁校長が言った。「最高峰でも四百メートルもないアルプスですが、アップダウンがきつく、夕方にはへとへとになっていました。ちょうどいま、後ろに見えているのがそうです」

阿久津は高台を走る車中から振り返った。市街地の向こうに濃い緑色の山なみが続いていた。駿河湾に近く、周囲が平坦なせいか、話で聞いたよりも険しそうに見えた。

真壁校長は問わず語りに縦走中の出来事について話した。男子が八人、女子が四人、けっこうな数のパーティで、山頂で椅子取りゲームをしようという話になったとか、水筒に入れてきたウイスキーを回し飲みしたとか、そんな話だった。

阿久津は真壁校長のことがわかりかけてきた。この人は落ちのない話はしない。これも何かの話の前振りだと思い、縦走した時期をたずねた。

「高三になる春休みです。黒井が山の神に合格を祈ろうと言い出しましてね、山中に小さな神社があるというのです。それもいいなということになり、黒井を案内役に出かけたのですが、行ってみると本当に小さな、墓石みたいな祠《ほこら》がぽつんとあるだけでしてね、こんなので大丈夫かという話になりました。すると黒井が言うのですよ、お前ら、神頼みで何とかなると思っていたのか、それで合格できたら誰も苦労しない、と。まあ、正論ではあります。しかし、山の上に大勢連れてきておいて言う台詞ですかね」

校長室に戻ると、真壁校長がその時の写真を見せた。山中の道しるべを囲むように高校生たちが肩を寄せ合っていた。水彩で描いたような淡い空が広がり、左手に駿河湾、右手奥にくっきりと富士山が見えた。

黒井は鼻筋の通った痩せ型の男だった。登山帽をあみだにかぶり、なるほど、ひと癖ありそうな目をしていた。沼津の彼女の写真もあった。丸顔で美人とは言いきれないが、豊かな髪をかきあげる仕草が大人びていて女としての雰囲気は満点だった。男はこうした種類の女に弱い、高校生くらいならなおさらだと阿久津は思った。その彼女が黒井と親し気に話している写真があった。

「彼女は黒井を嫌っていたのではないですか」と阿久津は言った。

「そうですが、山の中ではふつうにしていました。私と違って如才がないのです。他も全員が仲よかったわけではありませんが、写真を撮った頃には打ち解けて、受験が終わったら天城でキャンプをしようという話になりました。集合写真でわかると思いますが、私たちの他にもカップルがいましてね、男の方は池田くんといって、これがおかしな男なのです。大学を出たら彼女と結婚する、媒酌人は浪岡に頼む、みんなも式に来てくれと言い出して、とにかく盛り上がりました」

「この二人ですね」尾崎が揃いのジャンパーを着た男女を指さした。

「そうです。池田は私と大して変わらない成績だったのに、生まれてくる子供のためにも京都大学へ行くと宣言していました。自分を追い込むために敢えて言うと前置きしていましたが、たぶんウイスキーが回っていたのだと思います。真壁はどうなんだと聞かれ、私は『がんばる』とだけ言って場をしらけさせました。実際はがんばる元気もありませんでした。少し前に沼津の祖母を亡くしていたのです」

「沼津のおばあさまは」と尾崎が言った。「色いろな意味で支えになってくださった方ですよね」

「金銭面では唯一の支えでした。祖母は私が進学校に通っていることを自慢にしていました。あの子は中学では五本の指に入っていたとか、何も言わなくても勉強をする子だとかと茶飲み友だちに言っていました。高校ではずっと低空飛行を続けていたのですが、年寄りなので細かいことはわからないわけです。祖母はよくお小遣いをくれましたし、私が大学に行きたいと話すと、わかっているよ、と言ってくれていました。問題はどの程度わかってくれているかということでしたが、遂に聞けず終いでした。お話ししたように、祖母は港に屋台を出してトンビを売っていました。大した稼ぎではなかったかもしれませんが、年金も受給していましたし、お金を使うことのない人でしたから、それなりに蓄えがあるのだと私は思っていました。要するに、私は祖母のお金を当てにしていたのです」

アルバムには沼津の祖母の写真もあった。高校の入学式の日に撮ったという写真で、学生服姿の真壁少年に寄り添うようにしていた。黒い着物を着て笑みを浮かべている祖母は、孫の肩ほどの背丈もない小さな人だった。

「おばあさまを亡くされたのは」尾崎がメモ帳をめくった。「高二の冬ですね。何月ですか」

「二月の初めです。肺炎で入院した五日目でしたから急逝といってよかったと思います。授業中に知らされて自転車で病院へ向かったのですが、誇張ではなく、全身から血の気が引く思いでした。これで大学には行けないかもしれないと思ったのです。途中に御成《おなり》橋という大きな橋があったのですが、不安に押しつぶされそうになって、長いこと橋の上から狩野川を眺めていました。気がつくと暗くなっていて、どの車もヘッドライトを点けていました。人間、よほど暇か、自殺でも考えていない限り、延々と川など眺めたりはしません。まだ自殺は考えていませんでしたが、その時の記憶が強烈だったのでしょうね、『四面楚歌』とか『孤立無援』といった四字熟語を目にすると、いまでも冬の狩野川を思い出すのですよ」

「それが高二の二月ということは」時系列を重んじる尾崎が言った。「叔母さんから消防署入りを勧められたのはその後ということになりますね」

「沼津アルプスに行く何日か前です。さすがに意気消沈して暗くなるまで部屋でじっとしていました。強いショックを受けると身体がいうことをきかなくなることをあの時に知りました。全身が沈み込んでいくようで、しばらく立ち上がれませんでした。とはいえ、じっとしているのもそれはそれで疲れますし、こんな時は無性に誰かと話したくなるものです。結局、夜遅くに黒井の家へ行きました。歩いて五分のところでしたし、昨日の敵は今日の友というわけで、その頃にはよく会うようになっていたのです」

「黒井は何と言っていましたか」と阿久津は言った。黒井の名前を聞くと、なぜか嬉しくなるのだった。

「もうじき二十一世紀だと言っていました」

「二十一世紀?」

「江戸時代でもあるまいし、火なんか消して回っている場合かよと言っていました。そういうことを言う男ですし、私もそうした言葉を聞きたくて行ったのだと思います。あの晩は遅くまで黒井と話しました。人生論めいた話もしました。お前は将来何をしたいのかと聞かれ、わからないと答えると、だったら大学でそれを探せ、そのための四年間だと思えと黒井は言いました。この言葉は響きました。興奮気味に話す黒井に私は限りない友情を感じました。それこそ一生涯この男と付き合いたいと思いました。まさかその黒井が、真壁の本命は札幌にいる子だとか、その子の写真を見せびらかしているとか、そんなことを彼女に吹き込んでいたとは夢にも思いませんでした」

「そうなのですか」と阿久津は言った。

「同級会で再会した時に彼女がそう言っていました。どうも様子がおかしいと思っていたのですが、二十年以上たって、ようやく真相がわかったわけです」

そう話すと真壁校長は肩を揺らしてくっくと笑った。阿久津も笑ったが、尾崎は首をかしげて「ひどい男ですね」と言った。

「とんでもない男です」と真壁校長は言った。「しかし、半分は事実でした。黒井は彼女にこう言ったそうです。真壁は隠し事の多いやつだ、あいつはきみを信用していない、だから隠すんだ、と。言われてみて、たしかにそうだったと思いました。私は家の事情を彼女に話していませんでした。祖母が死んでデート代が入らなくなったので、会う回数を減らし、会っても公園のベンチなどで話していました。向こうもきっと変に思っていたはずです。高三になると、どうしても進学の話題が中心になります。会うたびに大学の話をする彼女に、大学へ行くお金がない、消防署で働くかもしれないとは言えませんでした。それを言うと彼女が離れていってしまう気がしたのです。

お金のことは担任にも言えませんでした。担任は受験指導に熱心な英語教師で、放課後の教室に現われて居残っている生徒を相手に講義をするような人でした。私たちは『七時間目』と呼んでいたのですが、八時間目に突入することもしばしばでした。一点でも多く取ろう、この一年を悔いなく乗りきろう、そう檄を飛ばす担任に、消防署の話を切り出すのは勇気がいりました。

高三になると進路指導の面談があります。他のクラスは夏休みの前に面談を予定していたのですが、待ちきれなかったのか、担任は一学期の中間試験のあとに個別面談を始めました。私はもう相当気弱になっていて、この機会に話すと決めて放課後の教室へ行ったのですが、一分後にはすっかり意識が変わっていました。私が教室に入ると、担任は待ち構えていたかのように立ち上がり、お前は私大に志望を変えろ、私大一本で行け、そうすれば合格も見えてくる、いまから必死にやれば間に合う、ただし死に物狂いだぞ——熱烈な口調でそう言ったのです。要するに国立は無理だという話なのですが、英語を中心にがんばれと励まされ、ベストだという英語の参考書を勧められ、誓いの握手というものまでさせられました。終始、担任の熱量に圧倒され、消防署の話など、とてもできる雰囲気ではありませんでした。

担任は私の手を握って『生活を変えろ』と言いました。ありきたりな台詞ですが、日記に細かく書いてあるので私は担任の言葉を重く受け止めたのだと思います。日記にはこう書かれています。

人間は変化を嫌う。これまで通りの方が楽だからだ。確かにその方が楽だ。でも、これは憶えておけ、変わろうとしない人間に来るのは昨日と同じ今日、今日と同じ明日でしかない。真壁、そんな人間にはなるな。明日から変わろうなんて思うな。たったいまから変われ。

あとで聞いたら、みんな同じことを言われたようなのですが、それでも壁にピンで留めておきたくなる言葉です。

所期の目的は果たせませんでしたが、この面談には大きな意味がありました。私は昼食を何食か抜いて担任から勧められた参考書を買いました。『合格』の二文字を囁《ささや》かれ、急にやる気になったのです。ここでまた堂本さんの言葉を思い出し、この一冊を徹底的に読み込みました。空で言えるほど読み返しました。夏の模試で望外の結果が出たことでさらにやる気になり、仲間付き合いも断って夜中の二時三時まで机に向かいました。学費の目途もついていなかったのですから、あれも逃避の一種だったと思いますが、しゃにむに勉強することで叔母の気が変わってくれることを期待していたのかもしれません」

「しかし、叔母さんの気持ちは変わらなかったのですよね」と尾崎が言った。

真壁校長は首をひねり、「どうなんでしょうね」と言った。「結論は変わりませんでしたが、叔母にも私を大学に行かせたいという思いはあったと思います。ただ、それはできないという言い方をしていました」

「できない」

「叔母は沼津港のそばの料理店で働いていました。帰ってくるのは夜の十時前後でしたが、お盆の頃、零時過ぎに帰ってきたことがありました。お店の人に誕生日を祝ってもらっていたと言って、あまったケーキを出しました。私は叔母の誕生日を知りませんでした。母とは年子だと聞いていたので、では四十五歳になったのだと思っただけでした。

その頃、私はちょっと面白い英文を読んでいました。女の子への誕生日の贈り物に悩んでいた少年が母親に質問をするのです。もし明日、十六歳になるとしたらどんなものがほしい、と。母親の答えがいいのです。"Not another thing." his mother said without hesitation. ——それだけで十分だというのです。

これが頭にあったので黙ってケーキを食べていたのですが、妙に重苦しい感じがしました。こうした場合、やはり何か言うべきだと思い直し、誕生日おめでとう、と言いました。

叔母はふっと息を吐き、四十五だって、とつぶやきました。やはり、おめでたくも何ともなかったのです。いっそう重苦しい沈黙のあと、こうなることはわかっていた、と叔母は言いました。

『全部わかっていた。四十五になることも、じきに五十になって六十になることも。あんたが大学に行くと言い出すこともわかっていた。どれも当たり前のことだもの。あんたからケチな叔母さんだと思われていることもわかっている。消防署の署長さんからも言われたよ、あの高校に通っているのなら大学に行かせた方がいいって。私だってそうしたいと思って色いろ調べた。市役所にも銀行にも行った。信用金庫に勤めている友だちにも相談した。でも、やっぱり無理なんだよ』

お酒が入っていたせいか、叔母は他にも色んな話をしました。憶えているのは駅前のアーケード街にあった美容院の話です。きれいな美容師さんがしていた店で、十代の頃、その人に憧れて通っていたそうなのですが、ひさしぶりに行ったら厚化粧の老女になっていたというのです。『最近はお客さんも来ないし、独り身だから静かなところで年金暮らしをすると言っていた。いまに私も、この人みたいになるんだなと思って聞いていた』

叔母はまだ話したそうにしていましたが、私は、わかった、と言って部屋に戻りました。実際にわかったのは叔母の誕生日が八月十四日だということと、当たり前ですが叔母には叔母の人生があるということでした。

先の見通しが立たず、勉強にも疲れて、夏休みの終わりから新聞配達を始めました。受験生がするようなことではありませんが、半年前のように飲んだり食べたりして、ひと息つきたかったのです。大学へ行けなくても受験だけはすると決めていたので、受験料や上京にかかる交通費くらいは自分で稼ごうと思って始めたのですが、夕刊も配ってほしいという販売店の店主に、配るのは朝刊だけにしたいと言っていました。私は新聞を配っているところを誰にも見られたくなかったのです。どこまでも人目を気にしていたのです。

店主は、それなら夜中の三時に来いと言いました。朝刊にチラシを入れる作業があるというのです。三時は無理だと言うと、だったら四時でいい、新米だから配るのも百五十部にすると言うのです。なぜそこまで譲歩したのか、やってみてすぐにわかりました。配達エリアに五階建の団地があって、そこにけっこうな数の購読者がいたのです。古い造りでエレベーターはなく、昇り降りはすべて階段です。団地は配達エリアの外れにあったのですが、店主はそこから配れと言いました。港で働いている人が多く、みんな早起きで五時までに配達しないと苦情が来るというのです。そんなわけで草木も眠っている頃に自転車で駆けつけ、急な階段を何百段も昇り降りしました。五時前なのに明かりのついている部屋が多かったので、のんびり配っているわけにいかず、階段を一段飛ばしで駆け昇りました。アスリート向きの仕事です。家に帰った時はへとへとになっていましたが、何よりつらかったのは眠れないことでした。二学期に入ると授業中に目を開けているのが精一杯になり、休み時間はずっと寝ていました。気が小さいので、それでも授業中に目だけは開けていたのです。

睡眠不足でふらふらになりながら新聞を配っているうちに大学の願書が書店に並びました。私は目指す私大の願書を買い、受験が近いので辞めたいと店主に言いました。店主は困っていましたが、最後の配達を終えると合格祈願のお守りをくれました。

配達をやめて十日ほどたった頃、彼女から指定校推薦で大学に合格したと聞かされました。複雑な気持ちでしたが、クリスマスも近かったので合格祝いをかねて食事に誘いました。クリスマスの時期にきれいな飾りつけをするレストランがあって、店の前を通るたびに行ってみたいと思っていたのです。ただ、そこで食事をするには資金面に不安がありました。

『お前、何を考えているんだよ。受験なんだろう』

販売店の店主は呆れたような目で私を見ました。合格祈願のお守りまで渡したのに、また配りたいというのですから呆れられて当然です。自分でも何を考えているのかわかりませんでした。

八方塞がりとはあのことで、精神状態としてはこの頃がボトムだった気がします」

「村松先生と話されたのは年の瀬でしたよね」と尾崎が言った。「つまり、新聞配達を再開したことで村松先生の目に留まったということですね」

「そうなのですが、結局、受験に失敗して、もう一年沼津にいる羽目になりました。村松先生の気が変わるのではないかと心配でしたが、先生も浪人したらしく、あそこは四年制の高校だから気にするなと言ってくれました。実際、私たちの学年も男は半分くらい浪人したと思います。いい調子で飲んだり喋ったりしていたのだから当たり前ですが、浪人組は大方東京へ行きました。

付き合う相手もいなくなり、ひたすら家で勉強していたので、浪人時代については特にお話しすることはありません。単調で孤独な日々でした。夕方に沼津港まで歩き、代わり映えのしない風景を眺めるのが唯一の息抜きでした。とはいえ、あれほど人を鍛える時間は他にないと思います。どこにも所属せず、不安や焦燥と闘いながら、ただひとつの目標に向かって突き進む――あんな経験はしたくてもなかなかできません。学校長という立場上、半分冗談ということにしておきますが、正直なところ、すべての受験生に浪人することを勧めたい気持ちです」

「わかります」尾崎が大きく頷いた。「僕も浪人したのでよくわかります。浪人中はひたすら勉強されていたということですが、高校時代のことでは他に何か」

「そうですね、付け加えることがあるとすればひとつだけです」

「どんなことでしょう」

「卒業式のあと、天城キャンプがありましてね、一年前の計画が実行されたわけです。十人ほどで行ったようですが、私は浪人が決まって家でしょんぼりしていました。試験に手応えを感じていた分だけ落ち込みも相当でした。そしたら黒井がうちに来ましてね、天城に行ってきたというのです。楽しかったかと聞くと、まあまあだと言って、黒ラベルのジョニー・ウォーカーを差し出しました。最後だから一緒に飲もうというのです。当時としては高いお酒だったので二人でちびちびと飲みました。黒井は不遜なほど落ち着き払った男ですが、この時は妙にそわそわしていました。キャンプのことを聞いても上の空なのです。どうかしたのかと聞くと、黒井は膝に手を置いて、勘弁してくれ、と言って頭を下げました。天城の山中で彼女と関係ができてしまったというのです。夜遅くにテントを抜け出して、二人で夜空を見て話していたら何となくそういうことになってしまったというのです。私は、そうか、と言いました。許すかと聞かれて、許す、と答えました。黒井は年中ホラを吹いていたので、どうせまたホラだと思ったのです。

黒井は東工大に合格して上京するばかりでした。私立の医大にも合格していたのですが、医者になるつもりはないと言っていました。私などとはレベルが違ったわけです。上京してアパート暮らしをするというので、どこに住むのか、家賃はいくらかなどと聞いていたら、『いらっしゃい』という叔母の声がし、少しして彼女が階段を昇ってきました。うつむき加減で部屋に入ってきた彼女を見て、私は一瞬で自分がふられたことを知りました。

黒井は勉強机の椅子を引いて彼女を座らせ、慰めるように肩をさすりました。私はベッドに腰かけて、呆然とその様子を見ていました。二人とも四月から大学生になり、私は浪人するという哀しい状況です。浪人、失恋、親友だと思っていた男の裏切り、立て続けの不幸に見舞われて全身から力が抜け、そのまま仰向けにベッドに倒れてしまいそうでした。

『大丈夫だ、真壁はわかってくれた』

黒井がそう言うと、彼女はわっと泣き出しました。

わかってやったつもりはなく、泣きたいのはこっちでしたが、黒井は『大丈夫だ』と繰り返し、彼女は頷いてハンカチを目に押し当てました。私はウイスキーを飲みました。ジョニ黒は慰謝料代わりだったわけです。ウイスキーとしてはともかく慰謝料としては安すぎますが、高いも安いも味などわかりませんでした。慰め、頷き合う二人を見て、まるで自分は『こころ』に登場するKみたいだと思いました。三角関係とはこのことかと実感したりもしましたが、このあと、夏目漱石でも思いつかないような展開がありました。ひどく落ち込んで、ほとんど涙目になっていたところに叔母がシュークリームを持ってきたのです。

『何でもありません、高校の思い出話をしていたら彼女が感激してしまって』

異変を察した叔母に黒井は適当なことを言っていました。まったく、最後まで大した役者でした。彼女も彼女で、喉を震わせて泣いていたのに、さっそくシュークリームに手を伸ばしました。

その頃、私は『失われた時を求めて』を読んでいました。百ページかそこらで挫折したのですが、あの本のどこか最初の方に、紅茶に浸したマドレーヌを食べるシーンがあったはずです。その味が幸福だった子供時代を思い出させ、途方もない追憶の物語が始まるわけです。私の追憶のきっかけは粉砂糖のかかった不二家のシュークリームでした。泣き腫らした目を瞬かせながらシュークリームにかじりついた彼女を見て、不意に泊行きのバスで水島明子がしていた話を思い出したのです。とんでもない田舎に来てしまった——堂本商店でシュークリームにかじりついていた子を見てそう思ったという話です。シュークリームの食べ方なんかどうでもいいわけですが、都会というものに過剰なコンプレックスを抱いていたせいか、身振りを交えて話す水島明子の表情とともに、あの話は私の脳裏に深く刻まれていました。

お話ししたように、沼津の彼女は甘い物に目のない子でした。けっこう大ぶりのシュークリームでしたが、洟をすすりながら三口くらいでたいらげたのを見て、何て品のない女だろうと思いました。人間、いったんそう思ったら、なかなかそう思わずにいられないものです。もう一度、彼女が食べるところを見たくなり、私は自分のシュークリームを差し出しました。やはりハンバーガーでも食べるみたいにかじりつくのを見て、私はすっくとベッドから立ち上がり、事情はわかった、よく正直に話してくれた、これからは二人で仲よくやってくれと言いました。

いま思い返しても、あの時の自分の態度はちょっぴりですが自慢できます。それまでの私は何かというと落ち込む男でした。やたらと人を羨み妬む、うじうじしたやつだったのです。それが、一瞬にして毅然とした口調の男に変貌したのですから二人ともぽかんとして私を見上げていました。

『とにかく元気でな。おれも来年は東京に行く。東京のどこかでまた会えるといいな』

私はそう言ってベッドから二人に手を振りました。この二人とは色んなことがあったわけですが、別れ際に感じたのは感謝の思いだけでした――というと嘘になりますが、少なくとも妬みや羨望はなかった気がします。

二人を見送ったあと、近くの千本浜公園を歩きました。三年前、高校に合格した春に祖母とお祝いを兼ねた花見をした思い出の場所です。千本松原で知られる公園ですが、ここは桜もきれいなのです。

『ジュンは立派だよ。本当によくがんばったね』

嬉しそうに話していた祖母の顔を思い出し、泣きたいような気持ちになりました。結局のところ、私の成長を心底から喜んでくれたのは亡くなった二人の祖母だけだったのではないか――そう思って泣きたくなったのですが、祖母と一緒に眺めた桜を見上げているうちに、いや、そうではない、もう一人いると思いました。

満開の桜の花を見て気分が高揚し、家に帰って水島明子に手紙を書きました。手紙を書いたのは三ヵ月ぶりでした。前年の暮れに、受験で上京する時に会おうと書いた手紙を出したのですが、返事がないことに腹を立てていたのです。そういう小さい男だったのですが、そんなこだわりは消えていました。

私はあれこれと思いのたけを書き連ね、最後に、受験はどうだったかとたずねました。それが何よりも知りたいことでした。こっちは浪人することになった、不合格を受け止めるのに時間がかかったけれど、満開の桜を見てまたやる気になった、来年はきっと合格して上京する、大学生同士として東京で会おう――そう書いて投函しました。これが三月三十一日で、高校生活最後の日でした。

人間、どこへ行ってもどうにかなるものです。中二の冬、堂本さんから『沼津を楽しめ』と言われて戸惑ったものでしたが、結果として私は高校の三年間をたっぷり楽しんだという気がしていました。沼津へ来てよかったと思いました。最後の最後に黒井と彼女に辛酸を嘗めさせられたわけですが、苦楽一如とはよくいったもので、浪岡くんや他の仲間たちだけでなく、あの二人がいなかったらあそこまで楽しめなかっただろうと、いまもそう思っているわけです」

すっぱいブドウ

ノックの音がした。

「どうぞ」

真壁校長が声をかけると、ひょろっとした男子生徒が会釈しながら入ってきた。

「放送部の望月です」と男子生徒が言った。「ご歓談中のところ誠に恐縮ですが、五分だけお時間をいただけないでしょうか」

「どうしましょう」と真壁校長が言った。

「僕はかまいません」と尾崎が言った。阿久津にも特に異存はなかった。

望月は恐縮しながら折り畳みの椅子を広げ、録音用のマイクをセットした。小雪先生がショートヘアの女の子を連れて入ってきた。ギターを手にしているのを見て、そういうことかと阿久津は思った。

「ごめんなさい」と小雪先生が言った。「ラジオ局の方が校長に会いに来られている、放送されたら聴いてね、と言ってしまったんです」

女の子は一礼して椅子に腰かけ、チューニングを始めた。途中で顔を上げ、笑顔を作ろうとしたが、緊張しているのか、あまりうまくいかなかった。

「初めまして」と彼女は言った。「押しかけてすみません。望月くんから聞いて、どうしても聴いてほしいと思って」

「気にしなくていい」と真壁校長が言った。「いつも聴いているよ。三年生になってから一段とよくなった」

「本当ですか」

「ギターも歌もいいし、私はきみの声が好きだ。ただ、慌てる必要はないと思う。大学へ行って、勉強しながら歌うという手もあるんじゃないかな」

女の子は肩を落として大きな息を吐いた。またその話かと言いたげだった。

「前にCDを貸してくれたよね」真壁校長は続けた。「あれ、気に入ったよ。動画を観てますます好きになった」

「動画を観たですか」

「うん。ライブも悪くなかったけれど、ジョニー・デップが出ているやつがよかった。もう十回くらい観た」

女の子は初めて笑顔を見せた。「案外、暇なんですね」

「それもあるけれど、相手役の女優が若い頃の妻に似ていた。そう話したら妻が喜んで、時々、一緒に観ている。私はジョニー・デップ、妻はあの女優になりきって観ている」

「マジですか」女の子は下を向いて笑いをこらえていた。

「ネットで調べたら、バンドのボーカルはエクセター大学を出ていた。イギリスで指折りの名門だよ。つまり、あの彼も勉強したわけだ。何をするにしても学ぶことは邪魔にならない。そう言いたかった。とにかく応援しているよ」

「私だって応援しているのよ」と小雪先生が言った。「でも、五分だけという約束でしょ。お二人は校長に用があって来られているのよ」

女の子は頷いてギターをじゃらんと鳴らした。緊張している様子はなく、まっすぐに阿久津たちを見て、「カート・コバーンが歌っていた『Seasons In The Sun』を歌います」と言った。

「死んだ姉のことを思って歌詞をつけました。姉は私のふたつ上で、子供の頃はよく一緒に遊んでくれました。でも白血病で全然成長できなくて、髪の毛もなくて、中二で死んだ時は小学生よりも小さかった。これくらい。人生って、残酷すぎる」

女の子は一メートルほどに広げた手を閉じ、アルペジオでギターを爪弾いた。ギターも上手だったが、か細い、透き通るような声がきれいだった。

さよなら　ぼくの友だち
喧嘩して　また仲なおり
晴れの日をありがとう

どんな日もきみが輝かせてた
さよなら　ぼくの思い出
雨の日も　雪の日にも
風の日にも感謝
どんな日もきみがいてくれたから

季節が変わり　街が変わっても
ぼくの思いはここにある
冬の雪も　夏の嵐も
きみはすべてを輝かせた

「どこまで話しましたっけ」女の子たちがいなくなると真壁校長が言った。

「大学に合格されて、上京されて杉並の上井草に住まれたところまでです」と尾崎が言った。

「そうでした」真壁校長は頷いた。「叔母の友人が上井草にいて、二階の六畳間が空いているというので間借りすることにしたのです。できればアパートを借りて気楽に暮らしたかったのですが、贅沢をいえる身分ではありませんでした。間借り賃が月一万五千円だったといえば、どんなところなのか見当がつくと思います。

叔母の友人は松永さんといいました。挨拶が済むと、夜は十時までには帰ってね、と松永さんは言いました。『それと、あまり歩き回らないでね、けっこう下に響くのよ』

叔母の手前もあって『はい』と答えましたが、門限に加えて歩きまで封じられてはかないません。着いたその日に、そこを出ることが目標になった気がします。

松永家には一年半お世話になったのですが、ふつうに寝泊まりしていたのは最初のひと月ほどです。そのあとは高校の同級生の部屋を転々としました。上野、荒木町、駒沢、高田馬場、西荻窪、千駄ヶ谷……色んな街を知りました。入学してすぐに予備校でアルバイトを始め、講師仲間の部屋にも泊めてもらいましたが、忘れられないのは浪岡くんが住んでいた横浜です。

浪岡くんは横浜国大の二年生になっていました。私大はあらかた落ちたのに、横浜国大に合格したので『奇跡の人』といわれていました。誰もが驚いたのですが、教員の立場からいえば『奇跡』という言葉は強すぎます。進学校ではまああることですし、高三の夏以降は彼も必死でした。

浪岡くんは相鉄線の西横浜駅から十五分ほど歩いた高台に住んでいました。何十年も住んでいた老夫婦が転居し、廃屋同然になっていた家を借りていたのです。

いまでも丘の上にちょこんと建つ、ペンキの剝げた白っぽい平屋を思い出します。土間を囲むように座敷があり、風呂は薪で焚く昔ながらのものでした。そこに大勢の学生が出入りして、酒を飲んだり、バーベキューをしたりして夜中までわいわいとやっていたのです。

沼津時代と同じく、ここでも浪岡くんを介して大勢と知り合ったのですが、その一人に須貝という男がいました。現役で横浜国大に入ったものの、仮面浪人して東大を受けて落ちたという男です。そのせいかどうか、時々、大きなため息をつくことがあり、周囲が一斉に笑うといったことがありました。

ゴールデンウイークに横浜の家に行くと須貝が一人でいたことがありました。それまでも何度か顔を合わせていたのですが、話をしたのはこの時が初めてです。浪岡たちはボウリングをしに行った、と須貝は言いました。なぜ行かなかったのかと聞くと、『あんなピンを倒しても始まらないよ』という返事でした。見た目もそうでしたが、当時の言葉でいえば、どこかアンニュイな雰囲気を漂わせた男だったのです。

須貝は横浜の予備校で物理を教えていました。どんな予備校かと聞くと、軍隊みたいなところだ、と言いました。『常在戦場』と書いた紙が廊下に貼られているというのです。

『戦場って、あの戦場?』と私はたずねました。

『そう、あの戦場。むかし、受験戦争って言葉があっただろう。それを真に受けた世代が幅をきかせていて、本気で受験を戦争だと思っている。でも受験戦争なんて戦争はないんだよ。だって、大半は戦場に着く前に死んでいるじゃないか。中学や高校でそういうやつをたくさん見ただろう。まあ、予備校だから営業で煽ろうとするのはわかるけどさ』

どこかで聞いたような話でした。黒井のようなやつかもと警戒しましたが、予備校の話が済むと、『きみは岩内にいたんだってね』と須貝が言いました。『おれ、余市にいたんだよ』

『へえ、余市に』

『うん。リンゴ畑のそばで、なまら淋しいところだった』

余市は岩内から小樽へ向かう途中にある町です。ニッカウヰスキーの蒸溜所があり、岩内に比べると賑やかなところでしたが、立派な田舎だよ、と須貝は言いました。

『それでも時々、行ってみたいような気になる。行ったって何もないんだけど、それでも行ってみたくなる。おれ、あの何もなさが好きなのかもしれない』

私は『わかる』と言いました。私もあの何もなさにいつも心を惹かれていたのです。

須貝が余市にいたのは小学校までで、中学からは札幌にいたようでした。高校も札幌だと聞いて何という高校かとたずねました。ひょっとしたら水島明子を知っているかもしれないと思ったのですが、須貝が通っていたのは札幌の別の進学校でした。

『聞いたよ』と須貝は言いました。『札幌に彼女がいるんだってね。すごい美人だと浪岡が言うから、うちの高校じゃないなとは思っていた。その子はどうしているの』

『夏に北海道に行くから会おうと思っている』

『ということは北大かな。親戚が北大のそばで飲み屋をしているから行ってやってくれよ。これが「火の車」っていうんだ。すぐにも潰れそうだろ』

『「火の車」か。彼女に会えたら行く』

『会えたらって、会いに行くんだろう』

水島明子とは連絡が途絶えていました。浪人した春に届いた葉書が最後で、それには〈がんばって。私はだめだった〉としか書かれていませんでした。こっちもだめでしたので半分ほっとしたのですが、筆まめな子だったので葉書一枚の報《しら》せに混乱させられました。どこを受けたのか、来年はどうするのか、手紙で再度たずねたのですが返事はなく、翌年の年賀状は宛先人不明で戻ってきていました。

『実は連絡が取れなくなった』と私は言いました。『手紙も戻ってくるし、電話も使われていない』

『よくあることだ』須貝は頷きました。『おれも付き合っていた子と連絡が取れなくなった』

『居場所がわからないの』

『居場所くらい聞けばわかる。同じ高校に通っていたし、入った大学も知っている。でも、会おうとは思わない』

『どうして？』

『風の便りによれば、大学でおれよりも威勢のいい男を見つけたらしい。別に難しいことじゃない。そんなやつ、石を投げれば当たるよ』

たしかに当たりそうでした。須貝は長身でハンサムの部類でしたが、口数の少ない華奢《きやしや》な男だったのです。

『それはつらいね』

『そうでもない。実は本命は別にいた。しかも付き合っていた子と同じクラスにいた』

『なかなか複雑そうだ。聞きたいね』

須貝は手にしていたコミック雑誌を閉じてこちらに身体を向けました。いまさら話してもしょうがないけれど、と言いながら、いかにもその話をしたそうでした。

『おれの一番の後悔は意気地がなかったことだ』と須貝は言いました。『高二のクラスで一緒になったのに度胸がなくて声をかけられなかった。そういう、うじうじしたやつだったんだ。そしたらクラスの別の子が、数学が苦手だから教えてほしいと言ってきた。それがきっかけで、何となくその子と付き合うようになった。あっちの方がよかったけどこっちになったって、何か受験みたいだよな。結局、本命の子とは一度も口をきかないまま三年になって、おれは国立理系、向こうは私立文系志望のクラスになった。教室も遠くなったし、それからは食堂とかで顔を見るだけになった。

粉雪が舞っていたから、あれは高三の十一月だったと思う。札幌駅へ行くバスに乗っていたら、その子が途中から乗ってきた。チャンスだ、とは思わなかった。むしろピンチに思えて気がついていないふりをして外を見ていた。そういう情けないやつだったんだ。がらがらに空いていたのに向こうは通路を挟んだ隣に座った。しかも、こっちを見ている気がした。けっこう疲れる状況だ。渋滞していてバスは全然動かない。国会の牛歩状態だ。外を見ているのにも疲れて、おれは参考書を出して読んだ。そしたら横でくすくす笑うんだよ。何だろうと思って見たら目が合ったんで、気がつかなかった、と言った。私も、と向こうも言った。じゃあ何を笑っているのかって話だけど、おれも何となく笑った。口をきいたのはその時が初めてだ。要するに、いかにうじうじしたやつだったかって話だよ』

『それからどうしたの？　渋滞していてバスは動かなかったんだろう』

『どうもしない。何を読んでいるのかと聞くから「親切な物理」だと言った。理系なら誰でも知っている参考書だけど、向こうは「ふうん」と言っただけだった。私文系志望のクラスにいたから自分には関係がないと思ったんだろう。おれはこういう人間に会うと教育したくなる。物理というものがいかに重要なのか徹底して教えたくなる。まあ、私文系志望ごときがという思いもあったかもしれない。ちょっとした差別主義者だったんだ。いやもう、大いなる差別主義者だった。文学部なんてものは大学になくていいと思っていた。受験界のＫＫＫ《クー・クラックス・クラン》みたいなものだ。それからおれは猛烈にしゃべった。五分くらい休みなくしゃべった。もっとかもしれない。ふだんはそんなにしゃべる方じゃないから意外に思ったんだろう、向こうは目をぱちぱちさせていた。いい加減しゃべり疲れて、どこの大学を受けるのかと聞いた。そしたら、どこも受けないっていう。そんなはずはないから真面目に聞いているんだと言った。そしたらこっちに身体を向けて言うんだ、私も真面目に話している、大学は受けない、美容師になることにした、って』
『美容師に？』
『美容師になる学校のパンフレットを見せて、そこへ行く途中だと言っていた。あんなにびっくりしたことはない。商店街の音楽が急に途切れたみたいに頭の中から一切の物音が消えた。オリンピックに出るとか、木下サーカスに入るとか、それくらいに考えにくいことだったけれど、どう思うかと聞かれて、ユニークだ、とおれは言った。何かの本で読んでいたんだよ、それが困った時の一番の誉め言葉だって。あれ、本当だった。向こうは嬉しそうに、なぜ美容師になるのかと聞かれなかったのも、反対されなかったのも初めてだと言った。母親は泣くし、父親は怒鳴るし、担任からは開校以来の進路だと言われたらしい。この担任ってのが東大英文科の出で、まるでじかに習ったみたいに「漱石先生は」とか話す俗物で、夏目漱石そっくりの鼻髭を生やしていた。吾輩は偉い教師である、みたいな笑えるやつなんだ。担任は話しているうちに興奮してきて、開校以来がいつの間にか開闢《かいびやく》以来になっていたらしい。

『もう天地創造みたいな話よ。バッカじゃないのと思って聞いていた』

おかしくておれはげらげら笑った。向こうも笑っていた。一緒になって笑いながら、やっぱりこの子が好きだと思った。けど、バスの中で告白するのも変だし、そんな度胸もなかったから、がんばってふつうに話していた。そしたら高二の時の話になって、おれが付き合っていた子の話になった。何でそんな話になったのかな、ともかく向こうが言ったんだよ、あの子、勘が悪いのよね、って。私が嫌っていることにも気がつかないで、いまでも親しそうに話しかけてくる、こっちはもううんざりしてるんだけれど――そう言うんだよ。二人はベランダでよく話していた。一緒に食堂へ行ったりもしていた。てっきり仲がいいと思っていたから、びっくりして嫌いなのかと聞いた。そしたら、女が十人いたら十人とも嫌うタイプだと思う、女に嫌われる女はよくない、付き合う前に女子の評判を聞くべきだった、たとえば私とかに――そう言うんだよ。これ、どう思う？』

答えはもう出ているようなものでしたが、敢えて聞きたくなる須貝の気持ちはわかりました。

『その子はきみのことが好きだったんだと思う。でも、人の気持ちって時間がたつと変わる。そこが心配だ』

その心配をしていたのは他ならぬ私だったのですが、須貝は頷いて、そうだよな、早い方がいいよな、と言いました。

浪岡くんたちが戻るまで他にも色んな話をしました。主には女の話ですが、憶えているのは須貝がしたイソップの話です。高い場所にあるブドウを取れなかったキツネが、あのブドウはまだ熟れていない、すっぱいに違いないと自分に言い聞かせる話です。その話をしたあと、須貝はしみじみとした口調で言いました。

『ルサンチマンって、結局、あのキツネみたいに何もしていないやつが抱える感情のことなんだよな』


それから十日ほどして須貝が上井草の松永家に電話してきました。深夜だったので恐縮して受話器を受け取ったらアナウンスのような音声が聞こえました。

『いま羽田に戻ってきた』と須貝は言いました。

あのあと札幌へ行き、美容師の専門学校の前で本命の子を捕まえ、一緒に『火の車』へ行ったというのです。札幌にいた三日間、それから毎日会って、もう離れられない仲になったというのです。須貝は専門学校のあるビルの前で何時間も待っていたようでした。家に押しかけるよりはましだろうと言っていましたが、この優男のどこにそんな情熱があったのかと私は意外な思いで聞いていました。

『きみと話した日に札幌行きを決めた。それで、まっさきに報告しようと思ってかけた』

まっさきにという割に時間がたっていましたが、当時は長距離電話の料金が高かったので、最終便で羽田へ戻ってすぐにかけてきたわけです。

『夏に会ったら紹介する。美人とか、そういうのを期待されると困るけど、すごくいい子だし、一緒にいて楽しい。おれはそれが一番大事なことだと思っている』

須貝は興奮気味にまくしたて、来年、もう一度東大を受ける、今度こそ入ってみせる、東大生と美容師、かっこいい組み合わせだと思わないか、と言いました。私は『かっこいい』と言いました。東大はともかく、好きな子に会うために札幌へ行き、待ち伏せしてまで思いを遂げた須貝は実際かっこいいと思いました。少なくともイソップに出てくるキツネではなかったわけです。

『きみのことを緑に話した』と須貝は言いました。緑というのが本命の子だったのです。

須貝は、私に両親がいないことや、中二まで岩内に住んでいたこと、そこで知り合った水島明子の居場所を探していることまで話したようでした。話を聞いた緑さんは、同じ高校に通っていた子を知っているから消息を聞いておくと言ったそうです。

『よけいなことかもしれないけれど、居場所くらいはわかると思う。夏に向こうへ行くんだろう、次は四人で話せるといいいな』

よけいなことどころか、ありがたい話でした。知り合いもいない札幌で、どうやって彼女を探そうかと考えていたのです。

電話を切ったあと、岩内の同級生の顔を思い浮かべ、北海道へ行ったら誰に会おうかと考えました。もちろん誰よりも会いたかったのは水島明子ですが、この時点では向こうがどうしているかということよりも、二十歳になった自分が彼女の目にどう映るかを気にしていた気がします。

まず服を買おうと思いました。一浪したとはいえ名のある大学に合格し、半ば凱旋するような気持ちでいたのです。伯父夫婦も従兄も岩内の同級生たちも、みんな感心して私を迎えてくれるだろうと思っていました。相も変わらず、自分、自分、自分だったのです。

北海道へ行く前、新宿のビームスで夏用の服を買い込んだことを憶えています。そんな必要もなかったのに新しい眼鏡とスニーカーも買いました。要するに浮かれていたわけです。なぜああも浮かれていられたのか、いまから思うと不思議な気がしますが、浮ついた気分でいられたのは岩内で過ごした最初の一週間だけでした」

109

その夜、阿久津は中伊豆の旅館に泊まった。尾崎が経費で宿代を払うと言うので扱いとしては客である。顔見知りの従業員に薄笑いで出迎えられ、おかしな具合だったが、遅い夕食をとり、尾崎と酒を飲んだ。

十時を回った頃、仁美が部屋にきた。

「お疲れさま。取材の方は順調？」

阿久津は「まあまあだ」と答え、「おれの息子の母親だ」と尾崎に言った。気のきいた紹介の

「それはおめでたい。奥さんはどんな人だった？」

「すごくきれいな人よ。哲もびっくりしていた。お嬢さんはお母さん似ね。二人とも面長ですらっとしているの」

「そうなのか」

「すごくしっかりしたお嬢さんだった。子は親が育てたように育つって本当ね。うちの子にもあんなふうになってほしかったけれど、誰に似たのか、性格がねじ曲がっていて困っている」

「哲は勉強しているの」と阿久津は言った。

「どうかな。呼ぶ？　あの子、呼ばなきゃ来ないわよ」

「いや、いい」

阿久津は部屋を出て長い廊下の外れまで行った。旅館は従業員の生活を見せないように造りに工夫がしてある。突き当たりに物置部屋があり、哲の部屋はその先だった。ドアの隙間から灯りが漏れていたが、ノックをしても返事はなかった。哲は参考書に頬をつけて寝ていた。机の前に東大の赤本が並んでいた。まず無理だろう、しかし望みは高く持った方がいい、そんなことを思って英語の赤本をめくっていたら哲が目を覚ました。

「調子はどう？」と阿久津は言った。

「ふつう」と哲は言った。「取材はどう？」

「ふつう」と言いかけて「面白いよ」と阿久津は言った。「あの人はおそろしく話がうまい。感心のしっぱなしだ。ただ、途中から少し困った気持ちで聞いていた」

「おれの想像だ。たぶん、すらっとしていて、びっくりするくらいの美人だ」

「そうかもしれないけれど、取材する人間が勝手に想像しても始まらないでしょう」

「それは、そうだ。予断を持っちゃいけない。でも、人間は想像する生き物だ。おれは、お前が顔を見せないのは勉強に疲れて寝ているからだと想像した。来てみたら実際そうだった」

「眠たくなっただけだよ」

「もうひとつ想像した。おれが校長に取材すると知って、お前はおれのために材料を集めてくれているはずだ。お前はそういう優しいやつだ」

哲は声を出さずに笑った。阿久津も笑ったが、哲が優しい子であることに疑いはなかった。

阿久津には忘れられない記憶がある。哲が小五の夏、阿久津は飲み屋の階段から転げ落ち、ギプスで右腕を固定していたことがあった。腕が痛くて一行も書けず、夏の間中、部屋でごろごろしていた。春に義父が他界し、仁美との離婚話が持ち上がっていた時期である。

「いい気になって飲んでいるからよ」と仁美は言った。「無駄遣いをさせる余裕はないからお酒も煙草もやめて」

それから仁美は阿久津に金を渡さなくなった。カード類も取り上げられ、阿久津は親しくしていた編集者に飲ませてもらうしかなくなった。酒はともかく煙草を吸えないのがつらかった。それでも仁美を刺激しないように部屋でおとなしくしていたが、他に話す相手がいなかったのでつい哲に愚痴をこぼした。

「哲、目白通りのセブンイレブンを憶えているか」ハイボールを飲みながら阿久津が言った。

「ああ、あったね」

「いまもある。時々、あの店の夢を見る」

「セブンイレブンの夢を？」

「なぜか夢に出てくる。人間はいくらでもでたらめを言えるけれど、でたらめに夢を見ることはできない。夢に出てくる以上、必ず意味がある」

「なるほど。どんな意味？」

「おれは夜の街で腕を折って女将さんから酒と煙草を禁じられていた。小遣いもなし。本当につらかった。その頃、お前から散歩に誘われた。憶えていないか」

「いま思い出した。包帯で腕をぐるぐる巻きにしていたよね」

当時もいまも阿久津は中野区の江原町に住んでいる。中野区と練馬区のちょうど境い目である。住んでいたマンションの近くに「江原屋敷森緑地」というのがあり、哲はそこへ行こうと言った。暑かったので気が進まず、阿久津は渋々といった感じで部屋を出た。

目白通りに出ると「コンビニに寄ろう」と哲が言った。金がなかったので困惑したが、哲は通り沿いのセブンイレブンまで駆けて行き、早く来いというように手招きした。店に入ると哲がレジの前に立っていた店員にカードを差し出して「109番をください」と言った。

「ごめんね」と店員が言った。「このカードでは煙草は買えないんだよ」

「えっ」とつぶやいて固まった哲を見て、阿久津は不意に泣きそうになった。何とかこらえ、じゃあビールを頼むよ、と言った。それもだめだろうと思って言ったが、どういうわけかビールは買えた。それから、缶ビールを片手に哲と緑地へ行った——のだろうか。あとのことは一切記憶にない。

「煙草はだめ、酒はいいって一体どういうカードだよ」阿久津はハイボールの缶を握りつぶして言った。

「クオカードだよ。女将さんがくれた。ぶつくさ言いながらだけど」

「そうか。何にしても、おれはあの時、心に誓った」

「何を?」

「死ぬまで煙草はやめない。そう誓った」

哲は声を上げて笑った。阿久津も一緒になって笑ったが、レジの前で固まっていた哲の顔を思い出し、また泣きたいような気持ちになった。

黒い羊

翌日は土曜日で休校だった。校庭で野球部がシートノックをしていた。紅白戦ができるかどうかといった人数である。時折、廊下を行き来する靴音がしたが、昼下がりの校舎はひっそりとしていた。

校長室では電気ポットがかたかたと音を立てていた。真壁校長は手挽きのミルを回しながら、エチオピア産のモカでとても香りがいいと言った。コーヒーにこだわりがあるらしく、しばらくコーヒー談義になった。

「二十歳の夏に北海道へ行かれたわけですが」コーヒーの話が済むと尾崎がノートを広げて言った。「五年半ぶりの岩内はいかがでしたか。時期的にはバブル経済の最中だったと思いますが」

「そうですが、岩内は以前よりもさびれた印象がありました。着いた次の日に草むらで転びましてね、レールにつまずいたのです。私は岩内線が廃線になったことを知りませんでした。膝丈くらいまで伸びた夏草の中で、どうやって札幌へ行こうかと考えました。伯父が送ってくれるとも思えず新聞に載っていたバスの時刻表を眺めていたら、町外れのドライブインへ誘われ、帰りに車の修理工場へ寄って、思いがけず、その日のうちに札幌へ行くことになりました」

真壁校長は中年の男性と写っている写真を見せた。修理工場の前で撮った写真で、看板に〈飯塚モータース〉とあった。

「こちらは飯塚さんというのですね」と尾崎が言った。

「そうです。大変な愛妻家で、三日と空けずに奥さんのお見舞いに行っていました。いつでも乗せていくと言ってくれたので、一週間後に札幌へ行き、それきり岩内には戻りませんでした」

ポットの湯を注ぎながら真壁校長は岩内の話をした。水島明子が住んでいた家は空き家になっていたとか、従兄たちも同級生も町を出ていて会えたのは畳屋の息子だけだったという話だった。

「退屈のあまり町に一軒だけあった映画館に行きました。学園物のホラー映画がかかっていましたが、観ていたのは私だけでした。ああいう経験は初めてです。夏休みなどに何度か行った映画館ですが、ここもなくなるだろうなと思いながら伯父の家に戻ったら、伯母からメモを渡されました。外出中に須貝が電話をかけてきたというのです。

『札幌の実家にいるから連絡してほしいと言っていた』

それを聞いて解放された気がしました。不思議です。沼津にいる間、あれほど何度も思い返し、何かあるたびに帰りたいと思っていた岩内でしたが、ふるさとはやはり遠きにありて思うものなのかもしれません。須貝と会う約束をして電話を切った時、自分はもう、この町に住むことはできないだろうと思いました」

真壁校長はコーヒーを勧め、札幌の話をした。エチオピア産のモカはアーモンドのような香りがした。

*

『火の車』は札幌駅の北側、北海道大学と通りを挟んだビルの二階にありました。窓の向こうに広がる北海道大学は、緑の生け垣が延々と続いていて一体どこまであるのかと思ったほどでした。

「日本一でかい大学だ」と須貝が言いました。「新宿から渋谷くらいまであるんじゃないか。原宿くらいまでかな。大学の中をバスが走っている」

私たちは二人の女性を待っていました。一人は須貝の彼女の緑さん、もう一人は水島明子の高校時代の同級生です。同級生は品のいいことで知られる都心の女子大に通っていて、二日前に札幌に帰ってきたということでした。

「いわゆるオール5の子だ」と須貝は言いました。

「オール5？」

「沼津の中学にもいただろう、生徒会の役員をしたりしてオール5でトップ校に入ったのに、高校を出た頃にはどこへ行ったのかもわからなくなった子が。要するに大人の顔色を窺うのがうまかったんだよ。でも、大学入試に大人の顔色は関係ない。結局、高二の夏くらいで燃え尽きて体裁だけはいい女子大に入ったわけだ」

「緑さんがそう言ったの」

「いまのはおれの想像だけど、進学校の女の子なんて八割方はそんなものだよ。緑も中学まではオール5だったはずだ」

教育というのは難しいものです。須貝は感激屋で、思いやりにあふれ、疑いもなく好人物といえましたが、こうしたところはいくらか黒井に似ていた気がします。

約束の七時を過ぎ、窓の外が薄暗くなってもそれらしい二人は現われませんでした。待ちくたびれてビールで乾杯しましたが、七時半を回っても二人は来ませんでした。須貝はウイスキーをボトルで頼み、いらいらした口調で、ここは緑に払わせると言いました。気持ちはわかりました。連絡もなしに待たされて男としての面子《メンツ》が立たなかったのです。面子を気にするのはいまではやくざくらいですが、私たちの世代はまだそれを気にかけていました。内実はともかく、人前では女の上に立っていなくてはならなかったのです。

二人が来たのは八時になる頃で、あたりはすっかり暗くなっていました。

緑さんは波打つようなセミロングを揺らして私に会釈しました。美容師の卵らしく化粧も念入りで、私たちよりいくつか年上に見えました。須貝から見せられた写真では朗らかな笑みをたたえていたのですが、テーブルに着いた彼女の表情は暗く、隣に座った子を指さして「友だちの珠《たま》代《よ》です」と言っただけでした。

「もっとちゃんと紹介しろよ」と須貝が言いました。

「真珠の珠、君が代の代で珠代」と緑さんは言いました。「珠代とは中学の時、塾で一緒だった。珠代は高校で水島さんと同じクラスだったんだよね」

珠代さんはこくんと頷きました。こちらはソバージュのロングヘアで、フリルのついたブラウスを着ていたせいか、いかにもお嬢さんといった印象でした。

「電話くらいできたんじゃないの」と須貝が言いました。

「ごめん。電話する気分になれなかった」

「どんな気分だよ」

「あとで話す」

「まあ、いい。何を飲む？」

「私はビール。珠代は何にする？」

「私はこれがいい」

そう言って珠代さんがウイスキーのボトルを指さしたのを見て、ちょっぴりですが驚きました。彼女が通っていたのはウイスキーを飲む学生がいるとは思えない女子大だったのです。

「飲み方は？」須貝も面喰らった様子でした。

「じゃあ、ハイボールで」

須貝は面白そうに笑い、大学の専攻は何かとたずねました。珠代さんは「心理学」と答え、岸田秀の『ものぐさ精神分析』が大好きで、結婚して男の子が生まれたら「秀」と名づけるつもりだと言いました。岸田秀の話をするあたり、やはり進学校に通っていただけあると思いましたが、「そんな理由で決めていいんですかね」と須貝は言いました。「命名の理由を知ったら、だんなは反対すると思うな」

「そんな理由って言いますけれど、須貝さんはあの本を読んだんですか」

「おれはそういう本は読まない。読まなくても大体見当がつく」

「そうでしょうね、ある人から須貝さんは予断の多い人だと聞きました」

「ある人って、隣に座っている人？　他にいないと思うけど」

「ある人です」

須貝は苦笑いを浮かべ、そのうち読んでみようかなと言いました。ともあれ初対面の緊張は解け、それぞれが自己紹介風に話したあと、緑さんが「じゃあ」と珠代さんに水を向けました。

「私は高校時代の話をしますね」と珠代さんが言いました。「私が知っているのは高校の頃のアッコだし、どんなに素敵な子だったか知ってほしいから」

私と同じく、珠代さんも水島明子を「アッコ」と呼びました。お嬢さんっぽい見せかけとは裏腹に、すらすらと言葉が出てくる子でした。敬語に砕けた口調が交じり、妙な感じではありましたが、話の中身は興味深いものでした。

「アッコはうちの高校では有名でした。新入生歓迎会というのがあって、あれでみんながアッコのことを知ったと思う。毎年のことなんですけど、これが手の込んだ歓迎会なんですよ。私たち新入生が体育館に入ったら、資生堂か何かのＣＭソングが流れていて、上級生がものすごい手拍子で迎えたんです。みんな私服で、長髪だったり、金髪のかつらをかぶっていたり、何かもう、自由そのものって感じなんです。先生たちまで手を叩いているのを見て、すごいところに入っちゃったなと思いました。あの雰囲気に感化されて、そのまま別の方向に行った子がけっこういた気がします。オーディション番組の地方予選に参加したり、三年生の夏休みに九州まで貧乏旅行をしてみたり。もちろん大半は真面目なんですよ。真面目なんですけれど、成績がよくて真面目な人ほどそれを隠していた気がする。いくら勉強ができても真面目一方だと何か浮いちゃうんですよ。特に男子はそうでした。周りからふんと鼻であしらわれるというか。そういう雰囲気、わかります？

歓迎会の話の続きなんですけれど、体育館に入ったら高いところに看板がかかっていて、それに〈大歓迎〉とか〈ウェルカム〉とか〈少年よ、女を抱け〉とか、色んなことが書いてあったんです。笑いますよね。雰囲気もなごやかなんです。うわーって思っていたら看板の裏から紙吹雪が舞って、するすると垂れ幕が降りてきたんですよ。それにも〈歓迎〉とか〈待っていたよ〉とか書かれていたんですけれど、横に小さく〈特に水島明子さん〉と書いてあったんです。一体誰だって思うじゃないですか。そのあと、部活の部長が勧誘のスピーチをしたんですけれど、リーゼントにした放送部の部長がうちに入れと呼びかけて、『特に水島明子さん。水島さん、どちらですか』と言ったんです。みんなに見られてアッコは真っ赤になっていた。とにかく、あれで全員がアッコのことを知ったと思う。

アッコとは二年生のクラスで一緒になったんです。アッコはきれいだし、成績もよかったし、私なんか相手にしないと思っていたのに、すごくフレンドリーなんです。桜が咲いていたから五月だったと思うけど、4プラの前の交差点を渡っていたら、アッコが反対側から来て手を振るんですよ。私も何となく手を振って、一緒にクレープを食べて、それからですね、話をするようになったのは。でも、いまだから言うけれど、学校にいる時はなるべくアッコから離れるようにしていた。食堂に誘われても二回に一回は断った。三回に二回かな。だって、アッコといると引き立て役になっちゃうじゃないですか。それは嫌だった。たぶん、他の子たちもそう思っていた気がする。誰もアッコと歩きたがらないんですよ。もちろん男子はどんどん寄ってくるんですけれど、そんなのを相手にしていたらますます浮いちゃうからアッコは適当にあしらっていた。だから、学校では案外孤独だったんじゃないかな。

でも、アッコの部屋にはよく行きました。円山公園のそばのマンションにお父さんとお姉さんの三人で住んでいて、交代でご飯を作っていると言っていました。アッコは料理が上手で、ラザニアとかクラブサンドとか、上手に作るんですよ。きのこのタリアテッレなんか、そのへんのレストランよりずっとおいしかった。お父さんがホテルのシェフだから教えてもらっていたんでしょうね。

アッコの部屋で思い出すのは間違い電話ですね。電話番号の末尾がラジオ局と一番違いで、日曜日のリクエスト番組が始まると、もう電話が鳴りっ放しなんです。三十秒に一回はかかってきていた。私も何度か電話に出たんですけど、ああいう番組にかけてくる子って名前も名乗らないんですよ。もしもしとも言わないで、いきなり『待つわ』とか言うんです。間違えてかけてきておいて何を待つ気なのかなって二人で大笑いしました。あと、いきなり『飾りじゃないのよ涙は』とか。あ、そうなのって、アッコは電話の相手に言っていた。とにかく、おかしいの。

リクエスト番組は土曜の夜もやっていて、そっちは洋楽でした。アッコは洋楽が好きだったし、間違い電話がかかってくるよりましだと言ってリクエストの電話をかけていた。そしたら一度、生放送のスタジオにつながったんですよ。間違い電話で迷惑していたのに、澄ました声で大好きな番組ですとか言っていた。あれもおかしかったな。

アッコは成績もよかった。高二の秋から成績優秀者の名前を貼り出すようになったんですけど、現代文はいつもトップテンに入っていた。英語も学年の二十番とか三十番とか。私なんか、よくて百番台ですよ。でも理数系はそんなでもなくて、私はやっぱり私文系かな、なんて言っていた。お姉さんは北大なんですけれどもね」

珠代さんのグラスが空になり、須貝が二杯目のハイボールを作りました。話はひと区切りといった感じになり、何となくメニュー表を眺めていたら「真壁さんの下の名前はジュンですよね」

と珠代さんが言いました。

「私、高校の頃から真壁さんのことを知っていたんですよ。アッコがよく、ジュン、ジュンと言っていたから。ご両親のことも聞きましたし、実は手紙も見せてもらいました。写真も。だから、今日はどんなふうになっているのかなと思って来ました」

「どんなふうに見えますか」と須貝が言いました。

「真面目な人に見えます。本当にがんばったんだなと思います。アッコもさっきそう言っていました」

「へえ、アッコさんに会ったんですか」

「はい」

「じゃあ、アッコさんの近況とか、電話番号とか、彼に教えてあげてもらえませんか。東京からわざわざ会いにきたんですよ」

渡されたグラスを手にしたまま、珠代さんは緑さんの方を見ました。困った様子に見えましたが、緑さんは無言で窓の外を見ていました。

「ひょっとして彼氏がいるとか」と須貝が言いました。「いませんよね。わからないけれど。ま、とにかく、こうして彼が来てるわけだし」

「彼氏はいないと思います」と珠代さんが言いました。「高校の頃もいなかったし、たぶん、いまも」

「よかった。聞いちゃいけなかったのかと思って、ちょっとはらはらした。何しろ美人だっていうし。真壁、もう一度乾杯しよう。ここはやっぱりおれが持つ。珠代さんも遠慮しないで飲んでください。ある人から聞いているかもしれないけれど、この店、うちの叔父さんがやっていて、いくら飲んでも知れているんですよ」

「あなた、ちょっと黙っていてくれない」と緑さんが言いました。「いつからそんなおしゃべりになったの」

須貝が私に身体を寄せて、「何か変だ」と耳打ちしました。私も緑さんの態度が気になっていました。珠代さんの話は面白く、須貝も私も何度か笑ったのですが、緑さんは時折グラスに口をつけるだけでにこりともしなかったのです。

「真壁さん、今日は遅れてきてごめんなさい」緑さんがテーブルの上で手を組み、私の方に身体を向けました。「珠代と一緒に水島さんに会ってきました。水島さんは、いまは真駒内《まこまない》にいます」

「真駒内? 遠いのですか」

「近くはありません。ここからだと十キロくらいあります。でも私は、遅れてきた言い訳をしたいわけではないんです」

そう話すと緑さんは小さく息を漏らしました。いい話ではなさそうでした。言葉を探して忙しく動く緑さんの目には、あの親切な人に特有の厳めしさがありました。

「水島さんに会ったら驚くと思います。私も驚きましたし、珠代は口がきけないほどでした。珠代、最後に水島さんに会ったのはいつ?」

「高三の一月。久しぶりにアッコが学校に来たの。三学期から来なくなって、卒業式にも来なかったからよく憶えている」

「彼女、卒業式に来なかったの」

「うん。でも、最後に会った時はあんなふうじゃなかったよ」

私はグラスに残っていたハイボールを飲みました。緊張すると喉が渇く性質だったのです。

緑さんはまっすぐに私を見て続けました。

「水島さんは、ほとんど外出していないと言っていました。体調がよくないからと言っていましたが、たぶん、人に会うのが嫌なのだと思います。顔に痣《あざ》があるんですよ」

「痣が」

「ええ。目の下に赤い痣が広がっていて、最初は何だろうと思いました。ずっと帽子をかぶっていたのも気になりました。この前まで入院していたというから、薬の副作用で髪が抜けたのかもしれないと思いました」

「それって」と須貝が言いました。「ひょっとして抗癌剤の副作用ってこと?」

緑さんは、わからない、というように首を振りました。「本人はリウマチだと言っていた。でも、リウマチって関節の病気じゃないの。それに、あの痣は何なのかな。癌で顔に痣なんかできる?」

「聞いたことがないな」

「私も」と珠代さんが言いました。「うちのおばあちゃんもリウマチだけど痣なんかないよ。あれは違う病気だよ」

私は氷の解けたグラスを呷《あお》りました。何か言おうとしたものの、言葉が出てきませんでした。外はすっかり暗くなっていました。通りが明るかった分だけ窓の向こうの北海道大学は暗く、巨大な黒い森に見えました。

「それで」と須貝が言いました。「本人の様子はどうだったの」

女性たちは顔を見合わせました。あなたが話して――そう言いたげな目配せでした。

「彼女、明るかったんですよ」と緑さんが言いました。「珠代と会えたのが嬉しかったみたいで。でも、本当はとてもつらいんだと思います。当たり前ですよね」

「明るかったかな」と珠代さんが言いました。「最近は明るいのがいいってことになっているけど、私、周りを暗くする明るさってあると思う。よくいるじゃない、ただはしゃぐだけでみんなをしらけさせる子が。そんな子と一緒にいる気がしてつらかった。アッコは楽しい子だけど、はしゃぎ屋ではなかったの」

全員が黙り、周囲のざわめきが大きく聞こえました。店は広く、大して混んでいなかったのですが、遠くのテーブルでグラスがかち合う音にぎくっとしたほどです。

「アッコ、言ってたよね」と珠代さんが言いました。「家族に迷惑をかけているのがつらいって」

「うん、言っていた。自分はブラックシープだって」

「黒い羊ってこと？」と須貝が言いました。

「そう。群れの中で一頭だけ黒い羊。厄介者とか、そういう意味みたい」

女性たちは、もう一度、水島明子と会う約束をしたようでした。その時に私が来ていることを話すので連絡先を教えてほしい、と緑さんが言いました。それはつまり、私が来ていることを言い出せない雰囲気だったということです。

　私は下の従兄の住所と電話番号を伝えました。札幌のことは何も知らず、岩内の伯母から渡されたメモを読み上げただけですが、そう遠くない、その気になれば歩いても行ける、と須貝は言いました。

SLE

　下の従兄は札幌の二十四軒というところに住んでいました。行ってみてちょっと驚きました。二間しかない平屋でしたが、水色の外壁に白い窓枠がついていて実に感じのいい家だったのです。従兄は札幌の不動産会社に勤めていました。それなりに役得があると言っていましたが、なぜこんな家に住めているのか不思議でした。

「社長の母親が大家なんだよ」と従兄は言いました。「社長はヒットラーみたいな独裁者だけど、お母さんはすごくいい人なんだ」

　説明ともいえない説明でしたが、一夜明けて事情がわかりました。従兄がどこからか犬を連れてきて、散歩に付き合えと言ったのです。白と茶のまだらの柴犬で、社長の母親の愛犬だということでした。

「お前が来るのを待っていた」犬を散歩させながら従兄が言いました。「ずっといていいから、こいつの世話を頼めないか。朝の散歩がつらすぎる」

家に住む条件はふたつあって、ひとつは入居者が決まったら退去すること、もうひとつが朝夕の犬の散歩だったのです。社長の母親は八十を過ぎて足腰が弱り、半年くらい犬を散歩させず、自宅の庭で放し飼いにしていたようでした。

「ストレスが溜まったんだろうな。やたらと吠えるんで近所の人が保健所に電話したらしい、狂犬がいるって」

従兄は自分でした話に自分で笑いました。よくしゃべり、よく笑う男なのです。私は笑える気分ではなく黙って頷きました。

「ジュン、大人になったな」何を勘違いしたのか従兄が言いました。「難しい大学で勉強しているとそうなるのかな。お前、何か堂本に似てきたよ。まあ、あいつはガキの頃からそんな感じだったけど」

懐かしい名前でした。堂本さんは元気かとたずねると、「元気じゃない」と従兄は言いました。「この前、泊まりにきた。石狩鍋を作ったのに鍋ができたらいびきをかいていた。勉強で疲れていたんだろうな。おれも、こいつのせいでくたくただよ」

散歩を終えて社長の家に行きました。勝手口から庭に回り、柵の中に犬を入れると白髪の老婦人が縁側に出てきました。従兄は「夏休みで帰省した弟」と私を紹介し、しばらく弟がモモコを散歩させると言いました。それを聞いてメスの柴犬だとわかりました。

「ああ、そう。弟さんがいたの。それじゃあ、これで弟さんと何か食べて」

社長の母親は従兄に千円札を何枚か渡しました。そのお金で従兄と近くの中華料理店に行きました。

「鍵はしっかりかけろ」店の小上がりの壁に背をつけて従兄が言いました。「柵の鍵が外れていて逃げたことがあるんだよ。あの時は大騒ぎした」

従兄によれば、社長の母親が縁側でひなたぼっこをしていたら、モモコが猛スピードで目の前を駆け抜けて、そのままどこかへ走り去っていったというのです。血統書つきの名犬だと自慢していた社長は激怒し、ペットショップの店員に「迷い犬」のポスターを貼って回らせたものの、モモコの行方は杳《よう》として知れなかった、と従兄は言いました。

「半月くらいたった頃かな、車で営業していた先輩が『テレビ塔のそばでモモコを見かけた』って言うんだよ。まだいるとは思えなかったけれど、社長の命令で手分けしてそのあたりを探した。モモコー、モモコーって。馬鹿みたいだろ？ そのうち暗くなって、腹も減ってきたから狸小路の『シェーキーズ』ってピザ屋に行った。日曜日だったからみんな怒っていた。馬鹿な犬だ、散歩させなかった社長が悪い、あの犬も社長との暮らしが嫌になったんだろう、そんな話で盛り上がった。でもジュン、犬ってすごいよ。それから何日かして、社長が家に帰ったら玄関の前でモモコがちょこんとおすわりしていたっていうんだよ。お前、ビクターの犬を知っているだろう。ほら、あの蓄音機の前でしゃがんでいる犬だ。あんな恰好で門の方を向いてたんだってよ。嘘だと思うだろ？　けど、嘘じゃない証拠があの犬だ。社長は興奮して『この話、映画にならないかな』と言っていた。なるわけないけど、あの犬、どこをほっつき歩いていたんだろうなって話にはなった。発情期だったんだろうと部長は言っていた。そのへんの野良犬と、いまはやりのフリーセックスでもして満足して戻ってきたんだろうって。みんなで笑ったけど、言われてみると、最近、嘘みたいにおとなしい。ひょっとしたら子供が生まれるかもしれないぞ」

従兄から聞いた話をすると、緑さんは声を上げて笑いました。珠代さんは笑いすぎて涙目になっていました。

「腹が減って戻って来ただけだろう」そう言いながら須貝も笑っていました。

私たちはモモコを連れて二十四軒の公園を散歩していました。北海道にしては珍しく入道雲が湧いていましたが、からりとしていて気持ちのいい午後でした。公園をひと回りしたあと、女性たちに犬の散歩を任せ、私は須貝とベンチに腰を下ろしました。

「いつまでこっちにいる？」と須貝は言いました。

私は飯塚夫妻のことを話し、八月一杯はいると言いました。二度目の献血まで時間を空ける必要があったのです。

「それはよかった。いま、緑がその道の専門家にウイッグを作ってもらっている」

「ウイッグ？」

「美容業界ではかつらとは呼ばないそうだ。言葉遣いにうるさい業界らしい。当たり前だけど、水島さんは見た目を気にしている。だから、もう少し待て」

　女性たちは遠くで犬を散歩させ、時折こちらに手を振ってよこしました。住宅街にある割に広い公園だったのです。

「水島さんはSLEという病気だ」と須貝は言いました。

「SLE？　何の略？」

「わからないけど、日本語では全身性エリテマトーデスというらしい。これを聴くといい。色んなことがわかる」

　そう言って須貝がカセットテープを差し出しました。地元のラジオ番組を録音したもので、水島明子の投稿が採り上げられているというのです。春先に放送されたらしく、ラベルに〈3／23〉と書かれていました。

　札幌にいる間、何度このテープを聴いたかしれません。DJは「ゴロー」と呼ばれていた北海道大学の五年生で、東京のレコード会社に就職が決まり、この日が最後の放送のようでした。ダビングした音源をスマートフォンに取り込みました。音はあまりよくありませんが聴いてみてください。

＊

……札幌市東区の「バンバン75」さんのリクエストで、ビリー・バンバンの『さよならをするために』でした。

これ、本物の名曲だよね。小学生の頃、『紅白歌合戦』で聴いて感動した。歌にも感動したけれど、それ以上に「作詞・石坂浩二」というテロップに感動した。変なところに感動するやつだと思うだろ？　実はあの石坂浩二さんが作詞したことを知らなくて、「本当かよ」とテレビの前で叫んでいた。すごい才能だよね。

次の曲もいいよ。名曲のあとにつまらない曲をかけるわけにいかないからね。

手紙が届いたのは十日前だ。だから先週かけてもよかったんだけど、長い手紙でね、便箋に十枚以上あったからそのまま読むわけにいかない。だからといって、ラジオネームと曲名だけ伝えて「ありがとう」で済ます気にはなれなかった。

みんなも長い手紙を書いたことがあると思う。僕もある。いまでも手紙を書いた夜を憶えている。長い手紙を書くのは長く書くだけの理由がある。たぶん、孤独ってのがその理由だ。

そんなことを思って、手紙のエッセンスが伝わるように一週間かけてまとめていた。こんなことをしたのは初めてだ。

前置きが長くなって、ごめん。札幌市南区の「アッコ」さんがくれた手紙だ。

読むね。


ゴローさん、こんばんは。毎週、楽しく聴いています。

私は去年、高校を卒業した十九歳の女の子です。高校の同級生の多くは大学に通っています。

女子の合格率は九十六パーセントだったそうです。私もその中に入りたかったのですが、人生って思うに任せないものですね。結局、大学を受験することもできず、いまは大学病院のベッドでこの手紙を書いています。

病院の廊下から北海道大学のキャンパスが見えます。三月の札幌はお世辞にもきれいとはいえませんね。雪解けの道は泥だらけで、学生たちはぬかるみを避けながら歩いています。所どころに積み上げられた雪山はどれも濃い灰色です。それでも日ごとに陽の長さを感じます。病院のベッドにいても、あたたかな春の陽射しを目にするのはやはり心が躍るものですね。

私が体調に異変を感じたのは高三の秋です。ある日、鏡を見たら顔が火ぶくれのように赤くなっていたのです。痛みはなく、近所の皮膚科で「日光過敏症」と診断されました。病気ではないと言われ、がんばって学校に通っていましたが、身体が重くてなりませんでした。発熱もあり、肩や膝も痛むので、内科、皮膚科、整形外科……いくつも病院にかかり、最終的にこの病院で「SLE」と診断されました。

これはリウマチの一種だそうです。正式には「全身性エリテマトーデス」というのですが、舌を噛みそうだから「SLE」と呼んでいる、と担当の先生はおっしゃっていました。

私の顔には大きな痣があります。先生によれば顔の痣はこの病気の特徴のひとつだそうです。痣も気になりますが、もっと気になるのが顔の形です。お月様のように顔が膨らんでしまい、知っている人もなかなか私だと気づいてくれません。お見舞いに来てくれた高校の先生も、きょろきょろしながら病室をひと回りしていました。無理もありません、以前の私とは別人なのです。

どういうわけか髪の毛も抜けてきて、最近はよく癌患者と間違えられます。

何日か前、同じ病室の女性からお花見に誘われました。札幌の桜が咲くのはゴールデンウイークの頃だから、ずいぶん気の早い誘いですよね。

「うちの人が北海道神宮でお花見をしようって言うの。そんなことを言う人じゃないから、来年の桜はたぶん見られないと思う」

話の感じから自分が三十歳くらいに思われていることがわかりました。すごくショックでしたが、そう思われても仕方がないくらい、いくつも年を取ってしまった気がしています。

最近は鏡を見るのがとても怖い。このまま病気が進行して、ますます別人のようになって、家族以外の誰からも愛されず、ただ年を取っていくだけかもしれない……鏡を見るたびにそんなことを思い、気持ちがふさがって、どうしようもなく涙が出てきます。

「治る可能性？　もちろん、あるよ。大事なのは気を強く持つことだ。大変だけど、一緒にがんばろう」

先生はそうおっしゃって、治癒した患者さんの話をしてくれます。私が弱音を吐くと本気で叱ってくれます。とてもまっすぐな先生なのです。でも私は、二十年近く一緒に暮らしてきた家族も先生に負けないくらいまっすぐな人たちであることを知っています。毎日病院に来てくれる母は、よく目を赤く腫らしています。父も姉も、以前とは明らかに様子が違います。まっすぐすぎてお芝居ができない人たちなのです。

時々、知っている人が誰もいないところへ行きたくなります。誰にもいまの自分を見られたくくないのです。そんなことを思うのは体調のせいかもしれませんが、最近は身体だけでなく心がとても重いのです。

ここまで書くのにずいぶん時間がかかりました。集中力が続かず、思うように筆が進まないのです。読んで暗い気持ちにさせてしまったら、ごめんなさい。

ゴローさん、お元気で。東京へ行ってからもがんばってください。この番組が大好きでした。

では、さようなら。

＊

最初に読んだ時はどういっていいかわからなかった。もう何べんも読んだけれど、いまでもわからない。

実は先週、彼女の病室を訪ねた。リクエスト曲が書かれていなかったし、僕が勝手に選ぶわけにいかないからね。勝手なことばかり言ってきたけれど、こう見えて筋はきちんと通したい方なんだ。

アッコさんは眠っていた。時間を置いてまた病室を訪ねたけれど、目を覚ましそうになかったからリクエスト曲を教えてほしいと書いたメモを置いてきた。そのメモにもうひとつ書いた。大学に入学した春にインド哲学を教えていた教授が言った言葉だ。インド哲学なんて聞いただけでげんなりするだろう？　実際、見事なくらい教室はがらがらだったけれど、五年間大学にいた中で、あれほど僕に響いた言葉はない。
アッコさん、それから足かけ三年、この番組を聴いてくれたみんなに最後にこの言葉を贈る。
インドの宗教家カビールの言葉だ。

きみがいまどこにいようと、そこが出口だ。

リクエスト曲は彼女が電話で教えてくれた。世界中にディスコブームを巻き起こしたビージーズの曲だ。みんなも「ススキノの体育館」と呼ばれていた『AOAアトラス』を憶えているだろう。若い子は知らないか。ともかく、あの『サタデー・ナイト・フィーバー』で流れていた曲だ。そういうと『ナイト・フィーバー』か『ステイン・アライブ』だと思うだろう。残念ながら、どっちももう懐メロだ。
彼女のリクエストはこの曲だ。

How deep is your love ?

真駒内は札幌の冬季五輪の会場になった街で市営地下鉄の終着駅でした。駅周辺は整然と区画され、新興住宅地といった趣きがありました。

真駒内駅に着いたのは二時前でした。珠代さんから「二時頃にアッコの家に電話して」と言われていたのですが、緊張に加えて怖いような気持ちもあり、しばらく駅前をぶらつきました。気の弱さは相変わらずだったわけですが、こうした経験は誰にでもあるのではないでしょうか。

駅前でエゾゼミが鳴いていました。耳障りな音で「ジィ――」と長く鳴くので、祖母がやかましがって「皆殺しにしてこい」と従兄たちに言っていたセミです。元気だった頃の祖母の顔を思い出し、もう一度、墓参りをしようかと考えていたら目の前に白いアコードが停まりました。

「真壁くん?」

背の高い女性が車から降り、確認するように言いました。水島明子の姉の京子さんでした。

京子さんのことはもちろん知っていましたが、話をしたことはありませんでした。私の方が避けていたというのが正確かもしれません。水島明子も長身の部類でしたが、京子さんは妹よりも五、六センチ背が高く、学年一の優等生という評判でした。小柄な中学生だった私にとって、この種の女性は畏怖の対象でしかなかったのですが、車の前で向き合うと私の方が少しばかり背が高くなっていて何だかほっとしたことを憶えています。

「乗って。二、三分で着く」

京子さんはゆっくりと車を走らせ、最初の信号で停まると、あなたのことは色いろと聞いている、と言いました。「大学に合格したのよね。おめでとう」

「ありがとうございます。明子さんは大学を受験しなかったのですね」

京子さんは無言で頷きました。話したい気分ではなさそうでしたが、黙ったままでいるのも気づまりでしたので「いい匂いがしますね」と私は言いました。車内に不思議な匂いが充満していたのです。

「安物の香水よ」と京子さんは言いました。「明子が車の中で戻したからそこら中にまいた」

「明子さんは出かけたりするのですか」

「出かけたのは病院よ。大学病院って最悪。明子の代わりに外来で順番を待ったけど、朝の八時に行って呼ばれたのはお昼前よ」

「本が一冊読めそうですね」

「読めないわよ、がやがやしていて。何時間待てばいいのかと聞いたら、六時から待っている人もいると言われた。たしかに暇そうな人が多かったけれど、そこまで暇な人間がいるなんて信じられる?」

「暇そうな人が多かったのですか」

「私にはそう見えた。考えてみれば当たり前よね、忙しい人はあんなところで何時間も待ったりできないもの。でも、それって暇な人が長生きして忙しく働いている人が死んでいくってことじゃないの。そんなことを考えていた私って歪んでいるのかな」

大病院にかかったこともなく考えたこともありませんでしたが、何人かの友人を亡くしたいま、京子さんが言ったことは正しかったのではないかという気がしています。浪岡くんを始め道半ばで逝った友人たちはみんな懸命に働いていました。まるで憑かれたような、手のつけられない仕事屋たちで、異変に気づいた時はもう手遅れだったのです。しかし、そう思うのはいまにしてで、この時はちょっと怖いところのある人だなと思いました。

アコードが停まったのは北海道に多かった三角屋根の家でした。出がけに水をまいたとかで、陽を浴びた芝がきらきらと光っていました。陽射しが強かった分、街路樹の影が濃く、夏そのものといった光景でした。

「なるべくふつうにしていて」エンジンを切ると京子さんが言いました。

「ふつうというと?」

「普段通りを縮めて『ふつう』というのだと小学校で習った。本当かどうか知らないけれど、縮めると確かにそうよね」

車を降りた時、ある記憶が蘇りました。中三の夏、沼津港のそばで遊んでいた女の子がトラックの下敷きになって亡くなったのです。同じ町内の子でしたので叔母と通夜に行きました。亡くなったのは小学三年生で同級生らしき子が玄関にいたのですが、ジュースを渡されて帰るようにと言われていました。少女の遺体と対面して理由がわかりました。黒い痣が残る顔が半分にへこんでいたのです。叔母は「えっ」と声を漏らして顔を背けました。私も思わず目を閉じました。「ふつうにしていて」と言われ、小心者の私はひどく緊張しました。これから、あれに近いものを目にするのではないかと思ったのです。

庭先に小さな花壇があり、玄関までコンクリートが敷かれてました。左右は水に濡れて光る芝です。エゾゼミの鳴き声がし、午後の陽射しが目に痛いほどでした。

「いい家ですね」と私は言いました。

「よくないわよ。引っ越したとたんに祖父が死んで、明子の様子がおかしくなった。お祓《はら》いをしなくちゃって話になっている」

京子さんの話に頷いていたら、玄関のドアが開き、ショートヘアの女性が顔を出しました。水島明子以外であるはずはなかったのですが、一瞬、誰だろうと思いました。

「ひさしぶり」と彼女は言いました。「ジュン、すごく背が伸びたね」

「そんな、すごくでもないよ」

「すごいよ、お姉ちゃんより大きい」

「こら、私のことを大女みたいに言わないで」と京子さんが言いました。

「ごめん。でも、お姉ちゃんがふつうくらいに見える」

「私はふつうだってば」

姉妹のやりとりに笑顔を浮かべようとしましたが、あまりうまくいきませんでした。ふつうにしているのは難しい状況でした。それでも何かふつうのことを言わなければと思い、「思っていたよりも元気そうだ」と言いました。実際、想像していたよりは元気そうでした。声も、弾むような口調も私が知っていたままで、これが電話なら何の変化も感じなかったでしょうが、目の前にいたのは、やはり私が見知っていた少女ではありませんでした。

最初に目がいったのは痣でした。蝶が羽根を広げているように見えることから『蝶形紅斑』というのですが、薄紅色の長い痣が両眼の下に浮かんでいて、どうしても目がいってしまうのです。

急造のヘアスタイルにも違和感を覚えました。緑さんによればショートボブというらしく、ほどよくしゃれてはいましたが、私が知っていた水島明子はストレートのロングヘアでした。その髪が長さも量も半分になっていて、まるで額縁のない絵を見ているようでした。とはいえ、痣やヘアスタイルはそこまで気になったわけではありません。一番の変化は顔そのものでした。全体に丸みを帯び、ひと回り大きくなったように見えたのです。見舞いに来た高校の教師が、きょろきょろしながら病室をひと回りしたのがわかる気がしました。もちろん、彼女だと思って見れば痕跡を見出せるのですが、高校時代の写真、たとえば黒井がしげしげと眺めていた高二の花火大会の写真とはまったくの別人でした。

長々と話しましたが、すべて一瞬にして感じ取ったことです。「ふつうにしていて」という京子さんの言葉の意味も、何通も出した手紙に返事がなかった理由も一瞬でわかった気がしました。人間とは奇妙な言動をする生き物です。元の彼女を知っていただけに混乱し、落胆もしましたが、暖炉のあるリビングで向き合うと私はむしろ饒舌になりました。「岩内はどうだった?」と聞かれ、身振りを交えて休みなくしゃべり続けたのです。廃線になった岩内線のレールに躓《つま》ずいたこと、伯父の車でドライブインへ行ったこと、帰りに修理工場へ寄り、そのまま札幌へ来て献血したこと、同級生はほとんど町を出ていて、退屈のあまりホラー映画を観たこと……思いつくまま、矢継ぎ早に話しました。

「映画館には客がいなかった。一人もだよ。おれがいなくても上映していたのかな。映画よりも、そのことの方が気になった」

話す材料がなくなり、氷の解けた麦茶を飲んだ時、『ニュー・シネマ』ね、と彼女が言いました。

「京子と『ロッキー』を観に行ったら客席に猫がいた。ラブシーンで猫が鳴くのよ。哀しそうにミャオーンって」

「きっと、猫も感動したんだろう」

彼女は笑い、そうかもね、と言いました。

「そうだよ。高校に黒井という性格のねじ曲がったやつがいた。いやな目で人を見て、たまに口を開けば誰かの悪口だ。その黒井でさえ、『ロッキー』を観て泣いたと言っていた。あいつが泣くんだから猫だって鳴くよ」

彼女はまだ笑っていました。私も笑いました。ふだん通りの笑いではありませんでしたが、それでも言葉だけは次々に出てきました。銀座の『並木座』で小津安二郎の映画を何本も観たとか、池袋の『文芸坐』で痴漢が捕まるのを見たとか、そんなことまで話していました。

「ジュン、大人になったね」話が途切れると彼女が言いました。

「そうかな」

「そう思う。前はそんなにたくさん話さなかったもの。ねえ、沼津のことを聞かせて。向こうでどうしていたのか、いつも気になっていたのよ」

私は高校時代の話をしました。浪岡くんや他の仲間の話です。少し迷いましたが、沼津の彼女のことも話し、泊まりがけで大学の下見に行ったことも話しました。そのことについて何か聞かれると思ったのですが、彼女は「そうなの」と言っただけでした。

「浪岡さんって、ひとつ年上なのよね」と彼女が言いました。「うちの高校にも浪人して入ってきた人たちがいた。コーちゃんもそうだった」

コーちゃんというのは、私が勝手にライバル視していた桜小路という男のことです。札幌の開業医の息子で、裕福な暮らしをしているらしいことを知り、手紙を読むたびにむかむかしていた相手です。悩みのなさそうな写真の笑顔が憎らしくてならなかったのですが、中学浪人をしていたことは知りませんでした。

「浪人して入ってきた子は十人くらいかな」と彼女は言いました。「もう少しいたかも。でも、浪岡さんのような人はいなかった。みんな、どこかよそよそしいの。コーちゃんもそうだった。一年のクラスで一緒になったけれど、一学年上の人や、浪人時代の仲間としか話さなかった」

「へえ。写真ではいつも笑っていた気がするけれど」

「あれは私が笑ってと頼んだのよ」

「そうなのか」

「めったにあんな顔はしない。できあがってきた写真を見て、よくできましたと褒めていた。著しい成長よ」

私は声を上げて笑いました。カメラの前で笑ったくらいで「著しい成長」だというのです。

「自然に笑えない人なのよ」彼女は続けました。「たぶん、いまもそうだと思う。医学部を目指して東京で浪人しているのよ。もう少しコーちゃんの話をしていい？」

「もちろん」

「一年生の冬、札幌駅でばったりコーちゃんと会った。中学浪人していた時に通っていた予備校で後輩たちに話をしてきたと言っていた。毎年、入試の前にそういうことをするみたいなの。中学を卒業して一年間予備校に通うなんて私には想像できなかった。すごく不安で、つらかったはずよ。それから喫茶店で一時間くらいコーちゃんと話した。予備校でどんな話をしたのかと聞いたら、合格発表の日の話をしたと言っていた」

「最初の合格発表の日の話？」

「二度目ね。私も見に行ったから情景が目に浮かんだ。合格者の名前を掲示した看板があって、係の先生が『合格者はこちらへ』と誘導していた。不合格者は、帰るしかないわけよ。あれって考えてみると残酷よね。ジュンは不合格になった子を見た？」

「どうかな。見たかもしれないけれど気がつかなかった」

「私もそう。合格したことがただ嬉しかった。でも、コーちゃんは離れたところから見ていたらしいの。そしたら予備校で仲よくしていた子が看板を見て、くるっと反転して校門の方へ歩き出したんだって。気の毒で声をかけられずにいたら、予備校の先生が駆け寄ってその子の肩を抱いたそうなの。それまで平気な顔をしていたのに、その子は急に泣き出して、そのうち先生まで一緒に泣き出したんだって。一生忘れられない光景だと言っていた。コーちゃんは自分も教師になって、あんなふうに崖っぷちにいる生徒を救いたいと言っていた。何か、ライ麦畑のキャッチャーみたいな話よね。聞いていてちょっぴり興奮した。私も教師になりたいと思った。きっと新しい目標ができたことに興奮したのね。その日のことはよく憶えている。お店の窓に大粒の雪が降りかかっていた。すぐに解けて雫になっていたから綿雪というやつよね。私も自分のことを話した。岩内の話をしてジュンのことも話した。それから、コーちゃんと話すようになった。二人で図書館に行って、帰りに西15丁目の古い喫茶店で話した。コーちゃんは英語、私は現代文が得意だったから、お店でよく教え合っていた。進路の話もした。でも三年生になったらコーちゃんが理系のクラスに入っていたのでびっくりした。てっきり英語の先生になると思っていたから、どうしたのって聞いたら、やっぱり医学部を目指すことにしたって言うの。きっと、お父さんに説得されたんだと思う。コーちゃんにはそういうところがあった。中学浪人をしたのも、トップ校じゃなきゃだめだとお父さんに言われてしたのよ。私は何だか残念な気がして、お父さんに言われてそうしたのね、どうしてお父さんの言うことばかり聞くのと言った。コーちゃんは黙っていたけれど、それから私に話しかけてこなくなった。考えてみたら、そんなのよけいなお世話よね。でも、私は本当に残念だったの」

頷きながら聞いていましたが、彼女が延々と桜小路の話をする理由がわかりませんでした。桜小路家が父子家庭だったことや、母親代わりだったという叔母の話までしていたのです。私にとっては意味のない話でしたし、正直、聞いているのが苦痛でもありました。

「コーちゃんはどこかジュンに似ていた。嘘のない人で、言いにくいことも私には話してくれた。私、コーちゃんのことがちょっと好きだったかもしれない」

ひょっとして彼女が言いたかったのはこれなのかと思いました。医者を目指す桜小路と将来の約束でもしていて、それを遠回しに伝えようとしているのかと思ったのですが、桜小路とはそれきり話もせず、会ってもいないというのです。

「札幌って、狭い街なのよ」彼女は続けました。「4プラやエイトに行くと決まって誰かに会う。だから、行かない。お医者さんから外に出るなと言われているし、こんな顔をしているし。ジュン、私に会ってびっくりしたでしょ。わかるわよ、顔にそう書いてある。いいの、気にしないで、みんなそうだから。みんな私に会うとびっくりしてジュンみたいに一生懸命に色んな話をする。たぶん、自分が思ったことに触れたくなくて話すんだと思う。高校の先生も、お見舞いに来てくれた同級生たちもそうだった。長距離電話の料金を気にしている人みたいに、みんな早口でたくさん話していた。話すだけ話して時計を見て、また来ると言って帰るんだけれど、また来てくれたのは珠代くらいよ。珠代は、あの緑って子と一緒だった。この子、何のために来たのかなと思った。そこに座ったきり、ほとんどしゃべらないの。暗い目をして、ずっと窓の外を見ていた。それなのに、帰り際にまた来てもいいかって聞くのよ。不思議な子だと思った。もっと不思議だったのは、次に来た時は人が変わったみたいに話していたことね。いきなり頭のサイズを測らせてって言うの。ウイッグを作ると言ってサンプルの写真を何枚も見せた。いらないと言ったのに、どうしても作らせたい感じで、『あっても邪魔にならないものだから』と言っていた。それからメジャーでサイズを測りながら、何かのついでみたいに、ジュンが会いにきていると言ったの。

胸がどきついて何も言えなくなった。しばらくここで横になっていたほどよ。口がきけないくらいびっくりしていたのに、横になったままで、作るのにどれくらい時間がかかるの、と聞いていた。本当のことを言うとジュンが会いにきてくれるような気がしていたの。大学は夏休みのはずだし、きっと会いに来てくれると思っていた。ジュン、待っていたのよ。いまの私に待つ資格があるのかどうかわからなかったけれど、それでも待っていたの。他の誰でもなく、ジュン、あなたを待っていたのよ」

途中から目に涙があふれ、痣のある頬をつたってこぼれ落ちると、あとはもうとめどがありませんでした。私は彼女の正面でじっと身を硬くしていました。金縛りとはああいう状態をいうのかもしれません。身体が石のように重く、全身がソファーに深く沈み込んでいく感覚がありました。彼女はまだ話し続けていました。

「私、あの緑って子に聞いたの。あなたがもし私の立場だったら、それでもジュンに会うかって。そしたら会うって言うの、会ってきちんと確かめるって。何をと聞いたら、あの子、こう言ったの、どのみち私たちはおばさんになって皺だらけのおばあちゃんになる、あまり想像したくないけれど、どうせそうなるのだったら、うちの祖母みたいな幸せなおばあちゃんになりたい、だから祖母を幸せにした祖父みたいな人かどうか、会ってこの目で確かめるって。

いい子だなって思った。あんな子、なかなかいないよ。私が男だったら、きっと好きになっていたと思う。でも、もう彼氏がいるんだってね。どんな人かと聞いたら、偏見だらけの変人だと言っていた。でも、そこは自分が直す、直らなかったら放り出す、そんな男に用はないからって。意志的で、まっすぐな子だと思った。ジュンもああいう子がいいよ」

それからも彼女は話し続けました。私たちが育ったところ、そこでのあれこれ、札幌の高校に行くと告げた時の祖父の嘆き、札幌の高校での日々、岩内から半ば強引に連れてきた祖父の死……初めて聞くことも多かったのですが、話は行ったり来たりしてとりとめがなく、途中から一体いつ終わるのだろうかと思って聞いていました。

「明子、そろそろ休みなさい」

京子さんが部屋に来て言いました。外は明るかったのですが、六時をだいぶ回っていました。私は二階に上がる彼女に手を振り、玄関を出て煙草を吸いました。最初の煙を吐いた時、ほっとしたことを憶えています。何だか、ひどくつらかったのです。

「悪いけれど、駅までバスで行ってくれる?」

京子さんが玄関から出てきて言いました。興奮したせいで妹の具合がよくないというのです。

「すみません、疲れさせてしまって」

「いいの。あなたこそ気を遣って疲れたでしょう」

京子さんはバス停のある方を指さして、いつ東京へ戻るのかとたずねました。私は八月中はいるつもりでしたが、自分が歓迎されていない気がして、祖母の墓参りをしたらと答えました。

「そう、気をつけてね」

旧盆の前でしたが、あたりには涼しい風が吹いていました。北海道では珍しいことではありません。真夏にも朝夕にほんの少し秋が忍び込んできているのです。

「また来ると明子さんに伝えてください」

京子さんに会釈し、バス通りに出た時、背後から「無理して来なくてもいいよ」という声がしました。ぎくりとして首を回したのですが、京子さんは振り返りもせずに玄関のドアを閉めました。

スワヒリ語の問題

北海道大学といえばポプラ並木です。大学のシンボルみたいなものですが、銀杏《いちょう》の並木道もきれいなのですよ。

銀杏の葉が黄葉する晩秋が見頃ですが、私が見たのは八月の半ばで葉は濃い緑色をしていました。四十メートルほどありそうな木々が陽射しを遮り、それが延々と続いていて緑のトンネルさながらでした。木漏れ日が作る光の点描が目に楽しく、足元で小刻みに揺れるオレンジ色の輪がこよなく美しく見えました。

大学病院は銀杏の並木道に隣接していました。といっても敷地が広い上に建物がいくつもあり、指定された食堂に着いた時は約束した二時を回っていました。食堂はむしろ狭く、利用者もぱらぱらとしかいませんでしたが、念のためにテーブルに着いていた人たちの顔を見て回っていたら、銀縁眼鏡の男が入ってきてこちらに手を振りました。

「ひさしぶり。大学に合格したんだってな」テーブルで向き合うと堂本さんが言いました。

「おかげさまで。堂本さん、眼鏡をかけたんですね」

「そうなんだ。ガキの頃はモンゴル人並みの視力を誇っていたのに、こないだ免許の更新で引っかかった。何か食うか」

「いえ、僕は大丈夫です」

「じゃあコーヒーにするか。悪いけど、買ってきてくれないか」

コーヒーを持って戻ると、堂本さんは新聞紙で眼鏡を拭いていました。これで拭くときれいになるというのです。相変わらず変わった人だなと思いましたが、試しに拭いてみたら視界がクリアになりました。

堂本さんに聞かれ、私は大学のことや東京での暮らしについて話しました。堂本さんは医学部の話をしました。四年生から実習がスタートし、六年生のいまは志望する外科の診療科を順番に回っているということでした。

「この前まで心臓血管外科というところでぎゅうぎゅうに絞られていた」

「ぎゅうぎゅうにですか」

「雑巾《ぞうきん》みたいなものだ。体《てい》のいい使い走りだよ。けど、体育会じゃないからいじめとかはない。下手をしたら人を殺すことになるから絞るわけで、それなりの準備をして聞けば、おれみたいなのにも丁寧に教えてくれる。結局、教えることが好きな人たちなんだよ。何を言いたいのかというと、ここはかなりまともな病院だということだ」

「まともですか」

「そう思う。でも、行く先々に癖のある人間がいて緊張の連続だよ」

癖があるのはこの人ではないかという気がしましたが、堂本さんの口調は意外なほど穏やかでした。二十四歳でしたから当たり前かもしれませんが、それでもずいぶん落ち着いた印象がありました。

「前に、あの子に会ったよ」と堂本さんは言いました。あの子、というのは水島明子のことです。

「いつ頃ですか」

「あの子が高校に合格した頃だ。どういう心構えで勉強すればいいのかと聞かれた」

「そういうことがあったのですか」

「あったから話している。お前、あの子に会ったんだろう、様子はどうだった？」

「思っていたより元気そうで、よく話していました」

「よく話していたか」

「はい。二時間くらい、ほとんど一人で話していました」

「二時間もか」

「もっとだったかもしれません。途中から口を挟めなくなって、病気のことは何も聞けませんでした」

「そうか。じゃあ、その話をしよう」

堂本さんは四つ折りにした紙を広げ、走り書きのメモを見て続けました。

「あの子は去年の四月にここの外来へ来ている。最初に診たのは血液内科だ。不明熱があったらしい」

「不明熱？」

「不明熱の患者は血液内科に回されることが多いらしい。血液内科はリンパ腫を疑ったみたいだけど、八月に呼吸器内科に移っている」

「呼吸器内科？」

「いちいち繰り返すな。とにかく一年前に呼吸器内科に移っている。ここに佐野さんという助手がいる。おれの高校の先輩だ。先輩といっても四十に近いんだけど、すごく優秀な人で、しかも親切なんだ。優秀で親切な人ってなかなかいない。聞いたら色いろと教えてくれた」

「わざわざ聞いてくれたのですね」

「聞かなきゃ、わかるわけがないだろう。いまからするのは佐野さんから聞いた話だ」

堂本さんはあまり字が上手ではありませんでした。自分で書いた文字が判読できないようで、メモに顔を近づけ、眉をひそめて「呼吸器内科はループス腎炎を疑ったらしい」と言いました。

「ループスはSLEのLの略で、ラテン語で『狼』という意味らしい。あちこちに狼に噛まれたような赤い斑点があったそうだ。たぶん、いまもあるはずだ、と佐野さんは言っていた。ループス腎炎は母系家族の女性に多い病気で、下手をすると腎不全になって人工透析コースだから呼吸器内科は短期間に検査漬けにした。血液検査、胸部レントゲンの再検、CT、結核を否定するためのツベルクリン反応のチェック、それでも結果が出なくて九月にリウマチ科に移っている。リウマチ科は膠原病やSLEを疑ったみたいだ。まあ、リウマチ科だからな。抗核抗体、RA因子のチェック、他にも色いろとやったみたいだけれど、病気の初期は案外ひっかからないらしい。経過観察を続けているうちに年が明けて、今年に入ってようやくSLEと診断されている。長々と何を検査しているんだと思うだろう。おれもそう思った。けど、不明熱の原因を特定するのは時間がかかるらしいんだよ」

聞いていて不安が募りました。高三の秋に異変を感じ、今年に入って診断が下されたのであれば、もう病気の初期段階とはいえないのではないかと思ったのです。

「検査の時、顔に痣はなかったのですか」と私は言いました。

「そんなものがあったらとっくにわかっている。お前、医者が趣味で検査をしていると思っているのか」

「そうではありませんが、最近できた痣には見えませんでした。目の下にくっきりと浮かんでいたんですよ」

「そうなのか」

「はい。髪も抜けているみたいでかつらをしていました」

「それは、つらいな」

堂本さんはテーブルに置いた紙を裏返し、線で囲んだところを読め、と言いました。医学部の部内誌に掲載されたという文章で、ボールペンで囲んだ部分にこう書かれていました。

不明熱は、その場で診断がつかないことの方が多い。少ない例ではあるが、長期間、定期的に外来を受診している間に白血病やリンパ腫の前駆症状として存在し、数年後に診断がつく場合もある。従って、継続的に、根気よく診察を続けることが肝要である。

「ちょっと解説する」と堂本さんが言いました。「これは血液内科の教授が書いたもので、判断がつかないからといって安易に精神科送りにすることを戒める文章なんだよ」

「精神科ですか」

「ここへ来る前に、あの子は精神科にかかっている。中枢神経症状があったんだろうと佐野さんは言っていた。SLEは鬱、妄想、麻痺、髄膜炎、脳血管障害、あらゆる中枢神経症状を引き起こす。視神経がやられて急に失明することもあるそうだ。聞くけど、あの子、痩せてなかったか」

「むしろ顔が丸くなっていました」

「それはステロイドの副作用だ。首から下は痩せているはずだ。免疫力が低下して感染症が怖いから外出も制限されていると思う。気の毒だけど、いまはじっとしているしかないんだよ」

病気の話が済み、雑談をしていたら食堂の電気が半分消されました。三時を回り、私たちの他には白衣を着た男が一人いるだけでした。

私は、水島明子にどんな勉強のしかたを教えたのかとたずねました。

「勉強のしかたじゃなく、心構えを聞かれたんだよ」

「どんな話をしたのですか」

「馬鹿話だよ」

堂本さんはおかしそうに喉を鳴らし、こういう話をしました。

医学部も一年生は高校の延長のようなところがあり、語学や体育は必修だった。「医1B」というクラスに入り、最初の英語の授業に行くと白髪頭の教師が一生懸命に板書していた。定年後に再雇用されたようなじいさんで、盛大にチョークの音を立てて一心不乱に何か書いていた。どこかの国の言葉のようだったが、何語かもわからなかった。授業が始まると老教師は指揮棒のようなもので黒板を叩いて「誰か訳してくれ」と言った。訳せるはずがなく教室はしんとなった。

やがて、ある学生が言った。

「先生、教室を間違えていませんか」

周囲がどっと沸いたが、老教師は何事もなかったかのように英文のプリントを配り、段落ごとに訳させていった。訳が進むうちに事情がわかり、くすくす笑いが起きた。プリントは黒板に書かれたスワヒリ語の英訳で、大体こういうことが書かれていた。


あなたは国立大学の医学部に合格した。全国に九千人しかいないエリートの仲間入りをした——そう思っているかもしれない。

しかし、勘違いしてはいけない。あなたは他の人よりも少しばかり勉強ができただけで他のことは何も知らない。世間も知らない、女も知らない、言葉も知らない。一億人しか話していない日本語を知っているだけで、何億もの人が話しているアラビア語、ヒンディー語、ベンガル語、どれも知らない。カンナダ語やオリヤー語やスワヒリ語はひと言も知らない。

世界は広く、知るべきことは無限に近い。言語ひとつとっても、あなたはほとんど何も知らない。ゼロに等しい。その程度で浮かれている人間をスワヒリ語で「mjinga」、日本語で「馬鹿」という。


「とんでもないじいさんだった」と堂本さんは言いました。「とんでもないというのは褒め言葉だ。噂だと三十ヵ国語くらいできるらしい」

「それはすごい」

「長万部《おしゃまんべ》ってところがあるだろう。岩内以上の田舎だ。そこの出身だと言っていた。ビンチ村のレオナルドみたいなものだ。あの子が心構えを聞きたいというから、そのじいさんの話をした」

「彼女は何と言っていましたか」

「長万部ってどこですかと言っていた」堂本さんは声を上げて笑いました。「mjingaだ。北海道に何年住んでいるんだと思った。でもあの子、きれいだったよな。佐野さんも言っていた、SLEの患者はなぜか色白できれいな子が多いけれど、あんなきれいな子は見たことがないって」

「一年前はそうだったんですね」

「そういうことだろう。高校の後輩だと教えたら、開校以来の美女かもしれないと言っていた」

「面白い人ですね」

「面白いよ。おれの経験では、すごいと思った人はみんな面白い人間だった。逆は必ずしも真ならずで、ただ面白いだけのやつが多かったけれど、それでも面白くないよりはずっといい。だから、とりあえずお前はそこを目指せ。あの子を楽しませろ。笑わせろ。それ以外にお前にできることなんかないだろう」

「そうですけれど、なかなか面白い話を思いつかないんですよ」

「思いつけとは言っていない。探すんだよ。それこそスワヒリ語のじいさんが言っていた、この時代にオリジナルなものなんかもうない、ネタは全部出尽くしている、だから読め、聞け、学べ、盗め、探せって。同感だな。言っちゃ悪いけど、お前の思いつきなんか知れている。だったら探すしかないだろう」

食堂に残っていたのは私たちだけでした。厨房から白い上下の男が出てきて「お盆なので、そろそろ」と言いました。これから車で白老《しらおい》町の実家に帰るというのです。廊下に出ると電気が消され、食堂は真っ暗になりました。

「あの人、たまにサンドイッチなんかをくれるんだよ」

食堂を出ると堂本さんが言いました。背中が痛むというので血圧を測ったら上が二三〇もあったというのです。堂本さんは「めったに見ない数値だ」と言って、背中の痛みと高血圧症の因果関係について話しました。私にはよくわからない話で、ただただ堂本さんという人に感心して聞いていたのですが、その堂本さんも、水島明子はどうなるのかという質問には首をかしげました。

「それはリウマチ科に聞かないと」と堂本さんは言いました。「おれなんかが聞いても教えてくれないと思うから佐野さんに頼んで聞いてもらう。あの子の担当は何という人？」

「名前は聞いていません。いい先生だと言っていました」

堂木さんはおかしそうに喉を鳴らし、それはよかった、と言いました。

八月十八日の夜会

浪岡くんが電話してきたのは八月十八日でした。「須貝の実家にいるから来い」と言われ、犬の散歩を早めに切り上げて会いに行きました。

須貝の実家は屯田《とんでん》というところでした。屯田がどのへんなのかもわからないまま、札幌駅からバスに乗り、電話で聞いた停留所で降りると、公園の入り口から浪岡くんが手を振ってよこしました。短パンをはいた男が一緒でした。池田という高校の同級生で、付き合っていた子とお揃いのジャンパーで沼津アルプスに来ていた男です。山の中で酒に酔い、「京都大学へ行く」と宣言していた男ですが、結局、名古屋大学に落ち、今年もまた落ちて二浪目に入ったと聞いていました。

「ゆうべ池田が電話してきた」と浪岡くんは言いました。「気が晴れないと言うから連れてきた。池田、少しは気が晴れたか」

池田はにこりともせず「少しな」と言いました。それを聞いて浪岡くんと二人で笑いました。

そのうちに池田も笑い出しました。気心の知れた人間に会うのはやはりいいものです。時間がたち、場所が変わるとなおさらです。二人はビールやウイスキーを入れた袋を手にしていました。その日が緑さんの誕生日で、これから須貝の実家で誕生パーティーをするというのです。

私たちは横並びで公園を歩き、同級生の消息について話しました。こうした場によくある、あいつはいまどうしている、という話です。池田は元気がありませんでした。浪人していたのですから当たり前ですが、話しているうちに気が晴れてきたのか、立ち止まって空を見上げ、「こっちは涼しくていいなあ」と言いました。池田が言うように気持ちのいい日でしたが、高い空に秋めいたうろこ雲が浮かんでいて、いまさらながら北海道の夏は短いと思いました。

「真壁、大変だったみたいだな」と浪岡くんが言いました。「須貝から聞いた。でも、こういう時こそ元気を出さなきゃだめだ。お前、池田よりも元気がないぞ」

「おれは元気がないわけじゃない」と池田が言いました。「心の霧が晴れないだけだ」

「それでパチンコをしているのか」と浪岡くんが言いました。「真壁、こいつは浪人してるくせに朝から高田馬場のパチンコ屋に入り浸っているんだよ」

「たまにだよ。気分転換だ」

「池田、そろそろ身を入れてやらなきゃだめだ。そうだ、須貝に勉強のしかたを聞くといい。あいつはよくできる。東大を受けたくらいだ」

「おれだって名古屋大学を受けた」

「とにかく須貝はなかなかのやつだ。成績は黒井くらいかな。そこはよくわからないけれど、少なくとも黒井よりは親切だ」

「それは、そうだろう」

私たちは声を揃えて笑いました。何であれ黒井の話は大抵受けるのです。

須貝の実家は大きな公園を抜けた先にありました。二台分のガレージがあり、庭も広く、キャッチボールができそうなほどでした。須貝は父親と庭にテーブルを出していました。父親は長身の須貝よりも背が高く、白髪交じりの髪をきれいに撫でつけた人でした。北海道庁の部長と聞いていましたが、見た目よりも砕けた人で、浪岡くんがテーブルにビールを並べると、「じゃあ、そろそろやりましょうか」と言いました。

テーブルを囲んだのは男ばかり五人でした。主賓はどうしたのかと思いながら乾杯すると、須貝が横に来て「緑が水島さんを迎えに行った」と言いました。「水島さんを説得するのに時間がかかった。今日になって、やっと来ると言った」

私は恥ずかしいような気持ちで須貝の言葉に頷きました。水島明子と会って十日がたっていました。その間、何度も電話しようとしたのですが、結局電話はせず、従兄の家でごろごろしていたのです。私は彼女の変わりように落胆していました。あの痣、あの顔、あの髪——正直、最初は恐怖心さえ抱いたほどです。もはや誰もが認める美少女ではなく、かわいい子の範疇《はんちゅう》にも入っていない気がしました。病気なのだから仕方がないと自分に言い聞かせていましたが、気分の落ち込みはどうしようもありませんでした。

「池田さんは飲みっぷりがいいですね」と須貝の父親が言いました。「浪岡さんは息子と同じ大学だと聞きましたが、池田さんはどちらですか」

「私は第一志望の国立大学に落ちて浪人中の身です。私大には合格したのですが、どうしても初志貫徹したいと思いまして」

浪岡くんは横で笑いをこらえていました。私も笑いそうになりました。朝からパチンコ玉を弾いていたくせに、池田は臥薪嘗胆《がしんしょうたん》とか、捲土重来《けんどちょうらい》を期すとかと大真面目な顔で四字熟語を並べていたのです。

「それはがんばらないと。ぜひ初志貫徹してください」

「はい。死ぬ気でやります」

「死ぬ気ですか。池田さん、意気やよしですが、これから病気の方が見えるので、そういう言葉はここだけにしましょう」

「ああ、そうでした。気をつけます」

私は不思議な気持ちで二人のやり取りを聞いていました。水島明子のことを言っていたに違いありませんが、そうしたことは考えたことがなかったのです。

「真壁さんのことは聞いています」須貝の父親が私の方に身体を向けました。「そのお嬢さんの具合はいかがですか。紫外線がよくないと聞いて妻が車で迎えに行きました。陽が翳《かげ》ってきたので大丈夫だと思いますが、それでも少し心配です」

「それ、おれも聞きたい」と浪岡くんが言いました。「真壁、どうなんだ？　いまのうちに聞いておかないと、どんな顔をしていいのかわからないよ」

池田にも同じことを言われ、私は水島明子の病状について話しました。堂本さんがしていた話のダイジェストですが、話をはしょり過ぎたせいか、須貝の父親が怪訝そうに目を細めていたので財布に入れていた写真を渡しました。三年前に水島明子が送ってきた札幌の花火大会の時の写真です。黒井でさえ黙り込んだ、あの浴衣姿の写真です。

「高校生の頃の写真ですか」と須貝の父親は言いました。

「そうです。来ればわかりますが、その写真とは別人です」

「外見が変わったということですか」

「顔が丸くなっています。ステロイドの副作用だと聞きました。髪の毛も抜けてしまったみたいで、緑さんが作ってくれたかつらをかぶっています。あと、病気のせいで目の下にかなり目立つ痣があります」

遠くからサイレンの音がしました。全員がじっとして音が遠ざかるのを待つようにしていました。そのあたりは車通りの少ない静かな住宅街だったのです。

「きれいな子ですね」須貝の父親は息子に写真を渡して言いました。「初めて妻を見た時のことを思い出しました」

「嘘だろう」と須貝が言いました。「こんな美人のはずがない」

「失礼なことを言うやつだな」

「ごめん。まあまあ、若い頃は似ていたということで」

須貝の父親がワインの栓を抜き、グラスに注いで全員に回しました。目の周りが赤く、酔っているのかと思いましたが、あらためて乾杯すると、それまでとさして変わらない口調で言いました。

「何日か前、息子がうちに女の子を呼びたいと言ったのですよ。どんな子かと聞いたら、すごくしっかりした子で話をしていて楽しいと言うのです。私はそれで十分だと思ったのですが、息子はまだ何か言いたそうでした。何だろうと思っていたら、その子は高卒で専門学校に通っていると言うのです。私はがっかりしました。そうしたことを気にかける人間だと思われていたことにがっかりしたのです。

息子の話には続きがありました。聞いてもいないのに、美人とかそういうのではないからね、と言うのです。がっかりされたくないと思って予防線を張ったつもりなのでしょうが、これには心底がっかりさせられました。自分が好きになった女をつかまえて、美人とかそういうのではないとはどういう言い草かと思いました。

もちろん一般的に美人といわれている女はいます。いまもいますし、私が若かった頃にもいました。そういうのはいつの時代のどんな場所にも一定数いるわけですが、だからといって私たちはいちいち好きになったりはしません。身が持たないということもありますが、もっと大事なことがあることを当たり前に知っているからです。いくら顔立ちが整っていても、むすっとしていたり、だらしなかったり、性悪《しょうわる》だったりする女をいい女だとはいわないでしょう。世間は広いので中にはそういうのが好きだという男もいるのかもしれませんが、まともな男はそんな女は選びません。まともな男は心根の優しい、まっすぐな女を選びます。人間の本質は一生変わらないので、そうした女と出会えればしめたものです。私はそういう女を美人というのだと思うのですが、息子はそう思っていなかったようで、それが残念だったのです。

いまお話ししたのは死んだ父親が私に言ったことです。晩婚だったせいか、父は孫の顔を早く見たがっていました。不美人を美人と言いくるめて見合いでもさせる気ではないかと疑いましたが、結果として私は父が言ったような女を選びました。心根の優しい、愚直なほどまっすぐな女を選びました。

さっき息子に笑われましたが、私は妻を美人だと思って結婚しました。この女こそ生涯の伴侶だと確信しました。道庁の同じ部署にいたので探した、見つけたという実感はなく、そこだけは物足りなく感じましたが、出会って半年後には結婚を申し込んでいました。承諾を得て天にも昇る気持ちでした。ところが、結婚の報告をしに総務に行ったら、課長の椅子に座っていた男が『美人か』と聞くのです。よほど暇だったのか、こんなふうに小指を立てて二度も三度も同じことを聞くのですよ。道庁にいるのは大抵まともな人間でしたが、中にはこういう物のわからないやつもいるのかと思いました。みなさんはわかっていると思いますが、わかっていないのが一人いるようなので言います。好きになった女はみんな美人で、みんないい女なのです。そうじゃなかったら好きになったりしないでしょう。そんなこともわからない男が戦後のどさくさに紛れて当時は課長の席に座っていたわけです」

あたりは暗くなり、足元の照明が強くなっていました。青と白の豆電球が芝に張り巡らされていたのです。食べるものがなかったので、私たちはチーズをかじりながら話しました。ワインのボトルが追加され、それもなくなった頃、ガレージに車が入る音がし、少しして須貝の母親と緑さんが庭に入ってきました。

「遅くなってごめんなさい」と須貝の母親が言いました。「お腹が空いたでしょう。作っている時間がないから買ってきた」

須貝の母親は、緑さんと手分けして出来合いの料理を並べました。チキン、クラゲ、サラダ、寿司、煮物、ロールキャベツ、パスタ、ローストビーフ、何でもありそうでした。三本目のワインが開けられ、フォークと小皿が回されたところで、珠代さんと水島明子が庭に入ってきました。会話が途切れ、全員が庭の入り口に身体を向けました。夏なのに水島明子は長袖にパンツルックでした。

「こんばんは」彼女は緊張した顔で頭を下げました。「水島といいます。お招きいただいてありがとうございます」

数秒、庭がしんとしました。写真との比較をしていたのだと思いますが、須貝の父親が立ち上がって水島明子を迎え、私の隣に座らせると、「こんばんは」「はじめまして」という声が続きました。

彼女が席に着き、三度目になる乾杯をしたあと、私は「いいでしょうか」と言って立ち上がりました。自分の出番だと思ったわけですが、慣れないことをしてもうまくいかないものです。私たちが育ったところ、そこでの出来事、沼津に転校して離ればなれになり、十日前に五年ぶりに再会したこと——あったことをそのまま話しただけなのに、話し終えた時には首筋に汗をかいていました。

次に池田が立ち上がりました。池田は生徒会長に立候補したくらいで話がうまく、実にいい調子でしゃべるのです。その夜は酒が入っていたのでなおさらでした。

「みなさん、はじめまして。緑さん、二十歳のお誕生日、おめでとうございます。真壁の同級生だった池田といいます。昨日のいま頃は東京の高田馬場にいたのですが、そこにいる浪岡から『真壁に会おう』と言われ、昼の便でこっちへ来ました。別に真壁の顔を見たかったわけではありません。恥ずかしながらまだ浪人中の身で、気がくさくさしていたので誘いに乗ったのですが、ここへ来ることができて本当によかったと思っています。

唐突ですが、高校時代に付き合っていた女の子の話をさせてください。いきなり何だと思われるかもしれませんが、同世代の女性に囲まれて敦子のことを思い出し、どうしても話したくなりました。

敦子には自閉症の弟がいました。拓馬といって、僕たちが高一の時、五年生でした。初めて拓馬に会った時はびっくりしました。やたらと元気がよく、マンションの通路を端から端まで走っていたのです。自閉している感じはまったくしませんでした。拓馬は僕の顔を見るたびに『あぴぴぽぽぱう』と叫びました。『遊ぼう』と言っていたのです。ジュースやシャボン玉を買ってやったことがあり、親切な人間だと思われていたのです。

夕方になると近所の三人の悪ガキが拓馬をからかいに来ました。『勉強だ』といって問題を出すのです。ある時、偶然にその場に居合わせました。

『拓馬、一たす一は？』

悪ガキに聞かれ、拓馬は甲高い声で『にっ』と答えました。

『二たす二は？』

『んんんと、よん』

正解が続くと、ガキどもは不満そうな声を出しました。

『じゃあ、九たす八は？』

『んんんんんと、まあだ』

『まあだって、お前、何をしに学校に来ているんだよ』

『それじゃあ卒業は無理だ』

『修学旅行は来なくていい。学校で勉強していろ』

口々に言われ、拓馬はだんだん元気をなくし、額をこづかれて泣き出しました。頭に来て『おい』と怒鳴ると、ガキどもは急に『拓ちゃん』などと呼びかけました。そんな連中なのに、拓馬はマンションの前で三人が現われるのを待っていました。他に話す相手がいなかったのです。

敦子は小学校で読み聞かせのボランティアをしていました。放課後に弟がいた五年五組で教科書を読んでいたのです。五組は障害のある子のクラスで、生徒は拓馬ともう一人だけでした。僕も一度行ったのですが、その日のことが忘れられません。生徒が二人しかいない教室で、敦子はゆっくりと、感情を込めて国語の教科書を読み上げました。拓馬がどの程度理解していたのかはわかりませんが、廊下で朗読を聞いていて、こんな優しい子はいないと思い、敦子のことがたまらなく好きになりました。

最後に敦子が朗読していた詩を暗唱します。室生犀星の『五月』です。

悲しめるもののために
みどりかがやく
くるしみ生きむとするもののために
ああ　みどりは輝く

長々と話してすみません。

緑さん、お誕生日おめでとうございます。水島さん、気を強く持って病気に立ち向かってください。みなさんとお会いできて本当に嬉しいです」

池田が席に着くと須貝の母親が拍手をし、釣られる形で全員が拍手をしました。

「池田さん、素晴らしい」と母親が言いました。「最後の、ああ、というところが特に。緑さん、素敵な詩よね」

「はい」と緑さんが言いました。「池田さん、ありがとう。敦子さんは大学生ですか」

「もう二年生です。春までは連絡を取っていたのですが、何だか気が引けてしまって」

「わかります。私もここへ来るのに少し気が引けていました。でも、来てよかったと思っています。みなさんとお会いできたし、素敵な詩も聞けたし。今日のことは忘れません」

「あら、どうして気が引けたの」と須貝の母親が言いました。「うちは波平さんやタラちゃんのいない磯野家みたいな家よ。ひょっとしたら磯野家より楽しいかもしれない。あなた、あれをしてよ」

「あれか」と須貝の父親が言いました。

「この人、ウクレレが趣味で十本くらい持っているの。あれを弾いてといえばあれ、これをしてといえばこれ、何でも弾くの。転勤であちこちに行ったけれど、おかげで色んな人とお友だちになれた」

父親に言われ、須貝がこげ茶色のウクレレを持ってきました。ずいぶん年季の入っていそうなウクレレでした。父親は弦に耳を近づけてチューニングをし、上下に二、三度ストロークして
「うちの父がハワイから持ち帰ったウクレレです」と言いました。

「父は捕虜になってハワイのコカ・コーラの工場で働いていました。飯は食えるし、コーラは飲めるし、もっと早く捕虜になればよかったと言っていました。典型的な非国民です。片言の英語で米兵と親しくなり、弾き方を習ったと言っていましたが、父が弾けたのは基本コードのCとFとG7くらいで、たまに思い出したようにE7を鳴らしていました。なぜE7を憶えていたのか不思議です。E7は哀感のあるコードで、聴いているうちに私も弾いてみたくなって始めました」

須貝の父親は「これです」と言ってE7のコードを鳴らし、アルペジオで弦を爪弾いて『ハワイアン・ウェディング・ソング』を歌いました。ウクレレだけでなく歌もうまく、全員が身を硬

くして聴いていました。最後の方で母親が「I do love you」と合いの手を入れるのを聴いて、水島明子が横でふっと息を漏らしました。私も感激しました。これがピアノやギターならただ感心しただけだと思いますが、こんな小さな楽器で、ここまでのことができることに感激しました。

須貝の父親は『アルハンブラの思い出』を弾き、息子のリクエストに応えてシャネルズの『ランナウェイ』を弾きました。中学の頃にはやった曲でしたので全員で歌いました。おそろしく盛り上がり、近所迷惑ではないかと心配しましたが、母親によれば近所の人も歌いにくるというのです。合唱が終わると浪岡くんが横に来て「何か飲みませんか」と水島明子に言いました。彼女は「これを」と言ってワインのボトルを指さしました。

「飲んでも平気なのですか」

「形だけ。緑さんが私に遠慮して飲まないから」

「そうか。気がつかなかった。じゃあ、乾杯しましょう。水島さんも何か話してくださいよ」

「私はお誕生日のお祝いにきただけですから」

「そう言わないで。池田なんか、何の関係もないのに話していたじゃないですか。あれでいいんですよ」

浪岡くんは緑さんの方にワインのグラスを掲げ、「おめでとうございます」と声を張り上げました。私たちもグラスを掲げました。そのあと浪岡くんが挨拶をし、彼に促されて水島明子が立ち上がりました。

「最近、部屋で英語の本を読んでいます。高二の担任が英語の先生で、担任から勧められて受験対策のつもりで買った本です。受験はできませんでしたが、この本にとても好きな言葉がありま す。私なりに訳してみたので聞いてください」

そう言って彼女はペーパーバックを開きました。かなり読み込んだらしく、あちこちに付箋が貼られていました。

「ある時、イギリスの出版社が友人の定義を募集しました。何千という応募から選ばれたのは次のようなものでした。

『友人とは全世界が去ってしまった時にやってきてくれる人』

……私はこの言葉がとても好きです。

緑さん、お誕生日おめでとう。あなたと出会えて本当によかった。これからもよろしくね」

「こちらこそ、よろしくね」と緑さんが言いました。「こっちに来て。一緒にお話ししましょうよ」

彼女が緑さんのところへ行き、入れ替わりに来た須貝が「どう?」と言いました。

「真壁がしょうもないんで困っている」と浪岡くんが言いました。

「しょうもない?」

「しょうもないよ。真壁、お前は何であの子の手を握らないんだ」

「そうだよ」と池田も言いました。「お前は考えすぎなんだよ。何も考えずに膝に手を置け。それから手を握れ。そんな難しいことか」

「本当だよ。気どってるんじゃないよ」

口々に言われ、さすがにしょんぼりしました。拓馬もこんな気持ちだったのだろうと思いながらワインを飲んでいたら、須貝が水島明子を連れてきました。飲んだらしく、顔が赤くなっていました。もう少し飲みたいと言っていましたが、ボトルはもう空でした。彼女は「もらうね」と言って私のグラスに残っていたワインを飲み、来てよかった、と言いました。

「須貝さん、すみませんが、もう一曲、弾いてもらえませんか」と浪岡くんが言いました。

「いくらでも」と須貝の父親は言いました。「何がいいですか」

「お好きな曲を」

「じゃあ、モンキーズを。みなさんが生まれた頃にはやった曲ですが、聴いたことはあると思います。適当でいいのでサビのところだけでも歌ってください」

イントロを聴いただけで、ああ、あれかと思いました。須貝の父親に教えられたサビの歌詞を全員が合唱しました。私も歌いました。歌いながら彼女の膝に手を置きました。手の平に、あの沈み込むような懐かしい感触を得てクリスマスの泊村を思い出し、探るようにして膝に置かれていた手を握りました。彼女も握り返してきました。肌の触れ合いは人の意識を変えます。思い返せば私はいつもそうでしたが、この時は劇的といっていいほど変わりました。この手の握りしめも、人としての本質も、何ひとつ変わっていないのに自分は一体何をしているのか、何を迷っているのか。そんな思いが不意に、どうしようもなく迫ってきて、何だかもう叫び出したいような気持ちでした。

ちいさなおうち

四ヵ月後、私たちは北大病院の三階にいました。十二月二十八日の夕方で、六人部屋の窓には雨が降りかかっていました。いまにも雪に変わりそうな雨でした。

「札幌駅からタクシーで来た」と私は言いました。「一人でタクシーに乗ったのは初めてだ」

「そうなの」

「何人かで乗ったことはある。雨の日に沼津駅からタクシーで高校に行った。四人で割り勘することになっていたけれど、メーターが上がるたびに緊張した」

「どういうこと？」

「お金がなかった。沼津の祖母が死んだあとは喫茶店に入ったことがない。参考書を買うお金もなかった。叔母に言えばくれたかもしれないけれど、言いたくなかった」

私は新聞配達をしていたことを話し、村松先生のことを話しました。恥ずかしいことのように思えて手紙に書かなかったのですが、そうした思いは消えていました。私は水島明子の手を握り、むしろお金がなくてよかったと言いました。

「おかげで色んな人と出会えた。お金のありがたさも知った。タクシーに乗っている間中、外を見てきょろきょろしていた。嬉しかったんだよ」

彼女は私の手を強く握り返し、どうして話してくれなかったの、と言いました。

「ごめん、かっこ悪いような気がして言えなかった。人に話したのは初めてだ」

「ジュン、わかって。私はそういう話を聞きたかったのよ。かっこ悪いなんて思わない。沼津のおばあちゃんや村松先生のことをもう少し話して」

話をしている間に向かいのベッドのカーテンが開き、カーディガンを羽織った老女が立ち上がりました。老女は窓辺に立ち、両腕を肩の高さに上げて前後に首を動かしました。

「じぇんこのおばあちゃんよ」と彼女が小声で言いました。「ああして、時々、運動するの」

「じぇんこ」というのは北海道弁でお金のことです。老女は家族が見舞いに来るたびに「じぇんこをくれ」と言っていたようでした。

「おばあちゃん、病院にいるんだからお金はいらないでしょう」

「いいから、じぇんこをくれ」

「何に使うの？」

「じぇんこがないと年が越せないだろう」

そんな会話が聞こえてくるので笑いをこらえるのに必死だと彼女が話していたのです。

運動ともいえない運動を終えると、老女はぼんやりと中庭を見下ろしました。じぇんこは諦めたのか、どこか達観しているように見えました。それがおかしくて笑いをこらえていたら、「ジュン、ありがとう」と彼女が言いました。

「ジュンのおかげで色んな人と知り合えた。あのあと、須貝さんがこれをくれた」

これ、というのは赤茶色のウクレレでした。須貝の父親が来たのは十月の初めで、天気がよかったので中庭でコードをいくつか教えてもらったというのです。それを見た医者から外に出るなと注意され、いまは教則本を見て弦を押さえるだけにしているようでした。

「見て。ナイロンの弦なのにもうこんなよ」

彼女はそう言って左手を差し出しました。指先が小さく窪んで、蛍光灯の明かりで鈍く光っていました。私はベッドのカーテンを閉じ、その手を引き寄せてキスをしました。彼女も首を上げて私の唇を受け止めました。その日に札幌に来て、もう五回くらいそうしていたのですが、背中に腕を回すたびに、痩せているな、と思いました。

「ジュン」彼女が囁くように言いました。

「ん?」

「私に隠し事をしないで」

「していないよ」

「じゃあ、どうして堂本さんに会ったことを言わなかったの。入院した日に堂本さんが来た。ジュンから聞いたと言っていた」

「手紙を書いたんだよ。様子を知らせてくれって。あの人、何か言っていた?」

「年内で堂本商店を閉めると言っていた。おじいさんが亡くなったんだって。あと、ジュンが来たら電話させろと言っていた」

「じゃあ、電話してみる。他には?」

「困ったことがあったら何でも言えって。そんなことを言う人じゃなかったのに」

「親切な人だよ。基本的には」

「ジュン、聞いていることがあったら話してね。私はもう何を聞いても驚かないつもりでいるから」

「話すよ、もちろん。話すけど、そう深刻に考えるな」

「わかった。ねえ、従兄はそろそろ岩内に帰省するんじゃないの」

「今日が会社の忘年会で、あさって帰ると言っていた」

彼女は頷き、「あさって」とつぶやきました。「三十日ってことよね」

「そうだね」

「ジュン、お願いがある」

「何？」

「私、従兄の家に行きたい。あさって、迎えにきて」

「それはまずいよ。第一、外出許可が出ないだろう」

「ちょっと行くだけよ。従兄の家は二十四軒でしょ、タクシーならすぐよ」

「やっぱりまずいと思う」

「でも、その日しかない」

「どういうこと？」

「大晦日に両親が迎えに来る。そのあと、一週間くらい真駒内にいると思う。ジュンも年が明けたら大学の試験があるんでしょ」

それを聞いて憂鬱な気分になりました。一人で年を越すのは淋しい気がしました。だからといって家族のいる真駒内の家を訪ねる気にもなれませんでした。

「またにしよう」と私は言いました。「寒いし、風邪をひかれたら困る」

「ちょっとだけだってば。ここにいたら嫌なことばかり考えてしまう。違うところに行きたいのよ」

彼女は以前にも外出したことがあると言いました。それも一度ではないようでした。

「裏の非常口から出て、また戻ってきた。そういう人、けっこういる。コンビニの前でパジャマ姿で煙草を吸っていたりするのよ。不良患者よね」

「まだあったかい頃だろう。風邪をひいたらどうする」

「とにかく、その日しかない。迎えにきて」

彼女は言い出すときかない方でした。少し時間を置こうと思い、「考えておく」と言いましたが、決意は固そうでした。風邪をひいたってかまわない、迎えに来なければタクシーで二十四軒に行くというのです。

私は彼女の病状がよくないことを知っていました。札幌に着いてすぐに堂本さんに電話したのですが、「この冬が山になる」と言われていたのです。

「空き部屋がなくて六人部屋に入れているけれど、感染症対策で個室に移そうかという話になっている。どっちにしろ、しばらく病院にいることになる。そうなると気晴らしができない。出歩けないのってきついよ」
その日は従兄の家まで三十分くらいかけて歩きました。年の瀬の札幌は底冷えがしました。ビルに掲げられた温度計は「-4℃」を示し、すれ違う人は白い息を吐いていました。寒さに震えた小刻みな息です。私は不安の多い十代を過ごしましたが、病院からの帰りに感じた不安はそれまでのものとは別物でした。二時間ほど彼女と過ごして状態は悪くなさそうに見えましたが、山はすぐそこに迫っていたのです。

従兄は十二月三十日の朝に岩内へ帰りました。一人で年を越すのは淋しいだろうからと、忘年会でもらったというオールド・パーを置いていってくれました。そういう思いやりのある男なのです。

従兄を見送ったあと、いつものようにモモコを散歩させました。二十四軒の公園は一面の雪景色でした。手つかずの新雪が広がっていて、それがなぜか暖かそうに見え、これなら大丈夫かもしれないと思いました。

「十時に裏の駐車場に来て」

前の日、水島明子はそう言っていました。九時に消灯になり、十時には警備員の巡回も終わっているから出やすいというのです。三十日の最低気温はマイナス十度だと言いましたが、「ふつうじゃないの」と言われ、翻意させるのは無理かもしれないと思いました。

私は九時すぎに病院へ行き、「裏の駐車場」の位置を確認しました。彼女が言っていた通り駐車場の先にドアがあり、「非常口」と書かれたグリーンのランプが光っているのを見て、いったん表通りに出ました。

通りには雪がちらついていました。札幌ってきれいな街だなと思いました。オレンジ色の街灯の下で揺れている雪がとてもきれいに見えたのです。時間をつぶそうと近くの飲食店を回ったのですが、どこも混んでいたので、しばらく街灯に降りかかる雪を見上げていました。

風もなく、年の瀬にしては暖かく感じられる夜でした。足元に落ちては解ける雪を見ているうちに九時半を回ったので、タクシーを捕まえようと歩道から手を振りました。早すぎるような気もしましたが、九時四十分になり、五十分を過ぎても一台も停まってくれませんでした。二十台くらいに素通りされ、こんなところにいてはだめだと思い、車道に出て必死に手を振り回していたら百メートル先のビルの前にタクシーが停まりました。客を降ろしているのを見て全速力でビルまで走り、倒れ込むようにタクシーに乗り込み、ぜいぜい言いながら「病院に」と告げました。行き先が北大病院だとわかると、運転手は「そこだよ」といって病院を指さしました。私は身を乗り出して拝むように両手を合わせました。息が切れて声が出せなかったのです。

駐車場に着いた時は十時を回っていました。あたりは暗く、明かりはグリーンのランプだけでした。タクシーが停まったのと同時に非常口のドアが開き、白いコートを着た水島明子が飛び出してきました。正に飛び出してきたという感じでした。毛糸の帽子を目深にかぶり、マフラーをぐるぐる巻きにしてマスクまでしていました。

「ジュン、どうしたの」

彼女は私の顔を覗き込み、額に手を当てて「風邪?」と言いました。私は首を振り、彼女の膝に顔を乗せて「二十四軒に」と運転手に言っていました。人が判断に迷うのはまだしも余裕がある時です。三十分まで私はまだ迷っていました。街灯を見上げ、通りを行ったり来たりしながら、やっぱりよそう、タクシーでそのへんを走って病院に送り届けようなどと考えていたのですが、彼女の膝に顔を押し当て、コート越しに腰に手を回した時、そんな思いはどこかへ消し飛んでいました。

「素敵な家ね」と彼女は言いました。「こんなにきれいな家だと思わなかった。すぐそばに公園もあるし」

「そうなんだ。その代わり、朝夕に犬の散歩をさせなくちゃいけない。元気な犬で、野球場がある公園をひと回りしてもまだ歩きたがる」

「私なら喜んでする。ジュンは犬が苦手なの」

「どうかな。考えたこともなかったけれど、あの犬は好きだ。とにかく中に入って」

コートを脱ぎ、洗面台の前でマスクを外した時、彼女の顔に痣がないことに気がつきました。消えたわけではなく、化粧で隠していたのです。化粧は厚目で、アイラインがくっきりと引かれ、ずいぶん大人びて見えました。

「どう?」洗面台の前から彼女が言いました。

「いいと思う」私はまだ少し息を弾ませていました。

「本当？」

「いい。ぐっと大人に見える」

「ありがとう」鏡を覗き込むようにして彼女が言いました。「夜の九時に病院のトイレでお化粧するなんて変な女よね。でも病室は暗いし、コンパクトだと全体がわからないのよ」

「そうなのか」

「ジュン、びっくりしないで」

「びっくりって、何に？」

彼女は「これよ」と言って、かぶっていた毛糸の帽子を取りました。短い髪が頭に張りついているように見え、危うく声を出しそうになりました。三センチほどに伸びた髪が段状に切り揃えられ、きれいに撫でつけられていました。

彼女は洗面台の鏡を覗き込んで「どう？」と言いました。

私は「いい」と言いました。他に答えようがありませんでしたが、悪くはないと思いました。

「本当？」

「うん。ただ、印象が違いすぎて戸惑っている」

「これでお化粧をしていたら、同じ病室の人が来て変な目で見られた。私だと気づいていないみたいだったから、知らんぷりしてバッグを取りに戻って、そのまま出てきた。ジュン、お風呂に入れる？」

「お風呂？」

「病院だと週に三日しか入れないの。だめ?」

「だめなわけがない」

風呂の蛇口をひねって戻ると、彼女が私に香水を吹きつけました。

「これはどう? なかなかお風呂に入れないと言ったら緑さんがくれた」

お香のようでもあり、値の張る石鹸のようでもありました。どちらにせよ「いい」という他ありませんでした。

「久邇《くに》香水っていうの。すごく気に入った」

「アッコ、部屋に入れ。ここは寒い」

「ジュン、キスして」

「風邪をひいたらどうする?」

「いいからして。いっぱいして」

結局、そうしました。お湯の音を聞きながら何べんも何べんもキスしました。このへんのことは書かないと思うので言いますが、火がつくように熱い、無我夢中のキスでした。風呂に湯が溜まってからもそうしていました。湯が熱かったので水を足したのですが、それからも唇を絡ませていました。

先にどうぞと言われ、私は風呂に入りました。少し熱かったので、湯に浸かりながらちょろちょろと水を足していたら「湯加減はどう?」という声がしました。「熱めだね」と答えると、「そう」という声がし、擦りガラスの扉越しに白い身体が動くのが見えました。予期せぬ事態でしたが、驚いている間もなくガラス戸が開き、彼女が入ってきました。

　私はじっとして、かけ湯の音に耳を澄ませていました。緊張で身体が固まり、首を回すことができませんでした。彼女は浴槽に手を入れて湯加減を確かめ、両腕で胸を隠して入ってきました。写真の印象よりは痩せていましたが、間近で目にしたのは張りのある白い女の身体でした。熱かったのか、彼女は胸に腕を当てたまま少しずつ身体を沈めました。目の前で湯を滴らせている陰毛を見て、「恥毛」という言い方をする理由がわかった気がしました。ひと固まりになった薄い陰毛が、それこそ恥じらうように股間に張りついていたのです。浴槽からあふれ出る湯の音を聞きながら、私たちは抱き合い、キスをしました。背中に腕を回して身体を引き寄せると、彼女も私の首に回した手に力を込めました。あたりはしんと静まり返っていて、聞こえるのは湯が跳ねる音と彼女の吐息だけでした。もはや私たちを止め立てするものは何もありませんでした。


「喉が渇いた。私にもちょうだい」

　風呂上がりにビールを飲んでいたら彼女が奥の部屋から出てきました。化粧を直したらしく、目の周りがいっそう引き締まり、唇が赤く光ってるように見えました。零時を回り、大晦日になっていました。もういいも悪いもないような気がし、ビールをわけ合い、こつんとコップを合わせました。

「アッコ、疲れてないか」

「お昼に寝たから大丈夫。眠り過ぎて、いつも夜中に目が覚める。ジュンのせいで、ゆうべは朝まで眠れなかった」

「おれのせいで?」

「先生みたいに堅いことを言っていたから迎えにきてくれないかもしれないと思った」

「行ったじゃないか」

「うん。息を切らしてきてくれた」彼女は初めて笑いました。「ありがとう。今日のことは忘れない」

「おれもだ。アッコ、ウイスキーを飲んでもいいか」

「遠慮しないで。私、遠慮する男って嫌い」

「そうなのか」

「当たり前よ。キスしてなんて言うの、馬鹿みたいじゃない。言わせる方はもっと馬鹿よ」

二十歳の私にとって、これはひとつの発見でした。若い男は四六時中、女性のことを考えているわけですが、いくら頭の中で考えても実際に女性と付き合ってみなければこうしたことはわからないと思います。逆にいえば、それがわかったら、もう若くないということかもしれません。

「煙草を吸ってくる。遠慮するわけじゃないけれど、ここで吸うと従兄が怒るんだよ」

私は外に出てセブンスターに火をつけました。大晦日の二十四軒はひっそりと静まり返っていました。ひさしぶりの煙草にくらくらしていると、ダイニングの電気が消され、奥の部屋に明かりがつきました。それを見て煙草を持つ手が震えました。底冷えがしましたが、寒さのせいだけではなかったと思います。気を静めるためにもう一本吸い、手できれいな雪をさらって家に戻りました。「高校の頃は雪割りを飲んでいた」と須貝が言っていたのを思い出したのです。

「何をしているの」

ダイニングでオールド・パーの雪割りを作っていたら彼女の声がしました。彼女は奥の部屋ですっぽりと布団にくるまっていました。常夜灯の明かりひとつでしたが、部屋の隅にセーターとスカートが畳まれているのがわかりました。私は「記念に今日の雪で割ったウイスキーを作っていた」と言いました。彼女は「そう」と言っただけでした。もう少し違う反応を期待していたので案外でしたが、がっかりしている間もなく彼女に腕を引かれました。

「早く来て」

私はもどかしい手つきで服を脱ぎ、枕元に置いたグラスを呷って布団に入りました。口の中は雪でいっぱいでした。「冷たい」という声がしましたが、かまわずに抱き寄せて首筋に舌を這わせ、濡れた手で身体中をまさぐりました。この女を抱きたい、自分のものにしたいという思いしかありませんでした。彼女は小刻みに息を吐き、両手で私の頭を抱えるようにしました。きつく頭を押さえられ、長い爪で首を搔かれて痛いほどでしたが、それでもやめられませんでした。夢中になって彼女をむさぼっていると、サーモスタットが作動し、エアコンが唸りを上げました。布団の中はもう暑いほどでした。私は色いろな意味で耐えられなくなり、指先で彼女の潤いを確認すると、布団を払いのけて中に入りました。彼女はうっと唸り、左右に頭を振りました。「痛いか」と聞くと首を振り、歯を食い縛るようにして短い息を吐きました。震えているようにも、喘いでいるようにも思える息遣いに刺激され、私はひどく興奮していました。遂にこの女に自分の烙印を押したという思いがそこに加わり、こらえきれずに彼女の上に身を任せました。

彼女はまた風呂に行きました。「一人で入りたい」と言われ、水っぽくなったウイスキーを飲んで待ちました。二、三度、ウイスキーを注ぎ足したので、彼女が戻ってきたのは一時半を回った頃だったと思います。

「大丈夫か」と私は言いました。

「ちょっと痛かった。でも、もう平気」

「タクシーを呼ぼうか」

「帰れっていうの」

「そうじゃないけれど、疲れたんじゃないかと思って」

「病院にいる方がよほど疲れる。ジュン、一人で何を考えていたの」

「面白い話を考えていた」

「面白い話を？」

「うん。堂本さんがアッコに面白い話をしろと言うんだ。それで考えていたら、全然面白くない話を思い出した」

「どんな話？　聞かせて」

「面白くないよ」

「いいから」

「世界史の先生がクイズを出したんだよ。エンペラーといえばヒロヒト、クイーンといえばエリザベス、じゃあキングといえば？　答えはコングだって。面白くないだろう」

「全然面白くない」彼女は声を上げて笑いました。「面白くなさすぎておかしい」

「そうだろう。面白くないことばかり言う、面白い先生だったんだ」

彼女は笑いすぎて泣きそうになっていました。私も笑いました。教室がしんとしていたのを思い出して無性におかしくなり、枕をかかえて笑いました。結果として面白い話だったわけです。

そのあと岩内の中学の思い出話をしました。卒業アルバムを見たいと言ったら彼女が何人かの消息を教えてくれて、そういう話になったのです。仰向けになって聞いていたら「加寿子《かずこ》って子を憶えている？」と彼女が言いました。「神社のそばに住んでいた子」

「憶えている。途中で転校したんじゃなかったっけ」

「そう。中学から新潟へ行った」

「加寿子がどうしたの」

「ジュンのことは加寿子から聞いた。どんな子かと聞いたら、親がいなくて、住むところがなくて、親戚の家から通っている子だと言っていた」

そう話すと彼女はハンカチを目に押し当てました。

「ごめん、思い出したら涙が出てきた。悪い子じゃなかったけれど、住むところがないなんて、ずいぶんな言い方よね」

「もういいよ。全部終わったことだ」

「そうなの？　私はまだ終わっていない」

「終わっていないって、何が？」

「いまもそうなの。加寿子や他の子たちから聞いた話を思い出すとたまらなくなって泣きたくなるの。ジュンがどれほどつらい思いをしてきたのかと思って泣きたくなるの。私、いつかジュンと暮らす家がほしいと思った。加寿子と話した時、もうそう思っていた気がする。だってジュンには自分のおうちがなかったんだし、親も兄弟もいなかったんだし、ジュンがいつも遠慮するのはそのせいだと思っていた。だから、ジュンを迎えるおうちを夢見ていた。小さなおうちでいいからジュンと暮らしたい、そこでジュンを待ちたい、ずっとそう思っていた。もう無理かもしれないけれど」


話しながら彼女は喉を震わせていました。

「無理なんてことはないよ。がんばって、じぇんこを貯める」

彼女は枕を抱きしめて笑い、泣きました。私も笑いましたが、あの時ほど人の思いの熱さに触れたことはありません。

「ジュン、来て。お願いだから、もうキスしてなんて言わせないで」

「二度と言わせない。アッコ、愛しているよ」

「馬鹿。いまさら遅すぎるよ」

私は彼女の唇をふさぎ、きつく抱き締め、布団の中であらゆるところをまさぐりました。どれくらいそうしていたのか、もう時間の観念をなくし、ただただ行為に没入していました。十分に潤っているのを確認して身を起こすと、彼女が手を伸ばして私の下腹部をまさぐり、きつく握りしめて、ゆっくりと自分の中に導き入れました。忘れ難い言葉を聞いたのはその時でした。

「ジュン、忘れないで。ここがあなたのおうちよ」

いまでも夢のようにこの言葉を思い出します。それまでに耳にした、どんな言葉よりも痛切な響きがありました。これまで何度この瞬間を反芻したか知れません。記憶を辿るたびに様々な発見があり、際限がないほどでした。

若い人間の時間は限られています。しかも大事な時間はほとんど一瞬です。極言すればそれが人生だという気さえします。彼女を抱きながら、自分は馬鹿だった、何て時間の無駄使いをしていたのかと悔やみました。夏の間中ここにいたのに、もっと早くこうするべきだったのに、公園で犬の頭を撫でたり、駅前の書店で立ち読みをしたりして、ああでもないこうでもないと迷っていたのです。しかし、それもまた大事な人生の時間だったという気もいまはしています。

世間には愛という言葉があふれています。あの頃もドラマや歌番組で日に何度も耳にしていました。それだけに薄っぺらなものに思え、恥ずかしい言葉のように感じていましたが、私はまだ頭の中でしか愛というものを知らなかったのだと思います。それがいかに見当違いで、幼く、馬鹿げたことだったのかを、この夜、後悔とともに、それこそ肌身をもって知った気がします。

私はまだ二十歳でした。親もいなければ住むところもないような、いとも貧しい、いかにもけちくさい若造でした。それでも先はまだ長いと思っていました。彼女が真駒内の家に帰って会えなくなるなら札幌にいる意味はない、東京に戻って大学の試験対策をし、それが済んだらアルバイトで飛行機代を稼ごうと思いました。大学というのは一体にそう忙しいところではありません。試験は一月中に終わり、それが済めば長いながい春休みです。時間はいくらでもある、むしろこれからだ、と思っていました。

クリシェ進行

アッコ、元気か。風邪なんか、ひいていないよね。札幌は氷点下が続いているみたいだから心配だ。

いまは大学の試験対策をしながら、アルバイト先の予備校で高校生の試験対策をしている。厳密に言えば、そのお手伝いだね。テキストを人数分コピーしてホッチキスで留めたり、テストの試験監督をしたり、その採点をしたり、雑用の連続だよ。

高二生のテストを採点していて、おやっと思うことがあった。英語の長文問題なんだけど、英文のあちこちが棒線で消されていた。半分くらいもだよ。生徒に聞いたら「邪魔だから消した」って言う。

「単なる前振りの文章とか、長いだけの副詞節とかは読解にあまり関係がないでしょ。そんなのをいちいち訳していたら間に合いませんよ」

この生徒は、長文は二題とも全問正解だった。四択の問題だけど、それでもすごくないか。中二の冬に堂本さんが言っていた勘のよさってこれのことなんだと思った。

生徒の話を聞いて、中一の授業を思い出した。馬面の英語教師（名前がどうしても思い出せない）が単語の書き取りをさせたことがあった。馬面が「ミカン」と言ったら、後ろの席にいたアッコが「ああ、オランゲね」と言った。「orange」をローマ字読みで覚えていたとわかって、それから同じようにして英単語を覚えた。おかげで書き取りの問題はいつも満点だった（ような気がする）。

それから意識してアッコがすることを真似た。アッコは誰に会っても笑顔で頷く。「うんうん」と頷いて面白そうに「へえ」と言う。そんなことまで真似ていた。そうするだけで毎日が過ごしやすくなった。人って自分に興味を持ってくれる人に興味を持つんだね。それに気づけたのが一番の収穫だった。

夜はずっと上井草で勉強している。もうすぐ試験だからね。語学のクラスで知り合った男から六科目分のノートを借りた。ポイントを要領よく押さえたノートで、これさえあれば八割方は大丈夫かなと思っている。

毎日、二十四軒の夜のことを思い出している。昼も夜も、寝ても覚めても、そればかり思い出している。最近はあの夜の思い出の合間に生きているような気さえする。

札幌はすごい雪だね。テレビで観たら人の背丈くらいありそうな雪が道路の脇に積み上げられていた。アッコは慣れているのかもしれないけれど、とにかく風邪にだけは気をつけて。予備校の仕事に区切りがついたらそっちへ行く。

一月七日

＊

ジュン、長い手紙をありがとう。

試験の方はどう？　うまく進んでいる？

私は年明けから個室に移った。感染症対策のためということで、手洗い、うがいを励行している。自分で言うのも何だけれど真面目な患者よ。

再入院できて少しほっとしている。実は外泊したことがばれて、お正月は真駒内の家で気づまりな思いをしていた。父に説教され、母からも冷たい目で見られた。京子は三日くらい口をきいてくれなかった。京子はジュンが私を連れ出したと思っている。私が頼んだとも言えず、ジュンに悪いような気がしている。

個室は静かで快適です。嬉しいのはウクレレを弾けること。大きな音を出すことはできないけれど、ウクレレに触るだけで楽しかった夏の夜を思い出す。あれは私に生きる希望を与えてくれた夜だった。あの時にみんなで撮った写真を同封するね。暮れに渡そうと思ってバッグに入れていたのにすっかり忘れていた。何かに夢中になると私は他のことを忘れてしまう。悪い癖よね。

土曜日に須貝さんがお見舞いに来てくれた。「また教えてください」と年賀状に書いたら本当に来てくれたのでびっくり。

16ビートのストロークを教えてもらった。家で練習していたけれど、間違って覚えていたみたい。独学の難しいところね。16ビートのおさらいをしたあと、ゴーストノートを習った。ストロークした弦を手のひらで押さえて「チャ」と鳴らす奏法で、須貝さんがするとリズミカルでとてもかっこいい。見様見真似でミニー・リパートンの『ラヴィング・ユー』を一緒に弾いた。もちろんジュンのことを思いながら。

この日の一番の収穫はクリシェ進行でのアルペジオ。C↓CM7↓C7↓Fadd9↓G7と半音ずつ下げていくのだけれど、右手は親指と人差し指だけなので何とかできた。ツーフィンガー・トレモロといって、シンプルなのにとてもきれいに響く。須貝さんの言う「揺らぎ」を意識して毎日練習している。今度、聴いてね。

うまくなるにはどうしたらいいのかと聞いたら、須貝さんは「楽しむこと」だと言っていた。「楽しんで弾いていれば、ある時、自然に指が動くようになる。そこから本当に楽しくなって、気がついたらうまくなっている」

きっとそうなんだと思う。つまらなそうに演奏しているミュージシャンって見たことがないもの。エディ・ヴァン・ヘイレンなんか本当に楽しそう。結局、楽しんだ人の勝ちなのよね。

手紙の最後の部分を読んで嬉しかった。ジュンも二十四軒の夜のことを思い出しているのね。私もそう。目を閉じると、あの家が見える。衣紋掛けに並んでぶら下がっている私たちのコート、赤と白のチェックのテーブルクロス、昔風の丸い石油ストーブ、枕元に置かれたオールド・パーのボトル……そうした物を手がかりに、毎日毎晩、あの家のあちこちにジュンの姿を探している。返事が遅れてごめんなさい。週明けから身体が重くて頭がくらくらしていた。でも、もう平気だから心配しないで。

私の毎日は平凡そのものです。何気ない毎日が風のように過ぎていく——ドラマの主題歌じゃないけれど、本当にそんな感じ。毎日、二十四軒での時間を思い出して、アルペジオの練習をして、最後にウクレレを「チャ」と響かせてジュンが来る日を待っている。

本当に、あなたが来てくれる日を心待ちにしています。

一月十三日　星も見えない夜に

PS. ♪チャ。

*

試験が終わった。

すぐにも札幌へ行きたいけれど、予備校が「直前講習」というのをしていて毎日のように呼ばれている。

この前から個別指導コースの担当になった。入校を迷っている一、二年生に無料で教えるコースで、室長は「エサまきだ」と言っていた。「笑顔をふりまけ」、「マクドナルドのカウンターにいると思え」と言うのでそうしているけれど、ハンバーガーを売るわけじゃないし、何か変な感じだ。

個別指導コースは生徒の指名に応じていて九人から指名された。こう見えて、けっこう人気がある。笑顔がよかったのかもしれないと思って、最近は意味もなく笑顔を浮かべている。そうしていると本当に楽しいような気がしてくるから不思議だ。

「札幌に彼女がいるって本当ですか」

この前、高一の女の子にそう聞かれた。誰から聞いたのかな。うっかりしたことは言えないと思ったけれど、本当のことだから「いる」と言った。

「二ヵ月に一度、会いに行っている。このテキストも彼女が好きだという文章を使っている。難しいフレーズもあるけれど読めるようにがんばろう」

昨日、その子が入校を決めたと室長から聞いた。アンケートを見たら「テキストがいい」と書いてあった。そのせいかどうか、時給が五十円上がった。アッコのおかげだ。

予備校にショートヘアの古文の講師がいる。小さな真珠のイヤリングをしていて、それがとても似合っている。どこで買ったのかと聞いたら、お店と店員の名前を教えてくれた。その店員に頼めば安くしてもらえるみたいだ。案外話し好きでコーヒーまでごちそうしてくれた。たぶん、高一の子にアッコのことを話したのはこの人だと思う。すごいおしゃべりなんだ。

東京もとても寒い。インフルエンザがはやっているみたいだから身体にだけは注意して。

札幌行きの旅費がなかなか貯まらない。予備校の給料は二十日締めなので、二月二十日まで働いて終わったらすぐに札幌へ行く。

一月二十二日

＊

ジュン、元気そうね。

私はちょっと熱がある。風邪をひいたかも。でも、個室で安静にしているから心配しないで。

札幌はものすごい雪。中心部の街路に二メートルくらい雪が積み上げられている。何日か前に網走に流氷が接岸したとラジオで聴いた。毎年、この時期が一番寒い。

昨日、堂本さんが金魚をくれた。お店で売っていた金魚で、どれも三歳くらいだと言っていた。金魚って案外長生きなのね。中には三十年生きる個体もあると言っていた。「個体」という言い方がいかにもあの人らしいよね。

金魚を見ると堂本商店を思い出す。他に見るものもなかったから、お店にいくたびに金魚を眺めていた。本当に何もない町だった。岩内に引っ越したばかりの頃は、目が覚めるたびに泣きたくなった。でもジュンが言っていたように、あの何もなさがいまはとても懐かしい。

予備校にショートヘアの似合う先生がいるのね。私の方が短いと思うけれど、それでもけっこう伸びて、昨日、緑さんに整えてもらった。緑さんから須貝さんのことを聞いた。共通一次試験の結果がよかったみたいで、東大に合格したら入学式に来てくれと手紙に書いてあったんだって。

緑さんは「バッカじゃないの」と言っていた。

「小学生でもあるまいし、何で私が入学式に行くの？　東大が何だって言うの？　あいつは権威主義者なのよ。東京の桜を見に来いと言われたら喜んで行くのに何もわかってないのよ」

私もジュンのことを話した。権威主義的なところはないけれど、いいかっこうをしたがるところはあるかもと言った。

私、真珠のイヤリングは欲しくない。もらってもつけて行くところがないもの。ジュン、お金は他のことに使って。できたら飛行機代とか二人きりになれる場所代とかに。

最近、あまり眠れない。ジュンがくれた手紙を読んだら眠れなくなるから、病院の本棚にあった宮本常一の『忘れられた日本人』を読んだ。そしたら、ますます眠れなくなった。「土佐源氏」という話を読んでぞくぞくした。むかしの女の人って身持ちが堅いと思っていたから、へえ、そうなの、そうなるの、すごいなと思った。ちょっとエロティックなのよ。この話に出てくる高知の山の上のお堂が二十四軒の家と重なった。続きを読んだら眠れそうにないから今夜は『道草』にしておく。こっちは読み進めるのが大変。主人公がお金をたかられる話で私にはちっとも良さがわからない。夏目漱石が何だっていうの？　『道草』なんかより、断然、「土佐源氏」がお勧めよ。

そんなわけで、金魚にエサをやりながら『沼津源氏』の来訪を待ちわびている。ジュン、時間があったら宮本常一の本を買ってきて。できたら神保町の『書泉』で。あそこのカラフルなブックカバーがとても好きだった。

＊

アッコ、具合はどう？　札幌は大雪みたいだね。熱があるのは心配だ。大事にして。

この手紙は沼津で書いている。

叔母が明日から入院することになった。内視鏡検査で大腸に小さなポリープが見つかったらしい。「癌化する可能性がある」そうで、そのまま手術することになりそうだ。「簡単な手術だから」というので同意書にサインしたけれど、ポリープを除去する手術って簡単なのかな。医者のそういう言い方も、手術をするのが小さな胃腸科病院なのも気になる。

『忘れられた日本人』を読んだ。やっぱり「土佐源氏」が一番面白かった。山の上のお堂で関係を持つところなんかぞくぞくした。当たり前かもしれないけれど、いつの時代にもこういうことはあったんだろうね。ただ、お堂で役人の奥さんがした話には個人的に疑問がある。

「あんたは心のやさしいええ人じゃ。女はそういうものが一番ほしいんじゃ」

聞くけど、女の人って本当にそう思っているの？　いい人や、やさしい男は周りにたくさんいるけれど、そんなにもてていない気がする。昔の女の人はそうだったということなのかな。よくわからない。何にしても宮本常一はすごい。こんな話をする人をよく見つけたと思う。ずいぶん、あちこちを歩き回ったんだろうね。

ゆうべは横浜の浪岡の家に泊まった。ひさしぶりに二人で飲んで夜中まで話した。「土佐源氏」

の話をしたら、『西南役伝説』も読めと言われた。理系なのに本当によく本を読んでいる。負けちゃいられないから東京に戻ったら『書泉』でその本を探す。宮本常一の本も買う。カバーは何色がいい？

いま、叔母から手術は二十七日の水曜日になると聞いた。イレギュラーな事態だけれど予定は変えるつもりはない。三月になったら、すぐ札幌へ行く。それまでに風邪を治しておいて。

二月二十五日

フェルマータ

沼津に一週間いて、東京に戻ったのは三月三日でした。よけいなお金を使いたくなかったので東海道線で二時間かけて戻りました。私だけでなく当時の学生はみんなそうしていました。時間だけはあったのです。

東京駅からアルバイト先の予備校に直行し、夜の九時まで働きました。これもお金の関係で、上井草に戻ったのは十時前でした。門限ぎりぎりでしたので足音を忍ばせて階段を昇っていたら背後から松永さんに呼び止められました。荷物が届いているというのです。

私に何か送ってよこすのは沼津の叔母くらいでした。米とか味噌とか干物とか、そんなものでしたが、入院している叔母が送ってよこすはずがありません。何だろうと思いながら段ボール箱を抱えて部屋に入り、明かりをつけてぎくっとしました。送り主が「水島京子」となっていたのです。

段ボール箱はスピーカーよりも少し大きいくらいのサイズでした。箱を開けて最初に目にしたのはU字型の細長い棒でした。音叉《おんさ》と呼ばれる調律用の器具ですが、緩衝用に詰め込まれた新聞紙の上に置かれていたので最初は重しか何かだと思いました。新聞紙を取り去ると紺色のアルバムと小さなケースが出てきました。アルバムは岩内の中学の卒業アルバムで、ケースの中は赤茶色のウクレレでした。この時点である予感がありましたが、卒業アルバムに挟まれていた封筒に気づいたのは数分してからです。私は上井草の駅前で買った缶ビールの栓を開け、ほとんどひと息で飲みました。素面《しらふ》ではとても読めない気がしたのです。

＊

真壁純様

二月十七日の未明に妹の明子が他界しました。二十年と六ヵ月の短い生涯でした。

知らせるのが遅れて申し訳ありません。この冬が山だと聞いてはいましたが、前の日はふつうに話していたし、本当に急なことだったのです。

連絡を受けたのは十六日の夜です。十一時頃に病院へ着きましたが、明子と対面できたのは地下の安置室でした。それから畳の部屋で一睡もせずに家族四人で過ごしました。病院にあんな部屋があることを初めて知りました。

哀しみというのは少し遅れてやってくるものなのですね。父も母も茫然としてお医者さんの話を聞いていました。死因は腎不全ということでした。お医者さんがいなくなったあと、三人で夜通し泣きました。妹がガラスケースの中で安らかな顔をしているのがとても不思議でした。

翌朝、三人のお医者さんが来ました。他の患者さんのために解剖させてほしいというのです。思いがけない申し出でしたが、明子はいつも人のためになる仕事をしたいと言っていたので、本人もそれを望むだろうという結論に達しました。

連絡が遅れて本当にすみません。まだ気持ちの整理がついていないし、当分、つきそうにありませんが、それでも前を向こうと家族で話しています。できれば、あなたにもそうしてほしい。

葬儀の晩、明子の部屋を片づけました。妹は鍵のついたアクリルの貯金箱を大事にしていました。十二歳の誕生日にプレゼントされたもので、それに小銭を入れてよく眺めていました。お金を貯めて、いつか自分の家を買うのだというのを聞いて両親が笑っていたことを思い出します。

妹の引き出しからその貯金箱が出てきました。鍵が見つからなかったのでハンマーで割りました。中に封書が四通入っていたのです。三通は私たち家族に宛てた手紙で、もう一通は、宛て名はありませんが、あなたに宛てた手紙だと思います。

私は手紙でふたつのことを頼まれました。ひとつは、中学の卒業アルバムとウクレレをあなたに送ること。もうひとつは岩内の海に遺灰を流すことです。岩内にいた頃は田舎だと文句ばかり言っていたのに、あの子なりに何らかの思いがあったのだと思います。私もいまは懐かしい気がしてなりません。楽しいこともない田舎でしたが、あそこには祖父がいて、両親がいて、明子がいました。忘れられない家族の時間がありました。いまは道が悪いので、春になったら、もう一度あの町へ行こうと思います。

明子は自分が死ぬことを予期していたのかもしれません。そうでなければ、こんな手紙を残さないはずだから。そう思うと涙がとまらない。秋ごろから「病状はよくない」と聞かされ、それを悟られないように努めていましたが、私には明子のような覚悟はなく、身体にだけは気をつけろと言い続けていました。うるさいくらいに言っていましたが、もっと色んなことを話せばよかったといまは後悔しています。本当に後悔することばかりです。

ここまで何とか書きましたが、こんな残酷な目に遭《あ》ったのは初めてです。私たち家族はまだ泣き暮らしています。生きているのがこれほどつらいと思ったことはありません。

「泣くな。幸せな家族は子供よりも親が先に死ぬものだ」

亡くなる前に、祖父が母にそう言っていました。祖父の言葉は正しかったと思います。死んでいくのにもちゃんと順番があるのですね。

長々と書いてごめんなさい。

こちらへ来る機会があれば連絡してください。急ぐ必要はありません。札幌は今日も凍えるようです。

二月二十七日

野球部の練習が終わり、校庭に長い影が落ちていた。校舎の周りを走っていた生徒たちもいなくなり、聞こえるのはカラスが鳴く声だけだった。

*

手紙を読み終えた尾崎が、哀しみを癒すために、たとえば旅に出たりしなかったのかと聞いた。いかにも旅に出ていてほしそうだったが、「お金がありませんでしたので」と真壁校長は言った。

「では、次に札幌に行かれたのは？」

「三月の半ばです。日記をつけるのをやめたので正確ではありませんが、一週間ほどいたと思います」

「それも、旅といえば旅ですよね」尾崎はまだ粘っていた。

「そうですね。言われてみるとそうかもしれません。それまで私は旅というのをしたことがありませんでした。他の土地へ行く時はいつも用事や目的がありました。あの時も墓参りに行ったのですが、それが済むとすることがなくなり、当てもなく札幌の街を歩き回ってました。といっても三月でしたから東京のようには歩けませんでした。道が凍っていて十メートル進むのにも骨が折れました。他の人がふつうに歩いているのが不思議でしたが、地下街に下りて理由がわかりました。ほとんどの人が金属的な靴音を響かせていたのです。靴底に鋲を打っていたのです。私もさっそく打ってもらいました。なくなったロビンソン百貨店でしてもらったのですが、百貨店を出て、これからどこへ行こうかと考えました。その時のことはよく憶えています。どこへも行く当てがなかったのです。それでも歩きました。来る日も来る日も一人で歩いていました」

「哀しみを癒すために歩かれたのですね」

「それもありましたが、二十四軒の家に借り手がついて、札幌に着いた翌日に改修工事が始まったのですよ。従兄は部屋を探しながら会社で寝泊まりしていました。会うと何か食べさせてくれたので毎晩のように会っていましたが、さすがに会社に泊めてくれとは言えません。カプセルホテルを転々として街中を歩き回っていたというのが真相です。明子はもういないのに、札幌にいる意味などないのに、どうしても東京へ戻る気になれませんでした。ですから、尾崎さんが言うようにあれは旅だったのかもしれません。商店街のアーチに『狸小路』とあるのを見て、ここがそうかと思ったくらいなので、どこをどう歩いたのかと聞かれても答えられません。私は札幌の街を知りませんでしたし、知ろうという気もありませんでした。探求心もない上に、見知らぬ人に話しかけることができない若造でしたので、丸一日、誰とも口をきかないこともありました。

札幌は曇り空が続いていました。お金がないので喫茶店や映画館で暖を取るわけにもいかず、明子の顔や声を思い出しながら、ただ歩き回るだけの日々でした。寒いし、冷たい雨は降るし、自分はこの世にひとりぼっちだと思いました。

そんなふうに路角を巡り歩いていたら、ある晩、北大病院がある通りに出ました。地図も持っていなかったのでたまたまですが、背の高い街灯の下に小雪がちらついているのを見て、はっとして周囲を見回しました。三ヵ月前にタクシーを探していた場所でした。通り沿いのビルの明かりを見て、あの夜の記憶がまざまざと甦りました。私は三十分もタクシーを探していました。何台にも乗車拒否され、急いた気持ちで車道に出て両手を振り回していました。もう必死でした。ビルの前で客を降ろしているタクシーを見つけ、息を切らせてそこまで走り、強引に乗り込んで、迷惑顔の運転手に拝むように両手を合わせました。病院の駐車場に着くと、非常口から明子が飛び出してきました。正に飛び出してきたのです。私は息が切れて声を出せず、明子の膝に顔を乗せ、腰に手を回し、切れぎれの声で『二十四軒に』と運転手に告げ、家に着くまで彼女にしがみつくようにしていました。そう、それから……街灯に降りかかる雪を見ているうち、真夜中に明子が口にした言葉を思い出し、どうしようもなく涙が出てきました。後からあとから涙が出てきて止まりませんでした。あんなに泣いたことはありません。明子とはまともなデートをしたこともなく、二人でコーヒーを飲んだことさえなく、満開の桜の写真を送り合っても一緒に見ることはありませんでした。遠く離れてただ手紙でつながっていただけですが、それでも、いえ、それだからこそ、あれこそが自分の愛した女だという思いに圧倒されて、街灯の下で声を上げて泣きました。通りかかった人は私を避けるように歩いていました。喉を震わせて泣いていたのだから当たり前ですが、それでも泣かずにいられませんでした。若い人間は自分のことだけで精一杯です。それがいかに迷惑で恥ずかしいことなのか気づけないのです。お恥ずかしい限りですが、それがあの時の私でした」

＊

「コーヒー、もう一杯いかがですか」と真壁校長が言った。

阿久津は頷いた。尾崎は質問事項を並べたメモをめくっていた。まだ何か聞きたそうだった。

「お嬢さまが結婚されるそうで？」少しして尾崎が言った。

「そうなんです。この前、小学生になったと思ったらもう人妻ですよ」

阿久津は声を上げて笑った。つくづくおかしな人だと思ったが、前の晩に仁美が言っていたことを思い出し、フランクな人間に見せようとして言っているのだという気もした。そこは最後までわからなかった。

コーヒーを待ちながら阿久津は携帯のメールをチェックした。「ヤフオクニュースレター」とか「PayPay フリマ」といったメールに交じって〈真壁家の人たち〉というタイトルのメールが届いていた。哲からだった。

〈写真を送る。女将さんが撮ったから写りはいまいちだけど参考になれば〉

写真には真壁家の三人が写っていた。満開の桜を背景に両親が娘の左右に立っていた。娘はすらりとした体型で、ロングヘアに桜の花を挿し、何かに驚いたように目を見開いていた。人ごみの中で知り合いを見つけたような笑顔だ。娘に寄り添うようにしている母親を見て、そういうことか、と阿久津は思った。母親は長身に見える娘よりも背が高く、遠くを見るような目をしていた。近づけば年相応の皺が目につくだろうが、面長で色が白く、写真で見る限り文句のつけようがなかった。

「三月に札幌に行った時、真駒内の家を訪ねなかったのですか」と尾崎が言った。

「行きませんでした」コーヒーを勧めながら真壁校長が言った。「怖いような気がして行けませんでした。明子の墓にも須貝から聞いた住所を頼りに一人で行きました。取って食われるわけでもないのに、本当に意気地のない若造だったと思います。それでも電話はしました。ずいぶん迷った末ですが」

「いつ電話したのですか」

「街灯の下を離れたあとです。雪が雨に変わったので雨宿りに入った電話ボックスからかけました。電話には京子さんが出ました。いつ札幌へ来たのかと聞かれ、出まかせに『昨日』と答え、墓参りを済ませたので東京へ戻ると言いました。嘘だけは都合よくつけるようになっていたのです。どこにいるのかと聞かれ、北大病院の近くだと言うと、札幌駅の改札の前にいて、と京子さんが言いました。

札幌駅で京子さんから手紙を渡されました。アクリルの貯金箱に入っていたという手紙です。京子さんは他の人に宛てたものではないかと心配してましたが、開封してすぐ、その心配はいらないとわかりました。『大丈夫?』と聞かれて頷きましたが、読んでいるうちに何が大丈夫なのかわからなくなりました。これが、その時に渡された手紙です」

ジュン、あなたに出会えてよかった。

毎晩、手紙を読み返して色んなことを思い出している。いまは泊に行った時のことを思い出している。

泊のバス停に着いた時のことは忘れられない。見渡す限り雪で、私たちの他には誰もいなかった。真っ白な世界がどこまでも続いていた。誰もいない場所で二人きりになるのが私の夢だったから、嬉しくてジュンへの感謝で一杯になった。感謝というのはちょっぴり大げさかな。でも、ジュンがいなかったら他の誰が私をあそこへ連れていってくれたの？

老人ホームでのことも忘れられない。ジュン、泣いていたね。

「かわいそうな子なのよ。お父さんもお母さんもいなくて、おばあちゃんが仕方なくこっちへ連れてきたんだって」

加寿子はそう言っていたけれど、「仕方なく」というのは嘘ね。仕方なく自分を連れてきた人に会って、ジュンがあんなに泣くはずがないもの。私も泣いた。大事な人のことを思うジュンの気持ちに感動して息ができないくらい泣いた。そんなふうに、あなたは私を何度も泣かせてきた。

最初の手紙は泊に行った夜に書いた。その日のことを忘れたくなくて夜中までかかって夢中で書いた。ジュンはまだ岩内にいたし、沼津の住所も知らなかったのに、本当に馬鹿みたいよね。何かあると私はそのことに夢中になってしまう。いつもそうだった。試験の前の晩に長い手紙を書いて、もう少しで赤点を取りそうになったこともある。もちろん、ジュンに出す手紙を書いていたのよ。

ジュンもたくさん手紙をくれた。数えたら手元に四十九通ある。本当はもう一通受け取ったけれど、その日のうちに焼いてしまった。どの手紙かわかるでしょ。沼津の子と一緒の写真が同封されていた手紙よ。さんざん写真を送りつけていたくせに、自分が送られたらかっとするなんて勝手なものよね。

ジュンは名前通りの純粋な人で、私はそこが一番好きだった。ずっとそのままでいてほしいと思っていたから、あの写真を見て不安になった。あの子がジュンの大事なものを変えてしまうんじゃないかと心配になったのよ。嫉妬したんじゃない。たとえジュンが寄り道をしたとしても戻ってくるのは私のところだと思っていた。たまたまジュンのそばに現われただけの子に私が負けるはずがないと思っていた。大した自信よね。

その自信が病気になってなくなった。お風呂の栓を抜いたみたいに音を立てて減って、気がついたら空っぽになっていた。この顔がジュンの目にどう映るのか心配で鏡を見るのが怖かった。目を真っ赤に腫らして家族や物に当たり散らした。正直に言うと、ジュンからの手紙で浪人が決まったと知った時はほっとした。人の不幸を喜ぶなんてひどい女よね。でも、あの時はもう全世界が去ってしまっていた。それでもまだ「自分」というものに囚《とら》われていたから、これを試練だと思えるまでに時間がかかった。

八月の夜のことは忘れない。須貝さんや緑さんに励まされて本当に嬉しかった。他のみんなも私に笑顔を向けてくれた。でもジュンは暗い目をしていた。以前の私ではなかったから仕方がないかもしれないけれど、だったら本当の私って何なの？　ジュンにとっての私って何だったの？

そう言いたいのを必死にこらえていた。

ごめん、少し書きすぎた。ジュンが悪いんじゃない。ジュンも必死に自分の気持ちと戦っていたのよね。そして、また私のところに戻ってきてくれた。それがどんなに私を勇気づけたのか知ってほしい。それができるのはあなたの他にいなかったのだから。

ラジオから『トゥルー・カラーズ』が流れてきた。まるであなたのことを歌っているように思える。ジュン、もう自分の中にこもらないで。シンディ・ローパーが歌っているように本当のあなたをみんなに見せてあげて。あなたに足りないのは、ほんの少しの勇気だけよ。

須貝さんがくれたペーパーバックに素敵な言葉を見つけた。何度も読み返して、もう空で言えるくらいよ。「throb」をどう訳すか悩んだけれど、私なりに訳してみた。これはあなたのためにある言葉よ。心に刻んで。

目の前に広がる人生にもっと興味を持ちなさい。人々、物事、文学、音楽……この世界は豊かで、胸を躍らせる宝物、美しい魂の持ち主、興味深い人々に満ちている。
自分のことは、忘れなさい。

——ヘンリー・ミラー

手紙を読み終えた阿久津は仁美にメールを送った。

〈奥さんと娘さんのことをもう少し教えてくれないか〉

少しして返信が届いた。

〈取材は終わったのね。お疲れさま。

京子さんは料理上手の賢夫人。婦人誌のモデルになれそうな人よ。お嬢さんの明子さんは、東京の高校でやっぱり英語の先生をしている。お相手も学校の先生みたいよ。

今夜はどうする？　こっちに来る？　私はかまわないけれど〉

真壁校長は娘の話をしていた。子供の頃は身体が弱くて心配したが、中学で十センチ以上も背が伸び、それはそれで心配したという話だった。

「何もかもあっという間でした。家族が一緒にいられる時間は本当に短い。子供と過ごせるのは人生の三分の一といったところですね」

校長の話に頷きながら、阿久津は〈泊めてくれ〉と書いて返信した。それから、もう一度、真壁家の写真を見た。沼津の桜はこの時が満開だった。陽を浴びて白く光っているような桜の花を見ながら、来年、哲がどこかの大学に引っかかったら、仁美と三人でここで写真を撮ろうと思った。

本書は書き下ろしです。

蓮見圭一
（はすみ　けいいち）

1959年、秋田市生まれ。立教大学卒業後、新聞社、出版社に勤務。2001年に刊行したデビュー作『水曜の朝、午前三時』が各紙誌で絶賛され、ベストセラーになる。他の著書には『八月十五日の夜会』『かなしぃ。』などがある。

美しき人生

二〇二三年四月二〇日　初版印刷
二〇二三年四月三〇日　初版発行

著　者――蓮見圭一
装　丁――高柳雅人
カバー写真――Getty Images（Yuri Shelest）
発行者――小野寺優
発行所――株式会社河出書房新社
〒一五一-〇〇五一
東京都渋谷区千駄ヶ谷二-三二-二
電　話――〇三-三四〇四-一二〇一［営業］
〇三-三四〇四-八六一一［編集］
https://www.kawade.co.jp/

組　版――KAWADE DTP WORKS
印　刷――株式会社亨有堂印刷所
製　本――小泉製本株式会社

Printed in Japan
ISBN978-4-309-03102-6

水曜の朝、午前三時

「もしかしたら有り得たかもしれない、もう一つの人生、そのことを考えなかった日は一日もありませんでした」——一九七〇年、大阪万博を舞台に叶わなかった恋とその後の人生。恋の痛みと人生の重みを描く大ベストセラー、ラブストーリー。